遥山の恋

「こわい…、いやだ」
「怖くない。紫乃が可愛いと思うからこうするんだ」
子供をあやすような言葉に、紫乃の身体は一気に熱を帯びる。

遥《はる》山《やま》の恋《こい》

六青《ろくせい》みつみ

ILLUSTRATION
白砂《しらさ》 順《じゅん》

CONTENTS

遥山の恋

遥《はる》山《やま》の恋《こい》

‡ 初雪《はつゆき》 ‡

血の臭いに最初に気づいたのはシロだった。

この春逝《い》ったお爺《じい》の猟犬《りょうけん》シロは、年が明ければ十《とお》を数える老犬だ。お爺と一緒に逝っても不思議はなかったけれど、独り残されたシノのためにふんばってくれている。

「シロ。さがそう」

清浄《せいじょう》な御山《おやま》には不似合いな血の臭いを嗅《か》ぎあてた鼻先を、注意深く西へと向けた忠犬に、許可を与えて走り出す。

シノの走りは風のように軽やかだ。

今日、明日には初雪が降るだろう。しかしシノが身に着けているのは薄い筒袖《つつそで》の中着と、毛皮で裏打ちした袖無しの上衣《うわぎ》だけという軽装だ。短かく動きやすい上衣の裾《すそ》から、すらりと伸びた両脚を、やや厚めの股脛巾《ももはばき》となめし皮の脛《すね》当てが包んでいる。

癖《くせ》のない髪をなびかせ、足には榀糸《しないと》と皮でできた沓《くつ》を履《は》き、山奥の、西陽《にしび》を浴《あ》びて紅色に燃え上がる炎のような落ち葉の上を駆け抜ける。

もうずいぶんと足腰の弱ったシロを気遣《きづか》いながら西の斜面を駆け下りると、水量の豊富な渓流《けいりゅう》に行き当たった。対岸は見上げるほどの岩壁が左右に広がっている。上空から見ればへの字に見える曲流点に、川上から滔々《とうとう》と流れ下りてきた水が勢いを止められて、深い淵《ふち》を形作っていた。

この辺《あた》りで一番の深さを持つ淵の、こちら側は砂の堆積《たいせき》した浅瀬《あさせ》だ。

その、白さが目立つ砂利《じゃり》の上に、半身を水中に浸《ひた》した黒い影が横たわっていた。

鉄器と血、それから諍《いさか》いの名残りの臭い。——あれは里人《さとびと》だ。

「あそこから落ちたのか……」

岩壁を見上げる。わずかな傾斜《けいしゃ》と共に水中に没《ぼっ》する壁の表面は一枚岩《いちまいいわ》のようになめらかで、ところどころに茂る灌木《かんぼく》が落下の衝撃を和《やわ》らげたのだろう。

木立に身を隠したままシノは用心深く辺《あた》りの様子をうかがった。他に人の気配がないことを確認してから、ゆっくりと影に近づく。一歩一歩進むにつれ黒い影の一部が、きらりちらりと晩秋《ばんしゅう》の斜光を弾《はじ》いて輝いた。

なんだろう。

未知のものへの不安より、好奇心が勝《まさ》った。……違う。本当は人恋しさに負けたのだ。

お爺が逝って半年。独りで生きていく覚悟はとうにできていたはずなのに。

風が吹いて血の匂いがきつくなる。

白っぽい砂利の上を滑るような足どりで進んだシノは、蹲《うずくま》る影の三歩手前で立ち止まり、黒い塊《かたまり》を見下ろした。

枯《か》れた流木《りゅうぼく》にしがみつき自《みず》ら流した血溜《だ》まりの中に倒れていたのは、戦装束《いくさしょうぞく》に身を包んだ偉丈夫《いじょうふ》。

身に着けた鎧《よろい》の緘毛《おどしげ》は見るも無惨《むざん》にちぎれ飛び、露《あらわ》になった鉄《しろがね》の小札《こざね》が風に揺れてチカリと陽を弾く。うつ伏せの大きな身体はこそりとも動かない。

シノはするりと近寄り膝《ひざ》を折り、血の気をなくした頬《ほお》に手を当て、それから首筋に指先を伸ばした。

「生きてる…」

ほっとしたその呟《つぶや》きに忠犬シロは鼻筋にかすかなしわを寄せ、ものいいたげに年若い主人を見上げた。

「これは大鎧《おおよろい》。里で一度だけ見たことがある。身分の高い武者《むさ》が着るものだ」

警戒を怠《おこた》らない老犬に説明しながら、シノは川から引き上げた男の戦装束を次々と剥《は》いでいった。

「こんなに重いものを着て戦うなんて、里人って本当に変わってる」

それともこの男は、これを身に着けて軽々と動き回れるのだろうか。だとしたら凄《すご》い。

胴丸《どうまる》、籠手《こて》、肩当て、草摺《くさず》り。諍いの念が籠《こ》もった甲冑《かっちゅう》を全て剝ぎとると、汗と血に濡れた直垂《ひたたれ》が現れる。直垂とその下に着込まれた帷子《かたびら》の柔らかな手触りに、シノはふと手を止めた。

榀布《しなぬの》でも麻布《あさぬの》でもない。しなやかで光沢《こうたく》のある布地の感触と洗練された織りの美しさ。唐渡《からわた》りの絹《きぬ》布《ぬの》のことはお爺から聞いていた。けれどこれほど美しい着物になっているのを見たのは初めてだ。

立派な大鎧と、染め斑《むら》のない鮮やかな絹の着物。いかにも身分ありげな立派な男子が、従者《ずさ》のひとりも連れずに山奥で行き倒れる。

どんな事情があったのだろう。

五つの歳《とし》から、お爺以外の人間とは、ろくに会話すらしたことのないシノには欠片《かけら》も思いつかない。

——考えても仕方ない。

シノは頭をひとつ振り、傷の具合を確かめた。

右肩と背中に矢傷《やきず》が三つ。左の脇腹《わきばら》に太刀《たち》傷がひとつ。これが一番深い。

とり敢えず男の袖を裂いて止血《しけつ》をしてから、腰に結《ゆ》わえた袋を探り、とり出した山梔子《やまくちなし》の実を口に放りこむ。よく噛《か》んでから川の水を一口含み、男に与えようとして、初めてその顔をしっかりと見た。

脂汗《あぶらあせ》に濡れた額《ひたい》に、髻《もとどり》からほつれた髪が張りついている。よく陽に焼けたなめらかな肌が、今は土《つち》気色《けいろ》に沈んでいる。苦しげに寄せられた意志の強そうな眉、通った鼻筋。ひび割れて血のにじんだ唇《くちびる》から洩《も》れる熱を含んだ吐息《といき》が、シノの指先を奇妙に刺激する。

強い雄《おとこ》の顔だ。立ち上がれば、シノより頭ふたつは上背《うわぜい》があるだろう。

生前のお爺より、記憶の彼方《かなた》にかすんでしまったお父《とう》より、立派な身体と顔つきだ。

「……」

シノの胸は奇妙に高鳴りはじめた。なぜだか頬が熱くなる。男の頭部を抱《かか》えた指先がじわりと痺《しび》れて小さく震え出した。

なん…だ、これ。おれ、どうしてこんなにどきどきするんだろう。

わけがわからないまま、シノは薄く開かれた唇に自分のそれを重ね、ゆっくりと舌で歯列をこじ開けた。男がむせないよう慎重《しんちょう》に後頭部を支えてやりながら、口に含んだ液体を流しこんでゆく。

ひと滴《しずく》ずつ送りこむように男の口中深く舌先を伸ばすと、わずかに喉《のど》が上下する。二、三度嚥下《えんか》をくり返した後、男は次を求めるようにシノの舌に舌を絡《から》めて弱々しく吸いついてきた。

「——…ぅ」

背中に再び奇妙な痺れが走り抜ける。シノはふるりと身体を震わせながら、それを寒さのせいだと思いこむ。

「……っ」

唇を離す瞬間、唾液《だえき》で湿っていても荒れてざらついた感触と血の味が、シノの唇に残された。その感触をコクリ…と飲みこんでから、胸に生まれた熱を冷ますため、大きく息を吸いこむ。

「な…んだか、胸が苦しい」

変だ。こんなのは初めてで、どうしていいのかわからない。

自分のほうが解熱《げねつ》を必要とするほどぼんやりしかけたとき、ツイ…と肘《ひじ》をおされて我《われ》に返る。目をやると忠犬シロが、心配そうな顔で小首を傾《かし》げ、それから空を見上げた。

強く吹きはじめた風が天空に厚い雲を運んでくる。杏《あんず》色に染まりかけていた午後の陽が翳《かげ》り、湿った冷気が鼻奥をツンと刺激する。

「雪が来る」

シノは立ち上がり、急いで怪《け》我《が》人《にん》を庵《いおり》まで運ぶ手順を考えた。男の目《め》方《かた》はシノの倍はある。背負って行くなどまず無理だ。

日が傾いて暗さを増した木立に入り、常緑《じょうりょく》の枝の長さをそろえて手早く切り落とす。手にした小さな鉈《なた》はお爺の形見《かたみ》だ。切れ味の良いそれで、さらに藤蔓《ふじづる》を何本か採《と》った後、急いで瀬脇に引き返し、葉の茂った枝を重ね合わせ、蔓で器用《きよう》に組み上げてゆく。

シロは蔓の端をくわえて賢《かしこ》くシノを手伝った。

即席の橇《そり》ができ上がると、シノはいささか乱暴に男を引きずり乗せ、しっかりとしばりつけた。

「――…っぅ」

傷に響いたのか、男がかすかにうめき声を上げる。

可哀相《かわいそう》だが今は刻《とき》が惜《お》しい。やさしく扱いたくても、体格差がありすぎて無理なのだ。日が落ちて雪が降れば、連れ帰るのはもっと難しくなる。深い刃傷を負ったまま雪の一夜をしのぐのは、いくら頑健《がんけん》そうな身体をしたこの男でも無理だろう。

「よいせっ」

かけ声をかけ、シノは蔓縄《つるなわ》を引っ張りはじめた。

二十貫《かん》目（約70キログラム）近くはあるだろう男を乗せて、常緑樹の葉でできた橇は枯葉の上をつるつると滑ってゆく。平地とゆるい傾斜はなんとかなった。問題は庵の手前にある崖のような急坂だ。

「シロ、この人を見てて」

ようやくたどり着いた坂の前でシノは蔓縄を放り出し、急坂を一気に駆け上がった。

額《ひたい》から流れる汗を拭《ぬぐ》いながら屋内に飛びこんで長い縄を探し出し、庵の脇に生えている松の根本に端を結んで駆け下りた。

縄には一尺《いっしゃく》（約30センチメートル）おきにしばり瘤《こぶ》が作ってある。狩りで仕留《しと》めた大きな獲物《えもの》や、里から仕入れたあれこれを運び上げるため、生前お爺が工夫した縄である。橇を引っ張る蔓縄を環《わ》にして、瘤に引っかけながら一歩一歩、急な坂を上《のぼ》るのだ。

以前はシノとお爺とシロの、二人と一頭で、よいせよいせと運んだものだ。どんなに重い荷物でも不思議と辛《つら》いと感じたことはなかった。

今、お爺はいない。足腰と歯の弱くなったシロは、申しわけなさそうにシノの傍《そば》を歩いている。

「平気だよ、シロ」

たったひとりで重い大男を引き上げながら、尾を振り振り見上げてくる白い老犬に、シノは久し振りに屈託《くったく》のない笑顔を向けた。

十重二十重《とえはたえ》に連《つら》なる山並みに陽が没すると、世界は幕を引いたようにすとんと暗くなる。日暮れを待っていたかのように厚い雲が天空を覆《おお》い、白い雪片《ゆきへん》が舞いはじめた。

五年前、お爺が苦心して建てた庵の中になんとか男を運びこんでから、シノは外に出て空を仰いだ。

風の匂いと、垂《た》れ込める雲の厚み。

この初雪はかなり積もるだろう。男が御山に入った痕跡《こんせき》を消しに行く必要はなくなる。そう判断して庵へ引き返した。川原に残した甲冑を、とりに戻るのは明日でいい。

春先までお爺の場所だった寝床《ねどこ》に男を横たえると、シノはてきぱきと動きはじめた。

庵は東西に長い長方形の一間《ひとま》で、それほど大きくはない。南面の戸口を入ったすぐ右脇に小さな水場《みずば》、その奥に火壺《ほど》。北の壁半分には無数の草薬、木の根皮、草の実、獣《けもの》の皮、肝《きも》。積み上げられた梠糸、麻糸などが整然と並んでいる。

真ん中は筵《むしろ》を敷いただけのわずかな土間で、その左、西の奥には楊枝《ようじ》を何本も組み合わせ、上に葦《あし》藁《わら》を敷きつめた、土間より一尺ほど高い寝床がある。その手前の布で区切られた一角は機室《はたむろ》だ。

シノは火壺に火を熾《おこ》し、手早く薬湯《やくとう》を煎《せん》じてから清潔な布と草薬を抱えて男に近づいた。

河原から庵までかなり乱暴な運び方をしたせいで、見つけたときよりだいぶ生気が失《う》せている。

紫色をした唇に口移しで薬湯を含ませながら、シノは再び不思議な酩酊《めいてい》感に襲われた。

蜜《みつ》に酔うような目眩《めまい》。胸の高鳴り。……これは、

「なんだろう…」

思わず呟《つぶや》きが漏《も》れる。

椀《わん》一杯の薬湯を飲ませ終わると、男の唇にわずかな血の気が戻って来る。

ほっと息をつきながら、シノは手早く男の着物を剝ぎとって、

「――…」

現れた肉体の立派さに、思わず目を奪われた。

広い肩幅と厚い胸板。腕は長く逞しい。引き締まった腹部から続く叢《むら》の中に、これまた立派な雄根《おね》が眠っている。

自分とは比べものにならない。お爺のものとも違う。生命の強さを秘めたその徴《しるし》からシノは苦労して視線をもぎ離した。

好奇心の赴《おもむ》くままに男の身体を観察している暇《ひま》はない。今は手当てが先だろう。

シノは自分を叱《しか》りながら、お爺に習った通り、まずは男の左脇腹にある刀傷の深さを確かめ、生姜《しょうが》湯《ゆ》でていねいに洗った。それから血止めの膏薬《こうやく》を塗りつけ、川魚の骨で作った針と麻糸で、袋を作るよりも用心深く傷口を縫い合わせてゆく。最後にもう一度生姜湯で傷口を拭いて、膿《うみ》を吸い出す膏薬を塗った後、布を巻いて終わりだ。

肩と背中の矢傷も同じように手当てしてから、広げたお爺の着物と兎《うさぎ》の毛皮で作られた上掛けで覆ってやる。川に落ちた男が身に着けていた帷子や直垂が乾くまで、丸一日はかかるだろう。

男は手当ての間、時々小さく手足を震わせたものの目覚める様子はなかった。

このまま目を覚まさなければ、シノが施したあれこれは全て無駄になる。

庵の中に自分以外の人間がいる。それがたとえようもなく嬉しかった。目覚めて欲しいと強く願う。

男の手当てが終わるまでじっと我慢していたシロに夕飯を与えながら、シノは思わず呟いた。

「早く、目が覚めるといいね…」

けれど経験豊かな老犬は、厄介事《やっかいごと》の気配をかぎとったのだろう、同意しかねるといった風情《ふぜい》で耳を倒して見せたのだった。

男は三日三晩、朦朧《もうろう》と生死の境《さかい》をさまよった。

その間中、シノはうなされる男の汗を拭い、救いを求めてさまよう指先を握りしめ、なぐさめと労《いたわ》りの言葉をかけ続けた。


熱い。――熱くて寒い。

腹と背中が焼けるように熱くて、他は凍えるほど冷たい。

橘《たちばなのたかちか》貴哉は、あまりの苦しさと居心地悪さに身動《みじろ》いだ。その瞬間、全身を貫《つらぬ》いたひどい痛みにうめき声を上げる。特に左脇腹には、石ですり潰《つぶ》されたような激痛が広がる。あまりの苦痛に浮上《ふじょう》しかけた意識は、泥のようにこびりついた疲労の重みで再び闇底に引き戻された。

……閉じた目蓋《まぶた》の奥で、生まれ育った鷹栖《たかす》の館《やかた》が焼け落ちようとしていた。貴哉はそれをただ為《な》す術もなく見ているしかない。いや、最後まで見守ることすらできなかったのだ。

――若、追っ手が迫っております。

すぐ傍で、側仕《そばづか》えの飛垣伝吾朗《ひがきでんごろう》が血を吐くような声で促している。

――今は耐え難きを耐え、一命を長らえることのみをお考えください。此度《こたび》の謀反《むほん》の濡《ぬ》れ衣《ぎぬ》、いずれ必ず汚名を雪《すす》ぐ日も参《まい》りましょう。そのためにも今はお逃げください！

背後から射《い》かけられる矢雨の盾《たて》となり、忠臣《ちゅうしん》飛垣の姿は途中で消えた。

貴哉はただ独り、山林に分け入ることで追っ手を逃《のが》れたのだった。

途中で馬を乗り捨て、沢を渡り、斜面を上り、そして下った。追っ手と切り結んだ傷のせいで目が霞《かす》み、落ち葉の降り積もった地に膝をつくたび、裏切り者たちへの憤《ふん》怒《ぬ》が湧きあがった。

許すものか……、奴らを決して許すものか。

必ず報《ほう》復《ふく》を――。父が残した高鷲の領《りょう》地《ち》は、必ずとり返す。

――父上…！

焼け落ちる館と共に滅《めっ》した父の姿へ、伸ばした指先が虚《むな》しく闇をかく。

「……父…上」

かすれた喉がしぼり出す、我ながら哀れな呼び声に応《こた》えるよう、そのとき指先が温かく握り返されて――。貴哉は心底ほっとした。

救われた心地でわずかに目蓋を上げると、目尻に溜まっていた涙とも汗ともつかない湿り気が、ぽろりと流れ落ちて耳元を濡らした。熱にかすむ目に映るのは、薄闇と得《え》体《たい》の知れない陰《いん》影《えい》ばかり。

「心配ない。あんたは助かる」

目の前で揺らぐ人影が、予想外に清《きよ》らかな澄んだ声で貴哉をなぐさめてくれた。

「ふ…う……」

額の汗をそっと拭ってくれた手指のやさしさに、貴哉は安《あん》堵《ど》の息を吐いて目を閉じる。

ゆっくりと眠りの淵に沈んでゆく間、手のひらを包む温《ぬく》もりが離れることはなかった。

眠りの闇に呑まれかけた意識に、とんからとん…とやさしい音が追いかけてくる。雨垂《あまだ》れにも似た、けれどもっと温もりのある——。

あの音はなんだったろう。ああ、あれは確か……。

「……？」

次に暗闇の中で目覚めた貴哉が最初に感じたのは、強い草の匂いとわずかな獣臭さだった。馴染《なじ》みのないそれらに、これが現実の目覚めなのか悪夢《あくむ》の再来なのか判断がつかない。

今度は全身が火のように熱い。身体を覆う上掛けを振り払おうと身動いで、右肩と脇腹を貫いた激痛にうめき声を上げる。

「うッ——ぁ…」

「気がついた？」

左側から響いた人の声に、貴哉は瞬時に身を固めて目を凝《こ》らした。

「だ、れ…だ」

気配は応えず、薄闇の奥が揺らめいて、ほっそりとした身体つきと癖《くせ》のない頭髪の影が音もなく近づいて来る。布と椀を抱えたその姿が、薄闇に馴《な》れた貴哉の目にぼんやりと映りはじめた。

袖からはみ出た腕から甲にかけて浮かび上がるあれは、……泥汚れだろうか？

脳裏《のうり》を過《よぎ》った不快感は、するりと気安く覗きこんで来た絹糸のような黒髪に半《なか》ば隠された顔面を見た瞬間、恐怖に変わった。

炎に焼かれたような赤黒い奇妙なまだら模様に覆われた、幽鬼《ゆうき》のごとく醜《みにく》い貌《かお》――。

「寄るな、化け物ッ――！」

貴哉は咄嗟《とっさ》に、唯一《ゆいいつ》動く左手で近づく影を思い切り払いのけていた。次いで腰の太刀《たち》を探そうとして、自分が帷子《かたびら》一枚まとわぬ無防備な姿をさらしていることに愕然《がくぜん》とする。

「太刀は、どこだっ」

頼れる鉄器の重みを探し出せずあせる貴哉とは逆に、追い払われた化け物は、寝床より一段低くなった土間《どま》に踞ったきり動こうとしなかった。

どうやら襲いかかるつもりはないらしい。

わずかに気を抜きかけたとたん、化け物の隣からゆらりと白い塊《かたまり》が立ち上がった。

「な…なんだ…――」

それは低く腹底に響く唸《うな》り声を上げながら貴哉に向かって殺気を放ち、一歩を踏み出しかけた。

「…シロ、いいから」

化け物にしては細く澄んだ声が、白い――たぶん犬か狼《おおかみ》だろう――をなだめるのを聞いて、貴哉は戸惑《とまど》いながら、反射的に顔面をかばった左腕からわずかに力を抜いた。だが、警戒は解かない。

痛みと熱、そして頼りない灯明《とうみょう》のせいとはいえ、手も顔も赤黒いまだらに染まった容貌《ようぼう》の醜さは、これまで貴哉が目にしたことのない類《たぐい》であった。

けれど、澄んだ声は少年のもの。

「う…くっ――」

わずかに気が緩《ゆる》んだ瞬間、息が止まるような激痛が脇腹に走り、貴哉は抗《あらが》いようもなく身を伏せた。

閉じた目蓋の奥でぐにゃりと世界が回る。できの悪い酒を呑《の》みすぎたような悪心《おしん》と吐き気に襲われて、それ以上まともに考えることも、目を開けていることもできなくなる。

寝床に突っ伏したまま、貴哉は得体《えたい》の知れない化け物の近くで気を失う己《おのれ》の無様《ぶざま》さを自嘲《じちょう》しながら、痛みと、恐怖と、怒りがない混ぜになった混乱の闇に、再び呑みこまれたのだった。


感情の嵐が吹き荒れた後のしらじらとした静寂《しじま》の中で、シノは深い溜息をついた。

庵の中に自分以外の誰かがいる。そのことがとても嬉《うれ》しかった、手放したくないと思った。

高熱に苦しむ男をなぐさめるために差し出した指先を、思いがけない強さで握り返されたとき、目尻に涙を溜め悪夢の中からすがるような声で父の名を呼んだ男に、言いようのない感情があふれ出た。

握りしめた指先から彼の辛さと寂しさと、悲しみが染《し》みこんできて、胸が痛んだ。

守ってあげたい。なぐさめてあげたい。傷を…、身体ではなく心に負った痛みのもとを、癒《いや》して、抱きしめて、自分にできることならなんでもしたいと思った。

それはお爺への思慕《しぼ》より、シロへの慈《いつく》しみより、もっと強く熱い、泣きたくなるような……。これまでシノが一度も感じたことのない感情だった。

それなのに――。

着物に飛び散った草薬の匂いが、ツンと鼻の奥を刺す。弾き飛ばされた椀を拾い上げながら、シノは思わず涙ぐんだ。男のために調合した薬湯と膏薬は、どちらも土間に染みこんで台無しになってしまった。けれどもとはといえば、お爺以外の人間と間近に接する嬉しさに用心を怠《おこた》った自分が悪い。

「いいんだ、シロ…」

スン…とひとつ鼻をすすり、まだ低く唸り声を上げているシロの頭を撫《な》でてから、静かになった男の様子を探る。

毛皮の上掛けから飛び出た長い手足が、寒さと熱でかすかに震えている。しばらくは目覚めそうもないと判断して男に近づき、そっと上掛けを直してやった。

『寄るな、化け物!』

ひどい言葉でシノを追い払った男のことを、恩知《おんし》らずだとは責められない。

年に何度か御山を下りるお爺について初めて里へ行ったのは五年前、十歳の秋。

好奇心の赴《おもむ》くままお爺の目を盗み、自分と同じ年頃《としごろ》の子供たちを見つけて近づいたとき。

――もののけだー! もののけが出たぞぉ!

何をいわれているかわからなくて、シノは無邪気《むじゃき》に近づいて行った。

山人《やまびと》のことを、里の子供はそう呼ぶのだろうか?

知りたくて、一緒に遊びたくて。さらに一歩近づいたシノの背中に、コツンと小石が当たった。

『いたい…っ』

悲鳴を合図に、雨のような投石《とうせき》がはじまる。

——どこかへ行っちまえ！

手足に石礫《いしつぶて》が当たっても、不思議と痛みは感じなかった。ただ疎《うと》まれていることだけがひしひしと伝わってくる。石に逐《お》われてお爺のもとへ逃げ帰り、温かな手のひらに頭を撫でられ抱きしめられたとき、初めてシノの胸に切なさがこみ上げた。

「…——」

男の言葉は、あのとき石と一緒に叩きつけられたものと同じである。

肩口から冷気が入らぬよう用心深く上掛けを整えてやりながら、男の整った顔立ちとなめらかな肌を見つめる。それから自分の手や腕と見比べて、思わず唇を噛《か》みしめた。

五つでお爺に連れられて、生まれた部族を離れた理由。お爺の足腰が弱くなるまで、ひとつところに留《とど》まらず御山を放浪し続けた理由——。

——シノの全身は赤褐色《せっかっしょく》の痣《あざ》に覆われている。まるで炎が舐《な》めた後のように。まだらに。

怪我の痕《あと》でも病《やまい》でもない。だからどんな草薬も効かない。

業病《ごうびょう》のような痣の理由《わけ》は、亡くなる直前にお爺が教えてくれた。けれど、理由がわかったからといってそれが消えるわけでもない。

自分では見慣れたこの痣が、他人の目にはとても醜く映ることは、石を投げられて理解した。化け物呼ばわりされたのは辛い。けれどそれは仕方ないことだとあきらめている。お爺以外に、シノの痣を気にせず接してくれる人などこの世にいないことも、もう充分身に沁《し》みている。だからお爺はシノを、他人と交《まじ》わらず独りで生きていけるよう育てたのだ。ずっと独りで生きていくつもりだったのに。

シノは用心を怠った自分を悔やんだ。

眠る男の、一文字《いちもんじ》に引き結ばれた形の良い唇から放たれた言葉の矢は、無防備にさらしてしまったシノの胸に深く突き刺さり、この先二度と抜けそうもない。

誰だって虫食いだらけの朽《く》ち葉《ば》より、瑞々《みずみず》しい青葉の方を美しいと感じる。手にとって愛《め》でてみたいと思うだろう。

「わかってるけど——」

せつなさが消えるわけではない。

こぼれかけた涙を拭いて立ち上がり、飛び散ってしまった草薬を作り直すために、シノは男の傍を静かに離れていった。

‡　凍冬《こおるふゆ》　‡

万世《ばんせい》一系であるはずの皇統《こうとう》が二つに別れて争った南北朝《なんぼくちょう》の動乱が、半世紀の時を経《へ》てようやく合一を果たした足利《あしかが》の世。

橘《たちばなのたかちか》貴哉は美濃《みの》の国、高鷲荘《たかすのしょう》の開発領主《りょうしゅ》の嫡男《ちゃくなん》として生を享《う》けた。

北条《ほうじょう》一族が鎌倉《かまくら》に幕府《ばくふ》をうち立てた時代に下司《げし》として赴任《ふにん》してきた橘一族は、ただ年貢《ねんぐ》をとり立てるのではなく、自《みずか》ら荒れ地を開墾《かいこん》して収益《しゅうえき》を上げると共に、荘民《しょうみん》の間に強い支配力を及ぼしながら、この地に根を下ろしていった。

やがて北条一族が倒れて足利氏が幕府を開くと、貴族公卿《くげ》の権勢《けんせい》はさらに衰《おとろ》え、公領荘園《しょうえん》は次々と実質的な支配者である在地《ざいち》領主の手に渡っていった。

貴哉の父も機敏《きびん》に目端《めはし》を利《き》かせ、父祖伝来《ふそでんらい》の土地を目減《めべ》りさせることなく、逆に周囲に残された未開発の公領を開墾しては自領に組み入れて勢力を伸ばしていった。

官位《かんい》と共に朝廷《ちょうてい》から授《さず》かった荘園が各々《おのおの》独立してその支配下から離れてしまうと、窮《きゅう》するのは他に収入の手段を持たない貴族たちである。貴哉の父はそうした名はあっても実《じつ》のない窮乏《きゅうぼう》した貴族の娘を妻に迎えた。

武力と土地に根ざした財力を手に入れた男が、次に望んだのは高貴な血筋である。

都《みやこ》を離れて暮らすことなど夢にも思わなかった誇り高い貴族の娘が、身売り同然に嫁《とつ》いだ先で、心底夫を愛せたのかどうか。

貴哉は母に慈《いつく》しまれた記憶があまりない。代わりに、父の馬に揺られて荘内を巡《めぐ》ったことをよく覚えている。

手綱《たづな》を握る父の大きく頼もしい両手。貴哉を抱き上げ、黄金《こがね》色に実る稲穂《いなほ》波を指さして、『ゆくゆくは、これら全てがそなたのものになる。父は祖父から受け継いだときより大きくしてそなたに継がせる。そなたもまたより大きくして、子に伝えるのだ』

声高らかに宣言したものだった。

一族郎党《ろうとう》の繁栄《はんえい》と団結が貴哉に課せられた責務《せきむ》と権利《けんり》であり、父との約束だった。

その父の隠居《いんきょ》を受けて、貴哉が高鷲荘の在地領主の座を継いだのは十七歳の夏である。

ここ数年、天候は順調で、荘内は豊かさを享受《きょうじゅ》していた。

米、麦、蕎麦《そば》。栗《くり》、梨《なし》、胡桃《くるみ》、熟柿《じゅくし》に山牛蒡《やまごぼう》。乾蕨《ほしわらび》、茸《きのこ》など、季節ごとの産物が京の都や近隣《きんりん》の市《いち》に運ばれて行き、絹《きぬ》の小袖《こそで》や染め物、紙、金物、陶磁器《とうじき》といった贅沢《ぜいたく》品、そして塩、海産物《かいさんぶつ》、酒、油、菓子などの必需品《ひつじゅひん》と交換されて戻ってくる。

貴哉の起居《ききょ》する屋敷にはいつでも豊かな富《とみ》が満ちあふれ、開墾の手間から解放された上級の武者《むさ》たちは、日々犬追いや馬責め、流鏑馬《やぶさめ》に精を出し、戦闘集団としての力を蓄《たくわ》えていったのである。

領主の座に就《つ》いた貴哉の前途《ぜんと》は洋々としており、わずか数年後に、あれほどの裏切りに遭《あ》うとは夢にも思っていなかった――。

十七歳で跡《あと》を継ぎ、磐石《ばんじゃく》であったはずの貴哉の立場に陰りが射《さ》したのは三年後。今にして思えば、父の助言に従って都から貴族の娘を妻に迎えたことにはじまる。

父は橘家を繁栄《はんえい》させる手段として、積極的に都の貴族と親交《しんこう》を結ぶ政策《せいさく》をおし進めてきた。朝廷に名を売りこみ官位を授かれば、開墾地をめぐって続いている周辺領主との小競《こぜ》り合《あ》いでも優位に立てる。

官位を授かる足がかりとして、都の貴族と好誼《よしみ》を結ぶ。その絶好の機会が婚姻《こんいん》である。

しかし、父の助言は裏目に出た。

貴哉に嫁《か》した妻とつき従ってきた義弟は、高鷲荘を奪いとる目的で輿入《こしい》れして来たのだ。たおやかで美しい新妻《にいづま》と、貴族とは思えない気安さで「兄上、兄上」と慕《した》いなついた義弟に、すっかり気を許したのが運の尽き。

義弟は貴哉の名代《みょうだい》で上洛《じょうらく》した折、『高鷲荘、朝廷への叛意《はんい》あり』と吹聴《ふいちょう》して回ったのだ。

「裏切り者めが……ッ」

胸を焼くような憎しみがこみ上げてくる。

都人《みやこびと》とは、公卿とは、あれほど平然と人を謀《たばか》るものなのか。

妻によく似た瓜実顔《うりざね》の柔和《にゅうわ》で雅《みやび》な義弟は、気性の荒い貴哉が度々《たびたび》発する癇癪《かんしゃく》を恐れもせず、ゆるりと受け止めていた。その微笑《ほほえ》みも慕《した》わしげな様子も、全てが作りごとであったのだ。

「信じた私が馬鹿《ばか》だった――」

父に何度もいわれていたのに。領主という立場に立つ以上、容易に人を信じてはならないと。血縁《けつえん》でも長年の家臣《かしん》でも、権力と金と色が絡《から》めば人の心はいくらでも変わる。上に立つ者として、そうした醜《みにく》い面を真《ま》っ向《こう》から見据《みす》え、逆にそれを利用するくらいでいろと。

幼い頃《ころ》からそういい聞かされて育てられた。けれど心のどこかで、立場には関係なく信じて信じられる相手が欲しかった。だから……。

貴哉の心の奥底にあったその弱さにつけこんで、汚物《おぶつ》をぶちまけるように信頼を踏みにじった義弟が憎い。信じた分だけ痛恨《つうこん》の念が胸をかきむしる。思い出すたび、辰砂《しんしゃ》が煮え立つような怒りが腹底に湧き上がる。

裏切り者への報復《ほうふく》。

――それだけが、汚名《おめい》を着せられ全てを奪われ、満身創痍《まんしんそうい》で逃げ出した貴哉の生き延びる糧《かて》になっていた。

皮膚《ひふ》に染みこむような眩《まぶ》しさに、橘貴哉はくっきりと目を覚ました。

あまりの眩しさに目蓋《まぶた》を薄く開けて何度か瞬《まばた》きをくり返し、明るさに馴《な》れてからようやく辺《あた》りの様子が目に入る。眩しさの原因は、ちょうど顔の辺りに射しこんできた陽光のせいだった。

光の筋は足側の壁から斜めに射しこんでいた。その角度で、今が正午くらいだとわかる。空気自体が発光しているような眩しさと独特の静けさ、頬《ほお》に触れる空気の冷たさから、外は雪が積もっていると思われた。

そこまで考えて、素早く屋内を見回した。

貴哉が寝ているのは一間《いっけん》ほどの空間で、左手に不思議な紋様《もんよう》の布が垂《た》れさがっている。その布の隙《すき》間《ま》から織機がちらりと見えた。周囲の壁は、木の枝と藤蔓《ふじつる》と笹葉《ささば》で精巧《せいこう》に編み上げられており、下の部分は泥土で補強されている。右の壁だけはつるりとした岩板だった。不思議な文様が織りこまれた見事な大布が、その一部を掛《か》け軸《じく》のように飾っている。

天井《てんじょう》を見ると、同じような肌合いの岩板《いわだな》でできていた。

どうやら岩壁と、そこから突き出た岩棚《いわだな》を利用して建てられた小屋のようである。

かんなを当てた美しい白木が水平垂直《すいちょく》に組み立てられた家屋敷《いえやしき》で育った貴哉には、ここはとても奇《き》異《い》な住処《すみか》に映る。

とはいえ、戦渦《せんか》で焼け出された人間が急場しのぎに作った掘っ建て小屋のような乱雑さはない。

左側の垂れ布の向こうに置かれた機には、簾《すだれ》のように整然と掛けられた糸が陽を弾《はじ》いていた。

夢の中でときどき聞いた、雨垂れのような音の正体はあれなのか。

織っていたのは、あの化け物だろうか？

小屋全体を形作っている技術と智恵《ちえ》は、貴哉には馴染みの無いものだったが、そこには美しさと緻《ち》密《みつ》さと温かさがあった。

「鬼の棲処《すみか》…というわけでもあるまいな」

ふう…と溜息《ためいき》をついたとたん、思い出したように傷が痛みはじめた。初めて目を覚ましたときより少しはましになっているとはいえ、額《ひたい》に脂汗《あぶらあせ》がにじみ出るのは止められない。

「そういえば…」

あのときの化け物はいったいなんだったのか。薄暗くてよく見えなかったが、貴哉を覗《のぞ》きこんできた顔半分は、まるで朽《く》ちかけた枯葉を貼りつけたように醜《みにく》かった。

思い返してぞっとする。

奥山には人智《じんち》を越えたもののけが跋扈《ばっこ》する。夜ともなれば尚《なお》さらだ。喰《く》われるか、生気を吸いとられて腑抜《ふぬ》けになるか。それとも異界にさらわれるか。

剣をとれば剛《ごう》の者よと称賛《しょうさん》された貴哉も、人外《じんがい》相手では気がくじける。ましてや今は身動きもままならない手負いの身だ。

「くそっ」

我が身に起きた不幸を呪《のろ》いかけたとき、カタリと音を立てて引き戸が動いた。

「あ…」

鋭くにらみつけた貴哉の視線の先に、眩しい陽光を背負った人影が立ち尽くす。微《かす》かな声とほっそりとした輪郭《りんかく》で、昨夜の化け物に違いないと覚悟を決めた。

しばらく互いを探るように息をひそめた後、先に声をかけて来たのは化け物の方だった。

「薬湯《やくとう》、煎《せん》じてきた。今度はこぼすな」

素《そ》っ気《け》ない、けれど昨夜と同じ澄んだ声が、しっかり釘《くぎ》を刺してきた。

「——お前は誰だ……」

「……シノ」

「何者だ？」

「いつきのシノ。理由《わけ》あって一族の縁《えにし》からは外れたけど、部族の誇りと掟《おきて》は捨ててない」

予想外にしっかりした答えが返ってきて、貴哉はわけもなくほっとした。告《つ》げられた内容に疑問は残るものの、明るい陽の下で言葉を交わしてみれば、相手は間違いなく人間だとわかる。

声はまだ子供のものだ。貴哉より五つ、六つは年下に見える。当然元服《げんぷく》もまだだろう。

「ひとりで暮らしているのか？」

その問いに少年は答えなかった。警戒しているのだろうか。

なぜか居心地の悪さを覚えた貴哉は寝床に横たわったまま、近づいてくるシノを仰ぎ見た。

生成色《きなりいろ》の筒袖《つつそで》に毛皮の袖《そで》無し。里ではあまり見慣れない脚にぴたりとした股脛巾《ももはばき》の上に、やはり毛皮の脛《すね》当てを着けていた。癖《くせ》のない髪は、頭の後ろできっちり一つに括《くく》られている。

そこまでは、貴哉も一度や二度は目にしたことのある山人《やまびと》の姿とあまり変わらない。

尋常《じんじょう》でないのは、顔と手指を覆い隠すように巻かれた布である。一寸《いっすん》ほどの幅にそろえられた細長い布が、目と口元を除いて、隙間《すきま》なくきっちりと巻きつけられている。

彼の姿を初めて見たときにはなかったものだ。

やはり昨夜《ゆうべ》の罵倒《ばとう》のせいだろうか？

貴哉の胸にチクリと針で刺されたような痛みが走った。

命の恩人《おんじん》に対して昨夜の化け物呼ばわりは、さすがに情のない仕打ちだったかと、一瞬反省してみたものの、なぜか言葉にならなかった。

再び居心地《いごこち》の悪さを感じた貴哉の目の前に、湯気を立てている椀を乗せた盆《ぼん》が差し出された。

布に覆われたその腕が近づいた瞬間、貴哉は反射的に身を引いていた。

伝染《うつ》るかもしれない——。

咄嗟《とっさ》の怯《おび》えは、悪気があってのものではない。異質なものを目にした人間の本能的な恐怖である。

布の下には、あの恐ろしいまだら模様の痣《あざ》が広がっているはず。

巷《ちまた》で騒がれている業病《ごうびょう》のいくつかが脳裏《のうり》をよぎり、考えるより先に身体が逃げていた。けれど、

「う…あッ——」

急に身動《みじろ》いだせいで再び激痛が走り抜ける。

きつく目を閉じて歯を食いしばり、痛みをやり過ごしている内に、すぐ傍にあった少年の気配はするりと遠ざかってしまった。

「薬湯、ここに置いとくから。大きい椀の方は腹が減ったら飲むといい…」

貴哉が目を開けると、少年は言葉と椀を乗せた盆を残し、背を向けて戸口からひっそり出て行くと

ころだった。

「あ…──」

言葉をかける前に、かすかに軋《きし》んで戸が閉まる。

貴哉の目蓋《まぶた》に、ひどく寂しげな細い背中が焼きついた。

枕元に置かれた大小ふたつの椀をにらみつけ、貴哉はしばらく考えこんだ。

得体《えたい》の知れない汁物を口にするのは気が進まない。けれど使いこまれた椀はどちらも清潔に洗い上げられているし、大きい椀からは何やら良い匂いが漂ってくる。

「薬湯…だと、いっていたな」

小さな椀に手を伸ばし、茶緑のとろりとした液体を覗きこむ。今さら毒《どく》を盛《も》るくらいなら、最初から助けたりしないだろう。

──昨夜の暴言と、先刻の拒絶。

差し出された少年の厚意《こうい》をこれ以上無下《むげ》にするのも大人気《おとなげ》ないと、腹を括る。

何よりも、目覚めてからどんどんひどくなる痛みを我慢するのは限界に近い。

「えいクソ!」

品のないかけ声と共に、茶椀の中身を飲み干してみる。とたんに口中いっぱいに広がる得《え》もいわれぬ苦味《にがみ》と渋味《しぶみ》。貴哉は顔を盛大に歪《ゆが》め、あわてて大きな椀に手を伸ばした。

「旨《うま》い…」

一口呑みこんで、ごく薄い塩気と深みのある旨味に舌鼓《したつづみ》を打つ。喉《のど》の渇《かわ》きも手伝って、気がつけば全て飲み干していた。ようやくひと心地ついて寝床に横たわり、幾度《いくど》か呼吸をくり返す内に、あれほど疼《うず》いていた痛みが薄皮《うすかわ》を剝ぐようにはらりはらりと消えてゆく。

ふう…と息を吐き、手足の力を抜いた。

——助かったのだ。

生きながらえた我が身を実感したとたん、糊《のり》のような睡魔《すいま》に絡めとられる。ここ数日来の緊張を解き、貴哉は大きく安堵《あんど》の吐息をついて目を閉じた。

眠っている間に、シノと名乗ったあの少年が手当てをしてくれているのだと貴哉が気づいたのは、不思議な庵《いおり》で寝起きするようになって幾日《いくにち》か過ぎてからだった。傷から発する熱のせいで、貴哉は一日のほとんどを眠って過ごしている。喉の渇きや自然の欲求で目覚めると、傷の手当ては済んでいるのだ。枕の傍には新たな薬湯と粥《かゆ》、白湯《さゆ》。足下には用足しに使う小さな肥桶《こえおけ》が置かれている。寝たきりで数日過ごしたわりに、身体が清潔に保たれているのもシノの世話に違いない。

しかし貴哉が目覚めている間、彼は決して姿を見せない。

「私が傍に寄られるのを嫌がったせいか…」

身に覚えのある数々の無体《むたい》な仕打ちを思い返して、貴哉の胸に座りの悪い感情が生まれる。

死にかけていたところを助けられ、手当てまで受けた。命の恩人の容貌が醜かったからといって、化け物呼ばわりはひどすぎだったか。

「いいや…」

胸に生まれかけた哀《あわ》れみの感情を、貴哉は無理やり押し潰す。

「何か目的があるはずだ。理由もなく助けるわけがない」

里に下りて貴哉の素性《すじょう》を調べ、金品と引き換えに役人を呼びこむつもりかもしれない。貴哉が身に着けていた父祖伝来の高価な武具も売り払われてしまっただろう。理由もなく見返りも期待せず、厄《やっ》介者《かいもの》を背負《しょ》いこむ人間などいない。親身《しんみ》な世話の裏側には、欲得ずくの計算が働いているに違いない。信じて心を許せば馬鹿を見る。命を助けられたからといって、油断してはいけない。

疑いの鎧《よろい》が貴哉の心を隙なく覆い尽くし、少年に対する引け目のようなものを消し去ってゆく。

「まずはシノと名乗ったあの少年の、真意を確かめる必要がある」

わずかだが体力が戻ってきたと感じた貴哉は、片腕をついて身を起こし、枕元に置かれた盆をちらりと見つめた。

「——…」

いくら傷のせいで弱っているとはいえ、痛みを伴う手当てや身体を拭《ふ》き清《きよ》められている間、少しも目を覚まさないのはおかしい。茶緑色のとろりとした薬湯が注がれた椀に手を伸ばし、わずかに考えこんだ後、貴哉はそれを肥桶にそっと捨てた。その後、用を足して蓋《ふた》をする。

案《あん》の定《じょう》、いつもは粥を食べ薬湯を呑んだ後すぐに訪れる眠気が、この日はやって来なかった。

一緒に消えるはずだった傷の痛みもそのままなのには閉口《へいこう》したが、我慢して眠った振りをする。痛みに耐えながら小半刻《こはんとき》。本物の睡魔に誘われかけたとき、ようやく戸口がカタリと動いた。流れこむ雪の匂いと薬草の青臭さが鼻腔《びこう》をくすぐる。

貴哉は眠った振りを続けながら、近づいてくるシノの動きを注意深く探った。

シノはまず、足下に置かれた肥桶を持ち上げて外へ出た。すぐに戻ってくると今度は貴哉の傍に跪《ひざまず》き、顔をじっと覗《のぞ》きこんでいるようだった。しばらくして、かすかな衣擦《きぬず》れの音と共にさらりと乾いた指先がやさしく額《ひたい》に触れてきた。

その瞬間。貴哉の身体に奇妙な怯《おび》えと怒りが走り抜けた。

「触るなっ」

パシリと乾いた音を立てて、とっさに振り払った手のひらが宙を舞う。

「薬湯に眠り薬を盛ってまで、私の世話をする理由はなんだ！」

貴哉が目を向けたとき、シノは三歩も飛びのいて既《すで》に手の届かない場所にいた。貴哉から顔を背《そむ》け、払いのけられた指先を胸元でかばうように握りしめている。

目の前でしおらしく項垂《うなだ》れる少年の姿に哀れみを感じかけ、そのことにいらだつ。

「言え！　目的はなんだっ」

恫喝《どうかつ》をにじませた自分の声に煽《あお》られて怒りに火が点《つ》く。薬を飲ませて眠らせて、その間に勝手に身体をいじりまわした。その理由はなんだ。自分の知らない間に誰かの思惑《おもわく》に翻弄《ほんろう》され、都合《つごう》の良いように物事が進んでいく。だまされ、陥《おとし》れられ、陰で嗤《わら》われる。その悔《くや》しさ、憤《いきどお》り。

貴哉は枕元に置かれていた盆をむんずと摑《つか》んで投げつけた。

「言え、目的はなんだ！　この化け物めっ」

木の盆は、素早くよけたシノの頭上をかすめて柱に当たり、グワンと鈍い音を立てて土間《どま》に落ちた。

同時に飛び出した白い風が貴哉の左腕に喰らいつく。

「シロ！　ダメだッ、止《や》め！」

咬《か》みつかれた貴哉が払いのけるより一瞬早く、シノは犬に飛びついて、振り下ろされた男の殴打《おうだ》を代わりに受けた。

「――っ…ッ」

「あ」

こめかみをかすめた拳《こぶし》のせいで、シノの顔に巻かれていた布が弾《はじ》け飛び、ゆるんで解けたその隙間から、炎が舐《な》めた跡のような痣が露《あらわ》になる。

それを醜いと感じるより早く、貴哉は強い罪悪《ざいあく》感に襲われた。

――これではまるで弱い者いじめではないか。

「シロ、いい子だから…離して」

シノは全身で貴哉の痛癀から忠犬をかばい、静かな声で言い聞かせている。

その澄んだ透明な声に、怒りで凍《し》みついていた貴哉の情《なさけ》心《ごころ》がちくりと疼く。

「シロ……」

もう一度やさしく声をかけられて、唸り声を上げていた白い獣《けもの》は、いかにも渋々と貴哉の腕から顎《あご》を外した。咬み傷は予想していたほどひどくはなかった。よく見れば、唸り声を上げている犬の口にはほとんど歯が残っていない。毛並みもずいぶん老いぼれている。

少年を懸命《けんめい》に守ろうとする老犬。

貴哉の胸が、今度ははっきりズキリと痛んだ。

貴哉は頭を下げられることはあっても、下げたことなど滅多《めった》にない。だからこんなとき、どう切り出せばいいのかよくわからない。

「その……――」

シノは露になった右頬の痣を隠すように背を向けて、うつむいたままだ。

「その、……それは伝染《うつ》ったりしないのか？」

謝罪の代わりに貴哉の口を突いて出たのは、またしても無神経な言葉。自分でも何をいっているんだとあせりながら、それでも口から一度出てしまった言葉は消すことができない。

「伝染らない」

シノは貴哉の無礼な問いに憤ることなく、素っ気ない返事を残して庵から出て行ってしまった。

少年がいなくなった後、貴哉はしばらく己《おのれ》の言動をあれこれ思い返し、胸に残った後味の悪い感情をなんとか正当化しようとした。

「誰だってあの姿を見たら、化け物だと思うだろう」

けれど命の恩人だ。シロと呼ばれた老犬を諫《いさ》める声は清《きよ》らかに澄んでいた。咬まれた左腕をかざして見る。鍛《きた》えられた腕に食いこんだ歯の跡は、わずかに血をにじませているだけ。

「――……」

以前の貴哉であれば他人の飼い犬に咬みつかれようものなら、その場で斬《き》り捨てるほど激昂《げっこう》している。けれど今、胸にあるのは苦い後悔《こうかい》ばかりだ。

「くそっ」

自己嫌悪を振り切るように目蓋を固く閉じる。

貴哉は濡れ衣とはいえ謀反の汚名を着せられた罪人だ。裏切り者たちへの報復と汚名を雪ぐ日まで、なんとしても生き延びなければならない。そのためには、どれほど用心深くしても足りない。

「だから疑って当然だ」

むりやり己を正当化してみても、吐き気のするような自己嫌悪は収まらない。薬湯を飲み損《そこ》なったせいでひどくなるばかりの傷の痛みが、それに拍車《はくしゃ》をかける。

心身の苦痛に耐える内に貴哉はいつしか眠りに落ち、そうして嫌な夢を見た。

あれは七つか八つ。初めて弓を与えられたときのことだ。的《まと》は片羽を折られた鶉《うずら》。飛び立つこともできず、じたばたと矢場《やば》を逃げ回る手負いの鳥を見事一射で仕留めたとき、周囲の大人たちは歓声を上げて貴哉を褒《ほ》めそやした。けれどそのとき、貴哉の胸に湧き上がったのは誇らしさではなく、卑怯《ひきょう》な己に対する悔しさだった。

寝覚めの悪い夢から覚めると庵の中は藍《あい》色に染まっていた。日暮れと夜の狭間《はざま》の色だ。

屋内に貴哉以外の人気《ひとけ》はなく、土間に設《しつら》えられた火壺の熾火《おきび》だけが小さく瞬《またた》いている。

近くに松の木でもあるのだろう、蕭々《しょうしょう》と枝葉を鳴らして風が吹く。風は時折強く吹きつけて庵全体を揺さ振ってゆく。

開けられたままの小さな明かりとりから粉雪《こなゆき》が舞いこんで、隅に小さな雪溜まりを作っていた。

こんな天気の夕暮れに、あの少年はどこへ行ったのか。疑問よりも心配が先に立つ。

「シノ…」

昼間の諍《いさか》いのこともある。急に不安を感じた貴哉は、痛みに耐えてゆっくり身を起こした。汗に濡れた背中に冷気が当たって悪寒《おかん》が走る。疼痛《とうつう》と吐き気と目眩をこらえ、這ってでもシノを探しに行かなければと手をついたとき、戸板《といた》に何かぶつかる音が響いた。

「シノ…？　シノかっ！」

思うように動かない身体に手間《てま》取《ど》っている内に、ガタガタと音を立てて戸が開き、吹きこむ雪片と共に雪まみれのシノが飛び込んできた。

寝床から半身を投げ出したままの貴哉が見守る中、シノは肩で息をしながら雪を払い、火を熾して老犬を労《いたわ》り、開け放しだった小窓を閉めた。

「死にたくなければ寝床にもどれ。そんな身体で風邪《かぜ》を引かれたら、おれには治せない」

貴哉に背を向けたまま、シノはようやく口を開いた。

「あ、ああ……」

いわれ慣れない命令口調に少しだけむっとしながら、貴哉は言葉に従った。居心地よく上掛けにくるまろうと身動《みじろ》いで、突き抜けた傷の痛みにうめき声を洩らす。

「薬湯を捨てたりするから……」

ぽつりと呟かれた、自分より五つは年下だろう少年の責めるような物言いが癇《かん》に障《さわ》り、

「――眠り薬なんぞを盛るからだっ」

間髪《かんぱつ》入れずに反論すると、シノの背中がわずかに揺れた。何かいい返されるかと身構えたが、シノは黙って背を向けた。それから天吊鉤《てんつりかぎ》にかかった薬缶《やかん》を外して鍋をかけ、湯を沸《わ》かす間に、火壺の隣に設えられた小さな水場で、すらりと双刃を閃《ひらめ》かせた。

「――……!」

一瞬身構えた貴哉を尻目に、シノは捕《と》らえてきたばかりらしい二羽の兎の前に双刃を置いて、小さく何かを呟きながら不思議な手振りをいくつかくり返した。最後に、静かに手を合わせ軽く頭を下げた仕種《しぐさ》は、さすがに貴哉にも理解できる。

感謝の祈りだ。

食糧《しょくりょう》となる獲物《えもの》を前に、感謝の念《ねん》を捧《ささ》げるのは特に珍しいことではない。

見慣れない動作に警戒していた貴哉が肩の力を抜いて見守る中、シノは小さな白い二羽の兎をさば

きはじめた。双刃の短刀が手際《てぎわ》よく皮を剝ぎ、臟物《ぞうもつ》を取り除く。ぷん…と広がる血の匂いは、次々と鍋に放りこまれる木の実や草の根が発する芳香《ほうこう》で打ち消された。一羽分の肉を鍋に放りこんだ後、シノは切り分けたもう一羽を薄い木の皮で包み、戸口脇の棚に置いた。黙々と続けられる一連の動作はよどみなく、軽やかだ。

「…そんなところに肉を置いて、その犬に喰われてしまわぬか」

「シロはそんなことしない」

貴哉の問いに、シノはきっぱり答えた。言葉には飼い犬に対する絶対の信頼と愛情がつまっている。

「——そんな場所に置いて、腐《くさ》ってしまわぬのか」

「凍《こお》るから平気」

今度の答えも明瞭《めいりょう》だ。

くつくつと新鮮な肉を煮こんでいる間、シノは貴哉が手を伸ばせば届く場所に手当てに必要なあれこれを置いた。

「薬を替えないと膿《う》む」

気遣いを含んだ声。小さな灯明皿《とうみょうざら》と、紙のように薄く削《そ》いだ木の皮にたっぷり塗られた膏薬《こうやく》。三寸《すん》幅の長い布。それだけ置いてシノはさっさと離れてしまう。決して貴哉の傍には寄ろうとしない。

眠っている間に手当てされるのは嫌、近づいて触られるのも嫌。それなら自力でなんとかしろ。そういう意味だ。

「……」

理不尽《りふじん》な怒りであることは百も承知だが、腹が立つ。突き放されたことが癪《しゃく》に障って仕方ない。

それでも今さら「頼む」というのも業腹《ごうはら》で、貴哉はわずかに身を起こし、自力で手当てをはじめた。

しかし、腹に巻かれた布を外すだけで額に脂汗がにじみ出し、傷口に当てられた半渇きの膏薬を剥ぎ取ったときには、内腑《ないふ》を引っ張り出されるような痛みにうめいた。新しい膏薬を貼ると、これがまた激烈に痛い。何をしても痛い。

「――……むぅ」

適当に布を巻きつけ終えたときには、すでに背中の矢傷の手当てを続ける気力など欠片《かけら》も残っていなかった。ぜいぜいと息を吐き、帷子《かたびら》の前を合わせて夜具《やぐ》に倒れこむ。ちらちらとこちらの様子をうかがっていた少年と犬に気づいて顔を背け、せめてもの強がりに「ふん」と鼻で息をつく。

意地を張らず、「すまなかった」とひと言詫《わ》びて、シノに手当てを頼めばいい。せめていつもの薬湯を飲ませてくれと。

それだけのことが、どうしてもいい出せない。

――痣が気味悪いからではなく、これまで散々《さんざん》勝手ないい種で傷つけておいて、今さら助けてくれとはいいにくいのだ。

背後から呆《あき》れたようなシノの溜息が聞こえて、むっとする。振り返り、少年をにらみつけ、

「私を助けた目的はなんだ」

己の中の弱気を誤魔化《ごまか》すように、昼間、怒りと共にぶつけた問いを再び投げかけた。

「……」

シノは何かいいかけて口ごもり、目を伏せて、それから貴哉の視線を避けるように顔を背けてしまった。

――そら見ろ。やはり後ろめたい理由があるに違いない。

貴哉は自分にそういい聞かせることで、芽生《めば》えかけたシノへの信頼と、大人げない己の所行《しょぎょう》を打ち消した。


その夜。

何かに呼ばれた気がして、貴哉はふと目を覚ました。庵の中は鼻をつままれてもわからない闇に沈んでいる。耳を澄ませば、風が梢《こずえ》を渡る音だけがひゅうひゅうと響き渡っている。

手当てし損《そこ》ねた背中の傷が爛《ただ》れるような痛みを発している。そのせいで目覚めたのだろうか。

唯一楽《ゆいいつらく》に動かせる左腕を目の前にかざし、ぼんやりと輪郭《りんかく》が浮き上がるまで何度か瞬きをくり返した。それから唐突《とうとつ》に、シノはどこにいるのだろうかと思いつく。

寝床には、あとひとり横になるのにちょうど良い空きがある。けれどそこには誰もいない。

痛みをこらえて身をひねり庵の四隅《よすみ》に目を凝らしてみたが、やはりシノの姿は見当たらない。

少し肩を出しただけで雪夜の冷気が染みこんでくる。こんなに寒い夜にあの少年は、いったいどこ

で眠っているのだろうか。

「いや…」

むくりと芽吹《めぶ》きかけた心配の芽を、貴哉は警戒の沓《くつ》で踏み潰した。

助けた理由を聞いたとき、結局シノは答えなかった。後ろ暗いことがある証拠に違いない。きっと他にも似たような庵があるのだろう。わざわざ心配する必要などない。

無理やり自分にいい聞かせ夜具にもぐりこみ、ふっさりと温もりを宿す毛皮の上掛けを身体に巻きつけて、貴哉は目を閉じた。けれど…。

違う……。

――壁に掛けられた小刀、鉈《なた》、魚籠《びく》、木の実や草薬のつまったいくつもの布袋。年季《ねんき》の入った天吊《てんつり》鉤《かぎ》。小さな水場の脇に重ね置かれた大小の椀。使いこまれた鍋。何もかも丁寧《ていねい》に手入れを施《ほどこ》され、次の出番を待っている。そうした暮らしのあれこれが、ここがシノの居場所だといっている。

貴哉が痛みをこらえて身を起こすと、同時に戸口脇に積み重ねられていた薪《まき》の向こうから、むくりと白い老犬が顔を出した。

シロは耳をそばだてて用心深く貴哉の様子を探っているものの、吠えたり飛びかかったりするつもりはないらしい。

「――…!」

なんとなく胸に閃《ひらめ》くものがあった。

動くたびに走り抜ける息の止まるような痛みに耐えながら、貴哉はそろりとシロの傍まで寄ってみた。

「やはり…」

冷たい土間の上。

薪の束に身を隠すように丸くなり、温もりを分け合うよう老犬に寄り添いながら、シノがひっそりと眠っていたのである。


山の天気は変わりやすい。朝は晴れていても夕方には吹雪《ふぶ》くこともある。その逆も多い。

シノは空を見上げて風を読み、それから冬の間の食糧を保存してある穴蔵《あなぐら》の中を覗きこんで、溜息をついた。庵の東側に掘られた貯蔵《ちょぞう》穴はシノの膝が埋まるくらいの深さで、それほど大きくはない。そこには秋の間に作っておいた乾《ほ》し肉と塩漬《しおづ》け肉、木の実や乾した茸《きのこ》、それから里で交換してきた穀《こく》類《るい》や根菜《こんさい》などが蓄えられている。

「やっぱり足りない…」

春にお爺が逝った後、ひとりで冬を越すはずだった。当然、蓄えもひとりと一頭分しかない。

庵で眠っている男は若く立派な身体つきをしている。身体が大きい分たくさん食べるだろうと覚悟はしていたが、傷が癒《い》えるにつれてどんどん増えてゆく男の食事量は、シノの予想を超えていた。

多めに作ったはずの粥をぺろりと平《たい》らげた後、空《から》になった鍋を見てもの足りなさそうな顔をされたとき、シノの心は自分に対する情けなさと悔しさでいっぱいになった。

貴哉に比べれば頼りないほど華奢《きゃしゃ》な姿をしていても、シノの中にも男としての誇りや弱っている者への保護欲がある。そうした部分が、助けた人間を満足に養ってやることもできない己の不甲斐《ふがい》なさを嘆《なげ》いていた。

怪我で衰《おとろ》えた身体に精をつけてやるためには重湯や粥ばかりでなく、新鮮な肉も必要になる。

もう一度空を見上げてから、

「シロ。今日は留守番だよ」

シノは少しきつい調子でいい聞かせた。シロは守るべき大切な主人が崩れそうな天気の中、狩りに出かけようとしているのを察して心配そうに仰ぎ見る。

「心配ない。この前仕掛けた罠《わな》に、獲物が掛かってるか見てくるだけ」

安心させるように笑いかけ、もう一度「ここで待て」といい聞かせてから戸を閉めると、強く吹きはじめた風に急《せ》かされるように庵を離れた。

冬の狩りが危険なのは何度か降り積った雪が風を受けて吹き溜まり、地形を変えてしまうからだ。その危険性を充分承知しているシノは、目をつむっていても歩けるほど慣れ親しんだ場所だけを選んで罠を仕掛けておいた。

本当はもう少し足を伸ばせばもっと良い狩り場がある。けれどそれは最後の手段だ。

　しかしこの日、いくつか仕掛けておいた罠に掛かっていたのは小さな穴兎が一羽だけ。落胆《らくたん》と共に獲物を外そうと身を屈めたとき、木立の向こうに一羽の雉《きじ》が降り立った。

　そっと気配を消して、首にきれいな瑠璃《るり》色を巻いた雄鳥《おんどり》に近づいた。雉はシノに気づいた様子もなく、雪の下に隠れている木の実を探して半ば飛びながら長い尾をひらめかせ、木立を縫うように移動してゆく。

　よく肥《こ》えているし、かなり大きい。

　仕留められれば二日分にはなる。庵で待っている手負いの獣のような男に、旨い夕餉《ゆうげ》を用意してやりたい一心から、シノは無理を承知で進み続けた。

　男はささいなことで苛立って、いつも仏頂面《ぶっちょうづら》をしているけれど、腹いっぱい食べれば、もしかしたら笑顔を見せてくれるかもしれない。

　男が喜ぶ顔を思い浮かべたシノは、そのとき少しだけ用心を怠《おこた》ってしまった。

　獲物を追って森を駈《か》け抜け、半弓を使ってようやく射落としたとき、周囲はだいぶ暗くなっていた。雉が落ちたのは西山の外れの傾斜にある窪《くぼ》みだ。くたりと弧《こ》を描いた雉の首を摑んだ瞬間、無造作《むぞうさ》に雪面へ乗せたシノの右足は、そのままなんの抵抗もなくすぽりと空を踏み抜いた。

「あッ……――」

　もんどり打って転がり落ちた場所は人ひとりがちょうど収まるほどの狭い亀裂《きれつ》。地下水脈《すいみゃく》の涸《か》れた後か、木の根が腐ってできた空洞《くうどう》か。シノが手を伸ばしても穴の縁《へり》まであと身体半分ほど届かない。

「間抜《まぬ》け…っ」

自分を叱咤《しった》してから見上げた空は、いつの間にかけぶるような濃い灰色が渦巻《うずま》いていた。強く吹きはじめた颪を受けて、穴の縁から雪塊が落ちてくる。

シノはほとんど真暗な穴の中を見回し、手探りで一緒に転がり落ちた貴重な獲物を探し出すと、しっかりと腰に結わえつけた。それからお爺の形見《かたみ》である双刀の背で、岩混じりの土壁に手際良く足場を掘りはじめた。

地表近くの凍った土壁で手を滑らせて穴底へ落ちた後、二度目は用心深く露出《ろしゅつ》した木の根を摑んで、ようやく穴から這《は》い出すことができた。

思ったよりも手間どったらしく周囲はすでに闇夜で、空も墨《すみ》を流したような雲に覆われている。足下すら見えない闇の中、雪山を動き回るのは自殺行為に等しい。シノはその場に手早く雪を積み重ねて颪よけを作り、すっかり凍って固くなった獲物を脇に置いて座りこんだ。それからお爺と御山《おやま》の神様へ祈りを捧げる。

——どうか、半刻《はんとき》でいいから雲を切り、月明かりを注いでください。おれが帰らないと、あの人が腹を空かせてしまう。——あの人には、少しもひもじい思いをさせたくない。できる限りのことをしてやりたい…。

懸命な祈りは途中から、庵で待っている男への想いに横滑りしはじめる。

意地を張って、自分では手当てできなかった背中の矢傷を、シノは男が眠った後にこっそりと治療《ちりょう》した。今朝《けさ》、目覚めた男はそれに気づいたようだったけれど何もいわなかった。気のせいか、少しだけ態度が柔《やわ》らかかった…ように思う。

昨日、目的はなんだと怒鳴られたときシノは正直に答えられなかった。

一緒にいたいだけ。そんな望みがいえる雰囲気ではなかった。

男は猛禽《もうきん》類のように美しい。そして肉食獣のように猛々《たけだけ》しく、容赦《ようしゃ》がない。

「伝染るのか？　だって…」

笑ってしまう。

「これは誰にも伝染らない。……移せない」

罵《ののし》られて、邪険《じゃけん》にされて。いくら尽くしても礼もいってもらえない。男の行動は理不尽な仕打ちばかりだ。それなのに身の内からあふれ出すこの感情はなんだろう。全てを置き捨てて、身を捧げたくなるような……。

高熱にうなされていた男に握りしめられた指先が、思い出したようにじわりと疼いた。それで自分の口元をなぞってみると、薬湯を与えるために重ねた唇の感触が蘇《よみがえ》る。上質な着物の下から現れた逞しい身体、均整のとれた顔立ち。よく響く低い声。

「――…っ」

彼のことを考えるとなぜか胸の奥が引き絞られたように痛んで、下腹の辺りが熱くなる。

「な、んだろう。これ…」

奇妙な胸の昂《たか》ぶりに戸惑《とまど》いながらシノは膝に顔を突っ伏した。唇を嚙みしめ目を閉じる。翼《つばさ》を広げればシノの背丈《せたけ》よりも大きな鷹《たか》を見たことがある。あのときの気持ちに似ているかもしれない。誇り高く雄々《おお》しい、普段《ふだん》は手の届かない存在がすぐ近くまで降りてきてくれた。その喜びと興奮。それから、きっとすぐに飛び去ってしまうに違いない、そんなあきらめも交じっている。

いくら考えても、シノにはそれ以上わからない。

ただはっきりしているのは、傍にいたいという強い気持ち。

ずっと見ていたい。声が聞きたい。そうしていつか一度でいいから、お爺がそうしてくれたように、頭を優しく撫でながら微笑んで欲しかった。

お爺が逝ってしまった今、他にはもう誰も、シノのそんな望みを叶《かな》えてくれる人はいないのだから――。

もの思いに沈んでいる間に、風が止《や》んだ。

天空を見上げると、真黒《まくろ》い雲に銀粉《ぎんぷん》を散らしたような亀裂《きれつ》が生まれている。やがて厚い雲の切れ間からわずかな月明かりが地上に降り注《そそ》ぎ、世界は一変して青銀に染まった。

シノは山の神に感謝を捧げて立ち上がり、方角と道筋を確認して歩きはじめた。固まっていた膝が寒さにきしんで、穴に落ちたとき擦《す》り剝いた傷が思い出したように痛みはじめたが、気にせず歩く。

獣皮《じゅうひ》と椙糸《しないと》で作った沓の下で、凍りついた雪の表面がぱりぱりと音を立てる。

「ふう……」

月光を弾いて青白く光る雪粒を見つめて立ち止まり、溜息をついた。毛皮で作った手袋を外すと、月明かりを浴びて手の甲の痣がくっきりと浮かび上がる。痣は腕から肩へ、そして背中から腹、腰と足にも続いている。

シノはそっと右の頬に手を当てた。手触りだけではわからないが、この右面にも痣がある。

お爺の形見の銅鏡《どうきょう》を、シノは一度も使ったことがない。山での暮らしにそんなものは必要なかったし、シノが傍目《はため》にはどんなに醜い容貌だとしてもお爺は少しも気にしなかった。

この痣さえなければ――。

シノが本気でそう考えるようになったのは、あの男が現れてからだ。

「化け物…か」

男に疎《うと》ましそうな視線を投げつけられるたび、自分の存在そのものが斬り砕かれてゆく気がする。何も悪いことなどしていないのに、身を縮めて消えてしまいたくなる。

いっそ本当に道理《どうり》の是非《ぜひ》もわからない獣だったなら、こんなに辛い思いはしないのに。

この痣さえなければ、あの男《ひと》はもう少しやさしくしてくれるのだろうか。

肩を落として庵への道を急ぐ少年の背を、なぐさめるように月明かりがやさしく照らしていた。

轟々《ごうごう》と鳴り響く激しい風の音で貴哉は目を覚ました。昼過ぎにシノがどこかへ出かけた後、ままならない自力の手当てに疲れ切って癇癪を起こし、そのままうたた寝していたらしい。

いつもならとっくに帰って来ているはずのシノが、日が落ちて暗くなっても戻って来ない。

戸口には、置いて行かれた忠犬シロが置物のように座りこんでいる。

シロを残して出かけるとは珍しいこともあるものだと、しばらくは悠長《ゆうちょう》に構えていた貴哉も、さすがに心配になってきた。傷口が開かないよう手のひらで押さえながら身を起こす。毛皮の上掛けを巻きつけたまま、ゆっくりと火壺に近づいた。今にも消えそうだった熾火に薪をつぎ足して火勢を強め、薬缶に水を汲《く》んで天吊鉤に掛ける。それだけの動作でもう息が切れる。

情けないほど衰《おとろ》えた己の身体に歯噛みしたとたん、今度はぐぅ…と腹の虫が鳴った。ろくに動きもせず寝てばかりいるくせに、腹だけは一人前《いちにんまえ》に減るのだ。

「…ったく」

腹立ちまぎれに辺りを見回しても、食べられそうなものは見当たらない。シノが戻らなければこのまま飢《う》え死《じ》にもあり得るのだと、嫌な考えが脳裏をよぎりかけてあわてて首を振る。

「冗談ではない」

やがて風が止んで月が出た。火壺に足した太い薪が半分燃え尽きても、シノは帰って来なかった。

「シロ、お前のご主人様はどこへ行ったんだ？」

声をかけてみても、シロはずっと庵の入り口に佇《たたず》んだまま貴哉の方などチラリとも見ない。

「見上げた忠義者だな、お前は…」

――私にもいた。自分のことよりも私を優先させる忠義者が。

「飛垣は、どうしているだろうか」

……いいや。あの者も本当は私を裏切って、まんまと義弟一派に寝返ったかもしれぬ。

矢雨の盾となってはぐれてしまった家臣の生死に思いを馳《は》せたとき、シロがむくりと立ち上がった。

忙《せわ》しなく二、三度戸口の前を行き来してから、焦れた仕種で貴哉を振り返る。

なんとなく「ああシノが帰って来たのか」と察して立ち上がり、よろめきながら戸を引いてやると、老犬は一目散《いちもくさん》に駈け出して行った。

庵の建つ、丘と崖の中間のような高所から駈け下りた白い獣は、斜面の下に広がる森の中へ姿を消した。すぐに何度か嬉しそうな吠え声が響き渡り、続いて甘えた鼻声が聞こえてきた。

ここからは見えないが、きっとちぎれるくらいに尾を振りながらシノの足下にじゃれているのだろう。貴哉は戸口でしばらく待った後、寒さに負けて庵の中へと引き返した。火を強くしてシノが戻るのを待っていると、やがて雪を踏みしめるひとりと一頭の気配が近づいてきた。

きしむ板戸を引いて、ようやく姿を現したシノをひと目見て、貴哉はひどく驚いた。

「どうしたんだ…！」

髪も身体も半分凍りついている。腕から背中にかけては泥まみれ。その泥も叩けば音がするほど硬く布に凍《し》みついている。半間《はんげん》ほど離れていてもシノの身体から漂う冷気が、火で温められた貴哉の頬をひやりと撫でてゆく。

「なんなんだ、その姿《なり》はっ？」

怒っているわけではないのに、責めるような口調になるのを止められない。

疲れきった様子のシノは、珍しくぼんやりと貴哉を見上げてから、

「え…、あ」

あわてて布で覆われた右半面をかばうようにうつむいた。それから小声で、なんでもないことのようにいう。

「ちょっと、しくじった」

「待て。その腕、怪我をしてるではないか」

「かすり傷。舐めとけば治る…」

伸ばした手が触れるよりも早く、シノは貴哉の傍から飛びのき背中を向け、泣いているような震える声でたいしたことはないといい張るのだ。

そのまま貴哉の目を避けるように庵の隅へ行き、身体にこびりついた雪を払い、泥で汚れた上衣だけ替える。前合わせの紐《ひも》がなかなかうまく結べないのは、寒さで指がかじかんでいるせいだろう。

自分がいるせいで火の傍に来ようとしないシノに今度こそ腹が立つ。

「ここへ来て、火に当たればいいだろう！」

どちらが家主《やぬし》かわからない居丈高《いたけだか》な誘いの言葉に、シノは迷いを見せながらようやく従った。

それでも貴哉の手が届かない場所を選んでちょこんと座り、指先を手早く温めただけですぐに腰を上げてしまう。脚を踏み出した拍子《ひょうし》によろめきかけたものの、貴哉が手を伸ばすより先に逃げるように離れて行った。

少年のそうした行動の全てが、なぜだか無性に癇に障る。

醜い痣を疎《うと》んで、触れられるのを嫌がった己の所行は棚に上げ、貴哉は差し出したまま宙に浮いてしまった手のひらを強く握りしめたのだった。

「腹が減っただろ。遅くなったけど今日は良い雉が獲《と》れた。すぐ仕度《したく》するから横になってて」

シノは背を向けたままぽそりと呟き、獲《と》ってきたばかりの獲物を前に置いて静かに目を閉じた。

もう見慣れてしまった一連の手振りとたぶん祝詞《のりと》のようなものだろう、韻《いん》を踏んだ独特の節回《ふしまわ》しの呟きが、なぜだか今夜は強く胸に迫る。

どこか聖性《せいせい》を感じさせる一連の所作《しょさ》を終えると、シノは静かに手を合わせ、獲物に対して深く頭を下げた。そうして黙々と獲物をさばきはじめた。

払い損ねていた雪が解け、シノの黒い毛先から雫《しずく》が伝い落ちる。

悔しさとやる瀬なさの入り交じった複雑な思いで、その背中を見つめていた貴哉は、そのとき初めて雷《かみなり》に打たれたように気づいた。

——ああ、そうか…。

シノが荒れ模様の天気の中、無理して狩りに出かけていた理由に。

「シノ…」

意識してやさしく呼びかけると、少年の肩がかすかに揺れた。

「そなたはここで、ずっと独りで暮らしていたのか？」

「……春まではお爺がいた」

お爺はどこへ行ったのかと訊くほど、貴哉は鈍くない。奥山で独りひっそり暮らす少年のもとに突然転がりこんできた闖入者《ちんにゅうしゃ》。季節は冬だ。突然増えた一口分《ひとくちぶん》を養う蓄えが、充分にあったはずがない。

どうして今まで気づかなかったのか。

——私は、天下一の虚《うつ》け者か…！

貴哉にとって狩りとは食糧を得るためのものではなく、武芸の腕を磨くのにちょうど良い、好都合な遊戯《ゆうぎ》にすぎなかった。力のある荘園領主の嫡男として御曹司《おんぞうし》よ、若殿《わかとの》よと呼びそやされて育ったせいもあり、日々の糧《かて》、山海《さんかい》の珍味《ちんみ》すら、座して待てば供《きょう》せられるのが当然だと思っていた。近しい者の裏切りに人の好意が信じられなくなっていたせいもある。

だから今の今まで、シノが命の危険を冒《おか》して貴哉のために狩りに出ていたことにも気づけなかった。

……気づこうとしなかった。

なんという愚か者なのだ、私は…。

自分よりいくつも年下の少年に、邪険《じゃけん》にあたり散らしていた己が心底恥ずかしい。

「シノ…」

名を呼んだきり、次の言葉が出てこない。

こんなときどうやって謝ればいいのか、父も飛垣も乳母《うば》さえも、誰ひとりとして教えてはくれなかった。だから貴哉はそれきり口をつぐんで、居心地の悪い沈黙に耐えるしかなかった。

その夜も、シノは黙って冷たい土間で眠りに就《つ》いた。

貴哉の目に触れない場所を選んで眠る理由など、聞かなくてもわかる。化け物呼ばわりされて傷ついているのだ。

胸の柔らかな場所を刺されるような自己嫌悪の痛みに、貴哉の眠りは浅くなる。温かいはずの寝床の中が居心地悪くてしょうがない。高鷲の屋敷で何不自由なく暮らしていた頃、奴婢《ぬひ》や下人《げにん》たちが土の上で寝起きしているのを見ても、こんな風に胸が痛んだことなどなかった。それが当然の理《ことわり》だと教わって育ったからだ。

けれどシノは貴哉に隷属《れいぞく》しているわけではない。

太古《たいこ》より山林に分け入るという行為は、俗世《ぞくせ》を捨てる意味を持っていた。奥山は神の領域であり、人の世の支配の及ばぬ異界でもある。謀反の濡れ衣を着せられた貴哉が、選んで奥山へ逃げこんだのも、そうすれば追っ手の追求を逃《のが》れられることを知っていたからだ。

その奥山で独自の暮らしを続ける山人のシノが、貴哉の身分を恐れて畏《かしこ》まっているとは思えない。

――シノはなぜ怒らない。なぜ私を助けた。

どうして、化け物呼ばわりするようなひどい男を追い出しもせず、寝床まで譲ってやるのか。

いくら考えてもわからない。

「いったい、なんなんだ……ッ」

シノの目的が読めなくて苛ついているのか、彼を傷つけてばかりいる自分に苛ついているのか、貴哉はそれすらもわからなくなってきた。ぎりぎりと奥歯を嚙みしめて細かい寝返りを続けていると、

「どうした、どこか痛むのか？」

土間の向こうからそっと声をかけられた。きれいな澄んだ声音《こわね》には心配がにじんでいる。

「――気分が悪い」

不機嫌《ふきげん》さを隠そうともしない答えに、闇の向こうでシノは身をすくませたようだった。

「薬湯を煎じようか？」

それでも貴哉の身を案じて起き上がる気配がする。

「そなたがそこで、――そんな場所で、寒さに震えているかと思うと、苛々するんだっ」

「……そんなに、すごく寒いわけじゃ…」

理不尽に怒鳴られても律儀《りちぎ》に答えを返す。その素直さはなんなのだ。

「ここへ来いっ」

そこは寒いだろう、ここで私と一緒に眠ればいい。

そうやさしく誘いたいのに、口から出るのはいい慣れた命令口調ばかり。闇の向こうで、シノが戸惑っている様子が手にとるように伝わってくる。

「早く来い！」

「でも…」

ためらいには怯えが交じっている。怯えさせたのは自分のせいだ。散々罵り、物まで投げつけた。

「いいから来いといっているんだ！」

そんないい方をされて、素直に聞く者などいるものか。わかっていても止められない。

己の癇癪を、今ほど情けなく感じたこともない。それでもどういえばいいのかわからない。怪我さえしていなければ力ずくで抱き上げて連れて来るものを。

「――…ぐぅッ」

叫んだ拍子に傷が疼いてうめきが洩れる。わざと大げさに苦しんでみせたら案の定、シノはあわてて近づいてきた。こういう人間をなんと呼ぶか。

呆れるほどのお人好《ひとよ》しめ。

「だいじょうぶ？　――、あ…」

心配そうに覗きこんできたシノの腕を素早く摑んで引き寄せた。痣を隠すための布は眠るときには外しているのだろう、握った腕の感触は、なめらかな素肌だった。予想以上にしっとりと手に馴染む触り心地が少し意外な気もした。

「いやだ…」

思わず力をこめた腕の中で、シノは抗《あらが》いながら小さく呟いた。無理やり捕らえた仔栗鼠《こりす》のような儚《はかな》い抵抗が、妙にくすぐったい。

冷えきった細い身体を抱きしめたとき、貴哉の胸の奥には、逆に温かい湯を注がれたような不思議な感情が生まれた。

「こうしたほうが、傷が痛まないんだ」

気持ちがいい。ほっとする。

すっぽりと腕の中に収まってしまう華奢な身体を抱きしめると、高鷲の館を追われて以来、一度も感じる暇《いとま》のなかった深い安堵の吐息がこぼれて落ちた。

「じっとして…」

耳元に囁きかけると、貴哉に背を向けて身を固くしていたシノの身体が少しだけ柔らかくなる。

「一緒に眠ろう…」

毛皮の上掛けを巻きつけながら、貴哉はずっと胸の奥につかえていたひと言を、ようやく告《つ》げることができたのだった。


翌朝。

貴哉は生まれ変わった気分で煎じてもらった薬湯を呑み、柔らかく煮こまれた兎肉の汁を食べた。

「手当てをしてくれ」

これまでどうしてもいい出せなかった頼みごとも、するりと口を出る。照れ臭さを振り払うように視線を向けると、シノが目を見開いてこちらを見つめていた。それでもおずおずと近づいてくる仕種には昨日までとは違う、どこかはにかみを含んだ柔らかさがあった。

「シノ…」

あらためて名を呼ぶと、シノはあわてて顔を伏せてしまう。痣の浮いた顔半分を布で隠したその顎に指先を寄せ、ゆっくりと持ち上げていい聞かせた。

「シノ、吹雪の日に狩りに出るのは止めてくれ。私も武者だ。雪解けまで多少の飢えは我慢できる。動けるようになれば、共に狩りに出られる。だからそれまでは無茶をしないで欲しい」

自分でも驚くほどやさしい声が出た。

「もちろん、そなたにまでひもじい思いを強《し》いてしまうのは私のせいだが…、どうした？　なぜそのように逃げるのだ？」

じりじりと腰が引けてゆくシノを追いかけて、吐息のかかる距離で囁き続けると、癖のない黒髪の合間からちょこんと飛び出した小さな耳が鮮やかな桃色に染まっているのに気づいた。

シノの痣に侵《おか》されていない素肌は驚くほどなめらかで練絹《ねりぎぬ》のように美しいことを、貴哉はこのとき初めて意識したのである。

‡　雪解《ゆきど》け　‡

寝床に無理やり引きずりこまれて眠った次の朝、男はようやく名前を教えてくれた。

『タチバナノタカチカ』

乾いた木管《もっかん》を触れ合わせたような響きを持つそれは、『橘貴哉』という文字で表される。

「線が多くて覚えづらい」

平らにされた灰の上、棒で書かれた文字を見てシノがぼやくと、貴哉は少し笑った風だった。

「では、そなたたちはどんな字を使うのだ？」

「——…掟《おきて》で、一族以外には教えてはいけないことになってるから」

「掟？」

「おれの生まれた一族の…」

「独りでいるのに？」

貴哉の何気ない問いに、思わず唇《くちびる》を噛《か》みしめた。

シノが生まれた五樹《いつき》一族は、神代《かみよ》から山々を住処《すみか》としてきた漂泊《ひょうはく》の民だ。山の恵《めぐ》みを頼り、ときに移住しながら、里人《さとびと》たちには真似《まね》のできない特殊な技能を代々伝えて暮らしている。五樹は機織《はたおり》の技を持つ一族で、木々から繊維《せんい》をとり出し様々な色に染め分けて、単純で素朴《そぼく》な布から、唐渡《からわた》りの綾錦《あやにしき》にも劣《おと》らない複雑で美しい織物を生み出すことを生業《なりわい》としている。

お爺《じい》から聞いた一族の伝承《でんしょう》では、遠い昔、五樹の祖先たちはみな裸体で地中に穴を掘って暮らしていたという。あるとき国津神《くにつかみ》が訪れ、一族の人々が地上で生きるための術《すべ》を授《さず》けてくれた。穴井《あない》では なく床のある庵《いおり》の建て方を教えられ、木から糸をとる方法と布の織り方を教わった。布を美しく染める方法やその材料も教えられたという。神から授かった織物の技と共に五樹一族の歴史がある。

同じようないい伝えを持つ他の山《やま》の民《たみ》には木地師《きじし》や土師《はじ》、川縁《かわべり》には漁撈《ぎょろう》に長《た》けた部族や杣《そま》たちがいる。西には火と鉄を奉《ほう》じる多々羅《たたら》一族が隆盛《りゅうせい》を誇っていた。

しかし、貴族の権力争いに端《たん》を発した侍《さむらい》たちの武力闘争が何度もくり返されるようになると、そうした特殊な技能を持つ者たちは次々と狩《か》られるようになってしまった。

大和朝廷《やまとちょうてい》という強大な権力の保護を受けない代わりに、何者にも隷属《れいぞく》することなく自由に生きてきた山の民は、自分たちの秘技秘術が時の権力者のために利用されるのを嫌悪《けんお》した。そして各部族の間に意思伝達用の特殊な文字を発達させ、互いに助け合ってきた。だから里人には絶対に秘密なのだ。

一族から外れて独りで暮らしているとはいえ、シノにも秘密を守る義務がある。

問いかけを拒絶していると貴哉は一瞬眉をひそめ、嫌なことを聞いてきた。

「なぜ、こんな奥山に独りでいる」

「――……痣《あざ》が」

「気味悪がられて追い出されたのか?」

「ちがう!」

そうじゃない。お父《とう》はシノの命を救うために手放した。お母《かあ》だって病気で亡くなる直前までシノを可愛《かわい》がってくれた。元々あまり丈夫《じょうぶ》ではなかった母はシノの痣を憂《うれ》い、自分を責めて身体を壊してしまったのだ。五樹の邑《むら》を離れる前夜、床《とこ》の中から痩《や》せた手を伸ばして抱きしめてくれた。あの細い腕の温《ぬく》もりは忘れられない。痣を理由に疎《うと》まれた記憶などない。だからシノは、自分の姿が人から石を投げられるほど醜《みにく》いということを、十の歳《とし》まで知らなかったのだ。

過去に受けた仕打ちの記憶と、男の口から発せられた無神経な言葉の刃《やいば》に、胸が痛む。

「ちが、う……」

否定する言葉が涙でかすれる。こんなことで泣きたくない。弱味をさらせばよけいみじめになるだけだ。

「シノ……済まない、違うんだ。そなたを悪くいうつもりではなかった…」

唇を噛《か》んでうつむいてしまったシノを見て己《おのれ》の失言《しつげん》にようやく気づいたのか、貴哉があわてたようにいいつくろいはじめた。

「そうだ、シノにはこの文字が似合う」

泣いてる子供の気を逸《そ》らすように、貴哉は灰の上に『紫乃』と書いて見せた。

「――やっぱり、線が多いよ…」

小さく鼻をすすりあげてから、シノは照れ隠しに文句をいってみた。

その場では不満そうにしてみせたものの、シノは貴哉に内緒でたくさん練習して、その二文字『貴哉』を入れれば四文字をすっかり覚えてしまった。貴哉という文字からは、きりりとした気高さを感じる。自分に贈られた紫乃という文字にはやさしさがにじんでいるように思う。

それは手に持ってさわれるものではなかったけれど、確かに貴哉から紫乃への贈りものだった。

同じ褥《しとね》で眠ったことで何か枷《たが》が外れたのか、貴哉は最初の頃《ころ》に比べると別人のようにやさしい。それが嬉《うれ》しくて、そして不安だった。

貴哉はいつまで御山《おやま》にいてくれるのだろう——。

紫乃の恐れは、春の訪れと共に少しずつ強くなっていった。

庵の軒先《のきさき》を彩《いろど》る装飾品のような氷柱《つらら》から、こぼれ落ちる雫《しずく》の音が絶え間なく続いている。

御山に春一番の雨がやってきたのだ。吹く風はまだ冷たい。けれど頬を撫《な》でてゆくそれは日に日に丸味を帯び、やさしく和《やわ》らいでくる。二度目の雨で南の斜面の雪が消えはじめると、麓《ふもと》から立ちのぼる春霞《はるがすみ》で山は紗《しゃ》を敷いたような薄い紫色に染まる。

紫乃は腰に手を当て気合いを入れて、早春の陽射《ひざ》しを浴《あ》びる己《おの》が住処《すみか》を見上げた。

山の斜面から大きく突き出た岩棚を利用して建てられた庵は、お爺が丹精《たんせい》したものだ。

自分が逝《い》った後、独りきりになるシノのために丈夫で長持ちするよう工夫が凝《こ》らされている。それでも年に何度か、壁に編みこまれた笹葉《ささば》の交換や傷《いた》んだ枝組み柱の修繕《しゅうぜん》が必要になる。

修繕をひとりでするのは初めてだった。

去年まではお爺がいた。幼い頃から一緒に笹を刈り藤蔓《ふじつる》を用意して、お爺の鮮《あざ》やかな手つきを見よう見真似《まね》で手伝っては、上手《うま》くできたと褒《ほ》められたり、仕事が粗《あら》いと叱《しか》られたりした。

だけどこれからは全部ひとりでしなければならない。

東の壁に穿《うが》たれた一番大きな穴の修繕をなんとか終えて、まずは一息。それから今度は西壁の雪に当たって弱くなった部分にとりかかる。しかし屋根に近い場所は紫乃の背では届かない。薪《まき》用の丸太を踏み台にして、ぐらぐら揺れるその上で、汗を拭き拭き古くなった笹葉をとり除こうと苦心する。

「う…っく、きつい」

壁を支えるためにしっかりと組み上げられた細い枝格子《こうし》の狭間《はざま》に、中途半端《はんぱ》に絡《から》まった枯葉《かれは》の束《たば》はどんなに力を入れても引き抜けない。

「…ここは後回しにして、こっちから片づけよう」

情けなくて思わず溜息《ためいき》をつきながら、今度は風に押されて歪《ゆが》んでしまった太枝を、ふうふういいながらなんとか押し上げたところで声をかけられた。

「何か手伝えることはあるか？」

「――…ぅわわっ」

思いがけず近い場所から聞こえてきた言葉に驚いたとたん、足下がぐらりと揺れて思いきりひっくり返って…。薄く紫がかった春空が目に映った後、紫乃の背中を受け止めたのは覚悟していた土の固さではなく、暖かな胸と両腕だった。

「何をやっているんだ」

笑いを含んだ声が、つむじに当たる。

「貴哉…」

「俺の修理か。この折れた枝を補強すれば良いのか」

貴哉は軽々と抱き止めた紫乃の身体をやさしく地に下ろし、それから紫乃には届かなかった場所へ手を伸ばした。

「古くなったこの笹は、取り除いて良いのか？」

「あ…、うん」

紫乃がどんなに力を入れてもびくともしなかった太い枝柱のねじれを、貴哉は苦もなくひょいと押し戻し、間に挟《はさ》まっていた腐《くさ》りかけの笹葉を手早く始末してしまった。

「──」

呆然《ぼうぜん》と見上げる紫乃の目の前で、広く逞《たくま》しい背中が揺れている。

背中の矢傷の治りは早かったものの、脇腹《わきばら》の太刀傷《たちきず》の方は素直に手当てを受けるようになるまでの無理が祟《たた》ったのか、何度か化膿《かのう》をくり返し、結局床上《とこあ》げできたのは数日前。

腕を大きく動かすたび、小さく顔をしかめるのは未《いま》だに傷口が引きつれて痛むのだろう。それでも貴哉は実に手際《てぎわ》よく庵《いおり》の修理をこなしてゆく。

助けたときの身なりの立派さと冬の間の会話から、日常の細々《こまごま》としたあれこれは何もできない御曹司《おんぞうし》育ちだと思いこんでいた。実際、傷が癒《い》えてから貴哉が満足にできたことといえば、弓矢《ゆみや》の手入れくらいである。

紫乃が狩りに使っている半弓《はんゆみ》は、森の中で木立に邪魔《じゃま》されず素早く獲物《えもの》を狙えるよう小振りで単純なものだ。矢には鏃《やじり》も羽根もない。紫乃が生まれた五樹一族が弓矢を使った狩りよりも、縄《なわ》などを使う置き罠《わな》を発達させてきたせいである。その素朴《そぼく》な半弓を、貴哉は庵のまわりで尖《とが》った石片を見つけて鏃にしたり、雉《きじ》や鶉《うずら》の羽を矧《は》いで矢が真《ま》っすぐ飛ぶよう工夫することに熱中していた。

確かに彼が拵《こしら》えた弓矢はよく飛んで殺傷《さっしょう》力もずいぶん増した。そのおかげで冬の間、新鮮な肉に困ることはなかった。

武器を拵えることはできても、毒草と薬草の見分けはつかない。紫乃が採《と》ってきた山菜の灰汁《あく》抜きや干し方も知らない。秋の間に畜《た》めておいた木の実や、稗《ひえ》や粟《あわ》の煮方も料理の方法も知らない。炭の作り方も、布の織り方も、紐《ひも》の組み方も。驚くほど何も知らない。それでよく生きて来られたと、あまりに不思議で訊《たず》ねてみると、

『館《やかた》には煮炊《にた》きする者、機《はた》を織る者、皆それぞれの役割の者がいた。食べ物は領内でなんでも採れた。採れないような珍しい物も、毎日のように運ばれて来て――』

答えの途中で貴哉はいい淀《よど》み、遠くを見つめて黙りこんでしまった。強く握りしめられた拳《こぶし》から無念の怒りが立ちのぼる。理由はわからないけれど、そこにある貴哉の傷を思うと紫乃は切なくなった。

できれば自分がその傷を癒《いや》したい。だけど…。

貴哉には戻るべき場所がある。身の回りのあれこれを全て世話してくれる者がいる、そんな暮らしにいつか帰ってしまうのだ。「世話になった」と今日いい出すか、明日いわれるか。

覚悟しているとはいえ、それが一日でも延びればいいと紫乃はずっと祈っている。

「暑いな」

ぼんやりしていた紫乃の目の前で、貴哉は帷子《かたびら》から片腕を抜いて諸肌《もろはだ》になった。

現れた皮膚の張り。背中を流れ落ちる汗。肩から腕にかけてなめらかなうねりを見せる筋肉。見上げると、形の良い額《ひたい》にも汗が浮いている。そうしたものから紫乃は目が離せない。

春の陽を浴びておおらかに動く貝殻骨。大きな手のひら。ほんの少し前、自分をしっかり受け止めてくれた力強い腕と胸板の厚さを思い出し、紫乃は思わず頬に手を当ててうつむいた。

胸の奥がじわりと疼《うず》いて熱くなる。腰から下がぬるま湯に浸《つ》かったように覚束《おぼつか》ない。

——どうしておれ、貴哉を見るとこんな風になるんだろう…。

「お…れ、水汲《く》んでくる」

庵から少し離れた東の斜面には清水《しみず》が湧き出る場所がある。紫乃はそれを口実に、貴哉の傍《そば》から逃げ出した。岩肌から染《し》み出した細い水流は、その下にできた岩の窪《くぼ》みを満たして、再び地の下へ消えてゆく。両腕で抱《かか》えられる程度の小さな水溜まりの上には、枯葉や土埃《ほこり》を避けるために屋根が掛けられている。ちらちらと陽を弾《はじ》く澄んだ水面《みなも》は、できの悪い銅鏡《どうきょう》のようにぐにゃりと揺らめいて、しゃがみこんだ紫乃の醜い姿を嘲笑《あざわら》うように映し返す。

「――…ッ」

勢いよく柄杓《ひしゃく》を突っこむと、水鏡はパシャ…と音を立てて割れた。


互いに体温を分け合って過ごす内に梅の花が終わり、そろそろ桜の蕾《つぼみ》がふくらみはじめた春の盛り。

「雪は消えてもぬかるんでいて、貴哉の足じゃ、まだ無理だ」

「む」

「足馴《な》らしなら土が乾いて固まるまで、あと十日は待ったほうがいい」

「むむ」

朝早く、一緒に出かける気満々でいた貴哉を押し留《とど》め、紫乃はシロだけ連れて庵を後にした。

森に入ると、湿った土と樹の香りが強くなる。どっしりと根を張った古老のような欅《けやき》、樹皮から繊維がとれる榀《しな》、秋には実を恵《めぐ》んでくれる栃《とち》や胡桃《くるみ》、夏には大輪の白い花を咲かせる朴《ほお》の木は、まだま だ裸のままで寒々しい。それでも枝の節々《ふしぶし》には、新芽のふくらみが目立ちはじめている。

冬でも葉を落とさない樫《かし》や松《まつ》、杉《すぎ》などの濃い緑色が地面に影を落とす足下は、昨夜の霜が溶けてぬかるみ、降り積もった枯葉と相《あい》まって一足ごとに、ふかりふかりとくるぶしまでめりこむ。紫乃は慣れた足どりで木の根や地面から突き出た岩を伝い、早春の悪路を抜けてゆく。

そうして川を越え、南の尾根《おね》の突端《とったん》にある崖縁《がけぶち》に立つと、眼下には新緑に染まりはじめた大和《やまと》の山々が綴《つづ》れ折りに続いている。まるで乙女の寝姿のようにうねうねと優美《ゆうび》に連なる山の峰《みね》は、遠くから見ればなだらかでやさしげだが、一歩足を踏み入れれば想像以上に険しいことが多い。

平地に住み慣れた里人《さとびと》が不用意に入りこみ、そのまま帰らぬ人となることもよくある。

御山は、不慣れで不敬《ふけい》な者を拒絶する厳しさを持つ半面《はんめん》、太古《たいこ》から時の権力者にはまつろわぬまま独自の神を信奉《しんぽう》しながら生き抜いてきた紫乃たち山人を、その懐《ふところ》にやさしく抱いて守り続ける母のような一面も持っている。

お爺が終《つい》の住処《すみか》として庵を建てた場所は、崖の多い山々に囲まれたすり鉢《ばち》状の小さな盆地《ぼんち》にある。盆地の真ん中には小山があり、その途中に巨人の腰掛けのような平地がある。腰掛けの背にあたる斜面から突き出た岩棚《いわだな》が、ちょうど庵の屋根の役目をしているのだ。

すり鉢盆地から出る経路はいくつかあるが、そのどれもが途中に険しい崖路《がいろ》があり、蛇腹《じゃばら》のように続く尾根と谷が下界と庵を隔《へだ》てている。

貴哉が川に落ちた崖の向こう側は、比較的ゆるやかな傾斜の山肌ではあるが、そこへ出るには、川上をたどるにしても川下へ下りるにしても、どちらも山ふたつを越えて、さらに山裾《やますそ》を迂回《うかい》しなければならない。それだけの体力が貴哉にはまだ戻ってきていない。それでも足馴らしに出歩く程度には快復《かいふく》している。ぬかるみをいいわけにして紫乃が外歩きを押し留めたのは、怪我を理由にもう少し一緒にいて欲しいからだ。雪が消えて土が乾けば、貴哉はきっと山を下りてしまう。せっかく穏やかに言葉を交わせるようになったのに。

もっとずっと一緒にいたい。貴哉が笑いかけてやさしくしてくれるならその十倍も百倍も、紫乃は貴哉にやさしくしたい、喜んで欲しい。貴哉の分まで山菜《さんさい》を集め魚を獲《と》り、兎や鳥を狩るのは少しも苦ではない。むしろ喜びなのだ。

罵《ののし》られ疎《うと》まれていた頃《ころ》には、たった一度だけ微笑《ほほえ》んでくれればいいと望んだだけなのに、紫乃の願いはどんどん欲深になる。

「だめだ」

紫乃は自分では見えない左頰の痣《あざ》に手を当てて、ゆるく首を振った。

「だめ…」

それから痣の浮いた両手を陽にかざして握りしめ、何かを期待しそうになる自分を戒《いまし》める。

——化け物だっていわれた。

あれが貴哉の本音だ。ちょっとやさしくされたからって、いい気になっちゃいけない。

「こんな気持ちは、絶対知られちゃいけない…」

唇を噛みしめ自分の浅ましい望みを吞《の》みこんでから、紫乃はひとつ息を吐いて崖縁から身を返した。

谷底へ至る斜面を器用に下りて川を渡ろうと、急流から突き出た石に足を乗せたとたん、上衣の裾《すそ》をシロに引っ張られた。

「どうした、シロ」

シロは耳をぴんと立て、くいくいと紫乃を引き戻し続ける。紫乃は老犬の警告《けいこく》に素直に従い、川縁の藪《やぶ》に身を隠した。

しばらくすると対岸の藪から灰色猪《いのしし》が顔を出した。

若い雌《めす》だ。乳房が張っている。続いてちょろりと現れた仔猪たちはまだ乳飲《ちの》み仔《ご》で、母の足下にまとわりつき、おし合いへし合いしながら川辺に近づこうとしている。

母猪はかなり気が立っているのか、しきりに足を踏み替えては身をよじっていた。激しい息遣いと苛立ちが、川のこちら側で身を潜《ひそ》めている紫乃にまで伝わってくる。

「あ、……」

警戒心も露《あらわ》にゆっくりと藪から全身を現した母猪を見て、紫乃はようやく理解した。怪我《けが》をしているのだ。後脚にかなりひどい傷ができている。しかも腐りかけた木の枝がめりこんだまま。――放っておけば脚が駄目になる。

紫乃はその場でシロに待つよう手振りで示すと、そっと身を乗り出した。とたんに母猪が鋭い悲鳴を上げて仔猪に警戒を与える。

「しー……」

低く静かな声と共に、紫乃は指先をわずかに手負いの母猪に向けた。

そっと、敵意がないことと気遣いが伝わるように手のひらをかざしながら、いくつか言葉をくり返す。独特の節回《ふし》しでゆっくりと歌うように口ずさんだそれらは、古代から自然と共に暮らしてきた紫乃たち山人が体得《たいとく》している『智恵《ちえ》の言《こと》の葉《は》』の一つだ。

「静かに…、いいこだ」

紫乃が、歌に似た言の葉の合間に声をかけながらゆっくり川を渡ると、母猪は蜜《みつ》に酔ったような面持ちで膝《ひざ》を折って座りこんだ。乳飲み仔たちはまだ警戒心が薄いのだろう、近づいてくる紫乃のことなど気にもせず、横たわった母の乳房に嬉々《きき》として鼻面《はなづら》を突っこみはじめている。

とろりと目蓋《まぶた》を落とし眠りかけた母猪の後脚に手を差し伸べながら、紫乃はさらに低く、水を震わせるような響きを持つ言葉をかけ続けた。

端《はた》から見れば怪しげな妖術《ようじゅつ》のようだが、紫乃にとっては自然の道理《どうり》にすぎない。それは、手負いの獣が発している炎風のような憤《いきどお》りや苛立ちを中和《ちゅうわ》する。波立つ器《うつわ》の水が、揺れと同じ方向に傾けることで静まるように。熱い湯に冷水を足せば、ちょうど具合の良いぬるま湯になるように。

母猪の気が完全に静まったところで、脚に刺さっていた腐木を慎重にとり除き、腰に結わえつけていた小袋から毒消しと痛み止めをとり出してこすりつけた。

そのままではすぐ舐《な》めとられてしまうので、紫乃は腕に巻いていた布を外して獣の脚に巻きつけた。布は二、三日で自然に外れるように少し工夫してやる。

「ふう…」

一息ついて視線を移すと、仔猪たちが乳房に吸いつきながら眠ってしまっている。母猪の気を静めるための言の葉につられたのだろう。

丸々太った瓜のような小さい背中が、ふくふくと寝息をたてている。

紫乃は少し切ない気持ちでその様子を眺め、母親が目を覚ましかけたのを汐《しお》にその場を離れた。

――獣の親子を見るのは好きだ。

おれにはもう、望んでも手に入らないものだから…。

谷をのぼりきって森の中に入ると、木漏《こも》れ日の射しこむ小さな空き地に向かった。茶色い下生《したば》えの間から新芽《しんめ》を出している蓬《よもぎ》や土筆《つくし》、王蓮《おうれん》を見つけて紫乃はせっせと摘みはじめた。

シロは陽溜まりを浴びた柔らかい下草を見つけてぺたりと腹這《はらば》いになり、すぐに昼寝の構えだ。鼻先をちらちらと飛ぶ羽虫《はむし》を黄ばんだ尻尾《しっぽ》でおっとり追う姿は、やはりずいぶん老いが目立つ。

少し汗ばんできた額の汗を拭おうとした指先が、右頬を覆《おお》っていた布にひっかかる。化け物と罵《ののし》られて以来、貴哉の目に痣が触れないよう手足と顔に巻きつけていた布は冬の間、ちょうど防寒代わりになっていた。けれど春の訪れと共に鬱陶《うっとう》しさが増して来ている。貴哉の前ではこれから先もずっとこんな格好でいるのかと思うと溜息が出る。

「でも、外してまた罵られるのは……」

もう嫌だ。あんなに切ない想いは、もう二度としたくない。

歯を食いしばり記憶のもたらす痛みに耐えた。馥郁《ふくいく》とした土の香《か》を乗せた春の風が梢《こずえ》を揺らし、汗ばんだ額《ひたい》を撫《な》でてゆく。

ふいに陽が陰り、空を見上げた。高い場所では風が強いのだろう、白い雲が見る間に形を変えながら流れちぎれて、またたく間に陽が現れた。春の青空はかすかに菫《すみれ》色を含んでいる。

再び現れた陽の眩《まぶ》しさに目を細めながら、紫乃は寂しく微笑んだ。


元々、流鏑馬《やぶさめ》や笠懸《かさがけ》を好む貴哉が、春のうららかな陽気の中でじっとしていられるわけがない。

早く体力をとり戻し、山を下る準備をしなければ…というあせりもある。

「なぁに、険しい場所に行かなければ良いのだろう」

貴哉はこの場にいない少年にいいわけをして、さっさと庵を出てしまった。

半分崖に近い急な坂を下りながら、足場の悪さに辟易《へきえき》とする。もう少し動けるようになったら何か階段のようなものでも作ってやろう…などと思いつつ、水音に誘われて谷川を目指した。

早春の奥山は確かに足下が危《あや》うい。日陰に残った霜柱《しもばしら》に足をすくわれて転び、日向のぬかるみに滑って尻餅《しりもち》をつく。枯葉に隠れた木の根につまずいて三度目に転んだとき、痛みにうめきながら、さすがに紫乃のいい分は正しかったと反省した。

反省はしたが、すごすごと引き返すのも癪《しゃく》に障《さわ》る。

腰と尻と両手についた泥だけでも濯《すす》ごうと、近づいてきたせせらぎを頼りに、藪をかき分け――。

川岸で目にしたその光景に、驚いた。

手負いでしかも仔持ちの猪の前へ無防備に身をさらすなど、貴哉の常識では考えられない愚行《ぐこう》である。それなのに紫乃は恐れげもなく近づいてゆく。そしてどんな妖《あやか》しの術を使ったのか、獣を眠らせて傷の手当てまでしてしまった。

「なんという…」

あまりの不思議に声をかけそびれ、その後ろ姿を見送ってから川縁に視線を戻すと、残された獣の親子はゆっくりと立ち上がって水を飲み、泥浴びをはじめた。冬の間、庵に舞い寄る日雀《ひがら》や鷽《うそ》などの小鳥相手に、紫乃がとてもやさしい声をかけていたのは知っていた。しかしその慈愛《じあい》が狩りの対象にまで及ぶことには驚いた。

しばらくすると母猪はずいぶん楽になった様子で、子供を連れて姿を消した。

ほっとして貴哉は川縁を横切り、紫乃を追った。勾配《こうばい》のきつい斜面にときどき手をついてのぼりながら、先ほどの情景が胸から離れない。

横たわる母仔の姿を愛《いと》おしそうに見つめていた少年の儚《はかな》い笑顔。立ち去るときの寂しそうな背中。いつもは毅然《きぜん》としている紫乃の頼りなげな姿を垣間《かいま》見た貴哉の胸に、強い保護欲が生まれていた。

「紫乃」

斜面の陽溜まりで山菜を摘んでいた少年にようやく追いついて声をかけると、何やらぼんやりと空を見上げていた紫乃はあわてて振り向き、大きく目を見開いた。近づいて覗《のぞ》きこむと、額が汗ばんで前髪が少し張りついている。暑いのだろう。それでも紫乃が貴哉の前でこの鬱陶しい布を外すことは、暗闇の中で眠るとき以外まずあり得ない。そして、そうさせている原因は貴哉にある。

「だ、ど……」

　駄目だといったのにどうして出て来たのか、といいたいのだろう。いつも大人びたものいいが多い分、そんな風にあわてて戸惑《とまど》う様が妙に可愛《かわい》く思えた。

「いったいどんな妖しの術を使ったのだ」

「え…？」

「さっきの猪母仔」

「――…」

　また黙《だんま》りかと急に腹が立った。紫乃が自分との間に線を引こうとする素振りを見せるたびに、なぜか苛立つ。

「私が里人だから教えられないのか？」

　少し意地悪く聞き返すと、紫乃は貴哉の苛立ちを察したのか途方《とほう》に暮れた顔をする。

「……コツが、あるんだ。慣れれば、たぶん貴哉にだって…できる」

　それでも一族の掟とやらに逆らうつもりはないらしい。

「ふん。では、せっかくの獲物《えもの》をみすみす逃がしてしまったのはなぜだ？　あれはかなり弱っていた。仕留《しと》めていれば、しばらく食糧《しょくりょう》には困らな…」

「何てこというんだ！」

　余所《よそ》者扱いされた腹いせに、嫌がらせのような疑問をぶつけると、少年は心底驚いた顔で見上げてきた。勢いよく振り仰いだせいで癖《くせ》のない前髪がさらりと流れ、布に覆われた右半面が露になる。

あらためて正面から見据えると、布からわずかにはみ出た赤褐色《せっかっしょく》の痣が目に止まった。無疵《むきず》な左頬との対比が痛々しい。

そう。痣さえなければ紫乃の肌は陶磁《とうじ》のようになめらかで美しいのだ。睫毛《まつげ》は目元に影を落とすほど長く、眉は上品な弧《こ》を描き、小ぶりな鼻も桜蕾のような色をした唇も可愛らしく整っている。

「仔持ちの獣は決して狩ってはならない。そんなの三つの子供だって知ってる掟だ」

ぼんやりと見とれかけていた貴哉は、きつい調子でいい返されて我《われ》に返った。

「そんな考えだから、里人には『言の葉』を教えてはいけないって掟があるんだ」

「だから、掟といわれても」

貴哉にはわからない。悔《くや》しくて思わず舌打ちをした。紫乃に隠しごとをされるのがどうしても許せない。いつまでも当てつけのように痣を隠されるのも腹が立つ。理不尽《りふじん》だとわかっていても、久しぶりに目を覚《さ》ました癇癪の虫は勝手に口を開いて紫乃を責める。

「教えてくれる気もないくせに『掟、掟』といわれるばかりで、わかるわけないだろう!」

「貴哉だって…、自分のことは何も教えてくれないじゃないか」

「私が教えれば、そなたも教えるのか?」

「貴哉が御山《ここ》で生きて行く気があるなら、いくらでも」

いいかけて、紫乃はうつむいてしまった。

「――…いくらでも教えるよ」

ぽそりと呟く声が震えている。その裏側に潜《ひそ》む切ない願いに気がついて、貴哉は拳を握りしめた。

紫乃が自分と暮らしたがっていることには気づいていた。助けられたばかりの頃は疑心暗鬼《ぎしんあんき》に凝《こ》り固まっていた貴哉だったが、今では紫乃の振るまいに悪意や下心がないことはよくわかっている。少年が差し出すのはいつでも純粋《じゅんすい》な好意だ。

だから貴哉もできるだけその想いに応《こた》えたい。安易にずっと傍にいてやるとはいえないが、いい争いがしたいわけでもない。わかり合いたいのだ。

「別に、そなたたちの秘密を暴《あば》いてどうこうしようというつもりはない」

癇癪の虫をねじ伏《ふ》せ、気を落ち着かせてから疑問を口にしてみた。

「ただ、母仔ならば狩りの手間が省《はぶ》けるだろうと思っただけだ。私が治《おさ》めていた荘園《しょうえん》領では、いや、どこの領主《りょうしゅ》たちも、多くの口を養《やしな》うために狩りに出て手当たり次第に捕らえる。それが普通だ」

「そんなのは変だ」

紫乃は首を振った。

「仔を生《な》す母まで狩り尽くせば、鳥も獣もいなくなってしまう。獣が姿を消せば、次は人。……里人は、獣の代わりに人も食うのか？」

「まさか」

紫乃の短絡《たんらく》思考に貴哉は苦笑した。

狩り尽くして獲物が減れば、場を変えてさらに獲《と》る。確かに、豊富な獲物を求めて狩り場を広げてゆけば、いずれは近隣の領主と争いになる。争いが起きたとき、ものをいうのは武力だ。そしてより多くの強い武者を抱《かか》える財力《ざいりょく》を持つ者が、より多くの狩り場を確保できる。

「そのためにも、武者を養うために多くの――」

そう説明しかけて言葉につまる。

「やっぱり変だ」

紫乃に遮《さえぎ》られるまでもなく、貴哉も己のいい分がどこかおかしいと気づいた。

「いや、だから…」

違うといいわけしながら、貴哉は考えこんだ。争いに勝ち続け、狩り場を広げて全ての獣を獲り尽くしたら？　その時、増えに増えた武者をどう養う。

――狩ることしか知らない武者たちを。

狩り場と獲物は、土地とそこから収穫されるあらゆる生産物に置き換えられる。

貴哉はこれまでなんの疑いもなく、父の夢を継いで領地を広げることだけを考えて生きていた。広げた領地を守るために多くの武者を抱え、彼らが報奨《ほうしょう》として求める土地を得るために、さらに領地を広げようとしていた。しかしそれでは、

「きりがないではないか」

どうしてこれまで考えもしなかったのだろう。

領内に暮らす民百姓《たみひゃくしょう》が安心して田畠《たはた》に出るためには、どうしても武力が必要だった。だから父の教えに従って、貴哉は高鷲荘《たかすのしょう》を近隣領主が羨《うらや》むほど繁栄《はんえい》させてきた。そして結局、嫉《ねた》まれ、陰謀《いんぼう》を企《たくら》まれ、陥《おとしい》れられて――。

「貴哉は、そういう場所に戻りたいんだ…」

紫乃の声で我に返ると、涙に濡れた無垢《むく》な瞳が不安そうに見上げていた。

戻りたくても、私にはもう帰る場所などない。思わず怒鳴りかけた口をつぐむ。

では、今すぐかつての暮らしに戻れるとしたら自分は素直に喜べるだろうか。他より多くを求め、時に奪い、それでいてどこか満たされることのない生き方を、以前のように続けられるだろうか。

「……」

紫乃との会話のせいで生まれた疑問は、貴哉が今まで馴染《なじ》んできた考え方を覆《くつがえ》そうとしている。

その戸惑いと沈黙を、紫乃は、里へ戻りたいという気持ちの表れだと受けとったらしい。

「やっぱり、貴哉はもうすぐ御山を下りるんだろ？　だったら掟なんて必要ない」

突き放すような結論にカチンと来る。紫乃の声がかすかに震えていたことに気づきながら、貴哉はついいい返してしまった。

「――そうやって、いつまでも私を余所《よそ》者扱いして突っぱねているつもりなら、勝手にすればいい」

後味《あとあじ》の悪い会話の後、貴哉はどこかへ姿を消してしまった。紫乃はとぼとぼと庵に戻り、摘んできた山菜を洗ったり天日《てんぴ》に干したり灰汁《あく》抜きをして過ごした。

ぼんやりしていたせいで洗い終えた山菜の水を切ろうとして地面にぶちまけたり、灰汁抜きのつもりが煮すぎてしまったり…と散々《さんざん》だった。それでも気をとり直し、日が陰るまで少しでも織りかけの布を進めようと機室《はたむろ》に入ったものの、やはり先刻の貴哉の態度が気になる。

怒らせるつもりなんてなかったのに…。どうして貴哉はあんな風に腹を立てるんだろう。

いずれ御山を下りてしまう貴哉とこれ以上親しくなっても後が辛いだけだと、紫乃が気づいたのは最近だ。シロは最初からわかっていたのだろう、いずれ大切な飼い主が悲しい目に遭《あ》うと。だから端《はな》から男の存在を歓迎しなかったのだ。

気がつくと機室は、はや夕暮れの杏色に染まっている。そろそろ貴哉も帰って来るはずだ。夕餉は少し菜《な》を多めに用意しよう。それで機嫌を直して欲しい、できれば仲直りがしたい。

冬の終わりに作っておいた塩漬け肉をとりに、紫乃はそそくさと立ち上がった。

穴兎の塩漬け肉と百合根《ゆりね》の煮こみ汁。蕨《わらび》と蕗《ふき》のお浸し。椀《わん》一杯の米飯。滋養《じよう》に富んだこの穀物は一昨年《おととし》の秋お爺が里で仕入れてきたものだ。冬の間、何度か貴哉の腹に収まって、今夜のこれが最後の一杯である。食後には甘い物をと、干し柿《がき》も用意して紫乃は待った。けれど、日が暮れて西の空に一番星が輝きはじめても貴哉は帰ってこなかった。

いても立ってもいられなくなって外に出る。庭先から眼下を見渡しても薄暮《はくぼ》の中に人影はない。

「まさか……」

まさか昼間の諍《いさか》いに腹を立てて、貴哉は御山を下りてしまったのだろうか——。胃の腑《ふ》の辺りをぎゅうとしめ上げられるような、手足が凍りつくような、嫌な予感がじわりと湧き上がる。

あわてて庵に引き返し、北壁の隅に重ね置いたいくつもの行李《こうり》をのけて、一番下の大きな櫃《ひつ》の蓋《ふた》を開ける。中には行き倒れていたとき貴哉が身に着けていた大鎧《よろい》が、できる限りの手入れを施《ほどこ》されてひっそりと納まっている。鎧はどうしたと、訊《き》かれないのを良いことに黙ってこっそり隠しておいたのは、返してしまえばそのまますぐに里へ帰ってしまいそうだったからだ。

「……出て…行くなら、いってくれたらいいのに」

寂しくても辛くても、ちゃんと見送った。弁当だって用意したし、この大鎧だってきちんと返した。それなのに、なんにもいわずに黙って去ってしまうなんてひどい。

「ひど…い、よ」

置いて行かれた、独りぼっちになってしまった。こんなにも呆気《あっけ》なく。

そう思ったとたん涙がぼろぼろとこぼれ落ちた。拭っても拭っても止まらない。手のひらの表も裏もびしょびしょになり、顔を覆っていた布が鬱陶《うっとう》しくてみじめで辛くてたまらなくなった。もう隠す必要なんかない。紫乃は泣きながら、幼児が癇癪を起こしたようなたどたどしい手つきで顔や手足に巻いた布を外した。

痣を見て顔をしかめる貴哉はもういない。――顔をしかめられてもなんでもいいから、傍にいて欲しかったのに。貴哉が知りたがるなら、一族の掟だって教えてあげればよかった。それで少しでも彼の気が惹《ひ》けるなら意地を張らないでなんでも教えればよかった。

「おれ、ばか…だ。ばか……」

お爺が逝ってしまったときだって、こんなに泣きはしなかった。覚悟していたし、なんとなく近くで見守ってくれている気配を感じられたから。

夜風の吹き抜ける庭先に立ち尽くし、めそめそと泣き続ける飼い主を心配して、シロが足下に寄り添う。紫乃はしゃがみこんでその首筋に濡れた頬を押しつけながら、貴哉に去られた喪失感《そうしつかん》と、これまで経験したことのない後悔に新たな涙をこぼした。

「紫乃、そんなところで何してるんだ」

「――…た、たか…ち」

ふいに声をかけられて振り向くと、春の青い夕闇の中、坂を上がりきった貴哉がゆっくりと近づいて来るところだった。

「……た」

「どうした、どこか怪我でもしたのか？」

しゃがみこんでべそべそと泣いている紫乃を見分けたとたん、貴哉は残りの距離を一気につめるよう駆け寄ってきた。

「ちが…」

肩を摑まれ覗きこまれて紫乃は呆然と見返した。月明かりの下、貴哉はひどく真剣な顔をしている。

「ちが…う」

口を開いたとたん、またしても涙がこぼれた。頰を伝った雫が転がり落ちて上衣に軽い音を立てる。

「お、お…いて、…いかれ…っ……」

拳で口元を押さえると、嗚咽《おえつ》がつまってうぐうぐと奇妙にくぐもった声にしかならない。

「なんだ。私が黙って山を下りたと思ったのか?」

なんでもないことのようにいわれて、思わずいい返したくなる。

「だ…、だっ…て、だ」

だって怒っていたから。何もいわずに姿を消してしまったから。――おれには自信がないから。

様々な想いが胸に渦巻いて、言葉にならない。上手くいい表せない自分が悔しくて両手を握りしめ、うつむいたとたん強く抱きしめられた。

「ああ、わかったから。済まなかった。私が悪かった」

ぽんぽんと子供をあやすように背中を軽く叩かれて、再び紫乃の胸はざわめいた。涙があふれ出す。

「た…たか、貴…哉なん、…て」

貴哉にはわからない、おれの気持ちなんて。そういいたくていえなくて、紫乃はひたすら男の胸に顔を埋め、直垂《ひたたれ》の襟元《えりもと》に涙をこすりつけてやった。

泣きすぎて頭がぼうっとしたまま庵に連れこまれ、冷めてしまった夕餉の前に座ってから、紫乃はようやく自分が素顔をさらしていることを思い出した。あわてて灯《あか》りをよけ、貴哉の視線に背を向ける。涙でぐしょぐしょな上に痣までさらして、自分が今どんなに醜い顔を見せていたか。首元にゆるんで落ちてしまった布をたぐり寄せる手が、恥ずかしさに震える。

「貴哉、先に食べていて。おれちょっと、これ直してくるから…」

背を向けたまま機室に逃げこもうと立ち上がりかけて、腕を摑まれた。

「鬱陶しいなら、外していればいい」

「え……?」

「その布」

予想外の言葉に、紫乃は思わず腰を引いて身構えた。痣のことを話題にされるのは辛い。

「痛みがあるわけではないのだろう?」

身体半分だけ振り向いて痣のない左頰でこくりと頷くと、貴哉は何度か口を開けては閉じた後、紫乃の腕を摑んでいた手にぎゅっと力をこめた。それからさらに何度かいい淀み、

「……その、一番初めに怒鳴ったことは、悪かったと――」

ひどいことをいって済まなかった…。

明後日《あさって》の方を向いたまま、ぽつりと小さな声で謝った。

驚いた。謝罪《しゃざい》の態度としてはずいぶん大人気ないものだが、それでも紫乃は心底驚いた。貴哉とい

う人間はとても誇り高く、他人に頭を下げたことなどないのだろう、ということは薄々察していた。

だから期待などしていなかった。

腕を摑んだまま貴哉がずい…と身を寄せてくる。合わせて紫乃は後ずさった。

「あ、でも……」

「紫乃」

声がやさしい。これまでのどんなときよりも。

貴哉がやさしくなればなるほど、紫乃は自分の痣を恥ずかしいと感じる。いたたまれなくて、このまま溶けて消えたくなる。

「や…いや、だ」

紫乃はふるふると首を振り、摑まれた腕をもぎ離そうと身をよじった。その抵抗が逆に男の何かを刺激したらしい。目にも止まらぬ早さで肩を抱き寄せられて、貴哉の胸の中にすっぽりと抱きこまれてしまった。

「そなたのことをもっと知りたいのだ。この痣は火傷《やけど》の痕か、それとも何かの病《やまい》か？　里へ下りて薬を求めたことはあるのか」

「医も薬も効かない…と」

かき口説《くど》かれて、紫乃は思わず口にした。誰にもいうつもりのなかった痣の由来《ゆらい》を——。

「お爺が逝く前に教えてくれた。生まれたとき、おれの身体はみんなと同じだったらしい。それがひとつ歳を数えるごとに痣が浮かんで広がって……」

紫乃の父は五樹一族の邑長《むらおさ》である。母とお爺は『外《はず》れ』『漂泊《ひょうはく》の民《たみ》』と呼ばれる父娘《おやこ》だった。旅の途中で五樹の邑に通りがかった娘の姿を、若く精悍《せいかん》な邑長が見初《みそ》めたのだ。

お爺に昔から、五樹の者と交わってはならないといい聞かされてきたにも拘《かか》わらず、娘は邑長と恋に落ち、反対するお爺の目を盗んで逢瀬《おうせ》を重《かさ》ねた。そうして結局紫乃を身籠《みご》もり、正式に五樹の長の妻となったのである。

ふたりの間に生まれた紫乃は、なぜか父親が近づいたり抱いたりすると、しきりにぐずり泣く奇妙な子供だった。そのくせ父が離れて行こうとすると手を伸ばして追いかける。父の顔を見れば嬉しそうに笑顔を見せるが、抱かれると身をよじってぐずる。この奇妙な振る舞いの理由が明らかになったのは、生後一年ほどであった。まず、生まれたときは母譲りの練絹《ねりぎぬ》のような肌に、ぽつりと乾いた血の染《し》みにも似た痣が浮かび上がった。その痣が徐々に広がり、さらに父親に近づくとひどい痛みを訴えるようになって、初めてお爺は重い口を開いた。危惧《きぐ》していたことが現実になったと。

お爺が語ったのは、自分と娘の身体に流れる血に染みついた古い因縁《いんねん》である。

「因縁？」

「そう。おれの…」

七代前の祖先が受けた呪詛《じゅそ》の念。

紫乃の七代前の先祖は、まさしく五樹一族の若長だった。その婚約者は火と鉄を奉《ほう》ずる大きな部族の娘。大和朝廷に隷属することを潔《いさぎよ》しとせず、神から授かった製鉄の技術を盾《たて》に強大な大和朝廷と渡りあい、独自の文化と暮らしを守ってきた誇り高い一族の長の娘であった。友好と某《なにがし》かの――技術や血の交流――思惑《おもわく》の下《もと》、決められた婚姻《こんいん》である。たぶん本人の意思が及ばなかったのだろう。

知らぬ間に決められていた許嫁《いいなずけ》とはいえ、若長はさほど厭《いと》う様子はみせなかった。しかし、婚姻の儀《ぎ》の前に何度か逢瀬を重ね、わずかだが情が生まれた頃、里の娘と恋に落ちてしまったのだ。

そして婚儀の夜。

夫となる男の裏切りを知った許嫁は、恥辱《ちじょく》のあまり男を呪《のろ》った。たぶん男が注いでくれたわずかな愛情よりも、ずっと強く激しく恋していたのだろう。

婚儀の席に集まった一族の面々を前に、堂々と里の娘を抱きしめて「この婚姻は無効だ」などと宣言する男を許せるはずがない。それ以上に恋しい男を奪った女を憎んだ。

――恋をして妻になる日を指折り数え、幸福になることを信じていたわたしの情はどうなる!?

責められてしおらしく涙を流してみせる娘と、彼女を抱きしめる逞《たくま》しい男の腕。本来なら自分がいるはずだった場所を奪われて、許嫁は一層怒りと憎しみを燃やし、憎悪《ぞうお》にしわがれた叫び声を上げた。

――おまえたちが心底憎い。八つ裂きにしても飽《あ》き足らぬ。我が一族の多々羅《たたら》場で、坩堝《るつぼ》の中に投げ入れて骨まで溶かしてしまえたら……!

彼女は怒りと憎しみのあまり正気を失い、自ら放った火の中に身を投じた。不実な恋人と恋敵《こいがたき》に刃《やいば》を向ける代わり、言《こと》の葉《は》に血を吐くほどの恨みをこめて呪詛を放ったのだ。

――五樹の長の血筋に関わる限り裏切りの苦しみを味わうがいい。恋の成就《じょうじゅ》など成《な》せぬよう二目とみられぬ醜い容貌《ようぼう》になって、未来永劫《えいごう》苦しむがいい――。

そうして、若い白肌を炎に焼かれながら為《な》された呪いは、速《すみ》やかに顕現《けんげん》したのである。

若長と里娘の間には、全身焼けただれたようなひどい痣をまとった赤子が生まれた。懐妊《かいにん》と同時に娘の身体にも同じような痣が表れていた。痣が発する痛みにもがき苦しみ衰弱《すいじゃく》してゆく妻と嬰児《えいじ》の命を救うには、千を越える人々の暮らしを守り尊崇《そんすう》を集める立場と、神代《かみよ》の昔から伝わる秘伝秘技《ひでんひぎ》の継承権《しょうけいけん》、その全てを捨てるしか術《すべ》がない。

若者は長の位《くらい》から身を退《ひ》き一族から外れることで、かつての許嫁の呪いをかわした。そうやって『外れ者』となり、どの部族にも属さず放浪を続ける内に赤子は辛《かろ》うじて死の淵《ふち》から逃れて成長し、盲目の娘の情けを受けて子を生した。――その末裔《まつえい》が、

「おれなんだって、お爺はいってた…」

五樹の一族とは関わってはならない。その教えをお爺は娘にきちんと伝えていた。それなのに紫乃の母が五樹の長である父と恋に落ちたのは、父が自分の身分を隠していたせいだ。

「七代と言えば百年以上も昔の話だろう？　それほど昔の、しかもただ血が繋《つな》がっているというだけで、どうしてそなたがこんな目に遭うのだ…」

理不尽極まりないと、貴哉は憤る。

「なんとか治す方法はないのか？　そもそもどうして恨《うら》み言《ごと》をいっただけで、これほど長い時を隔《へだ》て

て呪いが顕現《けんげん》するのだ」

「――…」

貴哉の疑問はもっともである。紫乃は少しためらい、それから意を決して口を開いた。

「許嫁だった火の一族の娘は、元々強い言の葉使いだったんだと思う…」

「言の葉使い?」

紫乃は再びためらった。あまりしゃべりすぎると掟に触れる。けれど貴哉にわかってもらうにはきちんとした説明が必要だ。言葉足らずが原因で貴哉に置いて行かれたと感じたときの切なさと辛さを思い出し、紫乃はぽつぽつと話しはじめた。

「まず、里人が考える以上に想いには力があるんだ。それが念の強さになればなおさら…」

紫乃は貴哉の顔を見上げた。貴哉は得体の知れない茸《きのこ》を咀嚼《そしゃく》しているかのように、首を傾《かし》げている。

「言葉って口に出す前に、必ず胸の中でそのもとが生まれるものだろ。口から出る言の葉は、正《まさ》しくその人そのものなんだ。いつも何気なく考えていることが言葉になる」

「しかし…、自分でも思ってもいなかったことを、つい口走ってしまうこともあるだろう?」

「それは自覚がないだけ」

「耳が痛いな…」

ひどい言葉で痣を罵《ののし》ってしまった貴哉に対する、紫乃の自覚のない糾弾《きゅうだん》に、貴哉は辛そうに顔を歪めた。それに気づかないまま紫乃は続ける。

「放っておけば朝靄《あさもや》のようにすぐに消えてしまう想いや考えでも、何度もくり返したり、強く一心不乱《いっしんふらん》に願い念じればとても強い力を持ってしまう」

この願い念じる力の通し方に精通《せいつう》しているのが、行者《ぎょうじゃ》や修験者《しゅげんじゃ》と呼ばれる者たちである。

「そして胸で育《はぐく》まれる想いや念以上に、言の葉には力がある」

呪文や祝詞は、口に出して唱《とな》えることでその威力《いりょく》を発揮《はっき》する。正しく音を重ねて唱えることで万物《ばんぶつ》に影響を与えるのだ。

「想うだけでも力はあるんだ。『想』が種なら『言葉』は花かな、…上手くいえないけど。力のある人は想うだけで種から花を咲かせることができる。力がそれほどなくても、手順を踏んで音を重ねていくと…」

「うん」

「あの猪母仔を眠らせるようなことができるのか…？」

「そうした力のある言葉を使って、七代前の許嫁は呪いをかけたということか？」

「…うん」

実際、怪我をしてすこぶる気の荒れた猪を、紫乃がいとも容易《たやす》く眠らせた現場を見た貴哉は、その説明を受け入れたようだ。

黙りこんでしまった貴哉の険しい顔を見上げ、それから紫乃はうつむいてしまった。その言の葉の連なりと手順を教えろといわれたらどうしよう。

紫乃の心配を余所に貴哉が次に聞いてきたのは別のことだった。

「それでどうすれば、紫乃の痣は治るのだ？」

「え…」

「ああ。知っておれば、今頃こんな奥山に隠れ棲《す》んではいないか」

貴哉はひとりで納得し、顎《あご》を指先で撫でながら考えこんでしまった。それから、ふと気づいたように顔を上げ、心配そうに紫乃の顔を覗きこんだ。

「痛みは、ないのか？」

「お父《とう》の側に寄らなければ…平気」

実際、五樹の邑を出てから痣の増殖《ぞうしょく》は止んで、痛みも消えた。

「そうか…」

頭上でほっと息をつく音がする。自分のことを貴哉があれこれ思い悩んでくれていることで、紫乃の胸に何やら申しわけないような、けれどくすぐったいような喜びが生まれた。

「我が所領が健在ならば、そなたを連れ戻り、法師に引き合わすこともできたものを……」

喜びに水を注《さ》すような硬い声で貴哉が呟いた。そのものいいに口惜《くちお》しさの響きを聞きとって見上げると、貴哉は唇を引き結んで彼方《かなた》をにらみすえていた。

「所領…？」

「そうだ。――裏切り者たちにかすめ盗《と》られてしまったがな…」

言葉と同時に瞳の奥には憤りの炎が生まれ、吐き捨てるような声には無念さがにじみ出る。

ああ、まただ。貴哉がこうして誰かを裏切り者と罵り、憎しみを露にするたび紫乃の胸は痛む。五樹の父に近づいたわけでもないのに、ちり…と痣が疼くような錯覚に陥る。

「貴哉は、その人たちに逐われて御山へ逃げて来たのか…?」

「……ああ、そうだ」

「盗られた土地をとり戻すために、御山を下りてしまうんだね」

やさしくなっても謝ってくれても、男の心を占《し》めているのは復讐《ふくしゅう》のことばかりだ。その恨みの炎を消したくても、貴哉はもうすぐ御山を下りてしまう。紫乃には何もしてやれない。そんな己の無力さが悲しかった。

「そのつもりだったが…」

じわりと涙の浮いた瞳で見上げると、貴哉はひどく苦しそうな、痛みに耐えるような顔でいいよどんだ。

「――里に下りても、私の居場所はもうないのだ」

「え…?」

「何もかも奪われて焼かれて、失ってしまった…」

父も家人も領地も。私にはもう何もない――。

紫乃を抱き寄せ、その首筋に顔を埋めて、貴哉はきしるような悔しさと絶望を吐き出した。

「貴哉…」

初めて見せられた男の弱気。紫乃は思わず自分よりも遥《はる》かに大きく立派な、けれど口惜しさに震える背中を抱きしめていた。

「きっといつか、何もかも良くなる日が来る。だからそれまで御山で暮らそう？　おれにできることならなんでもするから…」

しばらくの沈黙の後、「そうだな」とくぐもった声が首筋から聞こえてきた。

今の紫乃にはそれで充分だった。

‡ 半夏雨《はんげあめ》 ‡

『きっといつか、何もかも良くなる日が来る。だからそれまで御山《おやま》で暮らそう』

そう囁《ささや》かれ、細い腕で背中を抱きしめられたとき貴哉《たかちか》の胸に生まれた感情は、これまで生きてきた中で一度も経験のない類《たぐい》のものだった。ちょうど今、見上げた曇り空の合間から陽光が射《さ》しこみ視界が鮮《あざ》やかに生気をとり戻すような、温かく慈愛《じあい》に満ちた――。

山は日に日に暖かさを増してゆく。

寒々しかった森の木々には新緑《しんりょく》が芽《め》吹《ぶ》き、瞬《また》く間に全山が翠《みどり》に染まる。

つややかな緑葉の上で陽光を弾《はじ》いていた昨夜の雨の名残《なごり》の粒が、風に吹かれて滴《したた》り落ちる。その雫《しずく》を首筋に受けて、貴哉はふと頭上を見上げた。空気まで染まりそうな翠の葉の連《つら》なりから、木漏《こも》れ日《び》が降り注《そそ》いでいる。目を細め梢《こずえ》の合間から覗《のぞ》く青空を見つめていた貴哉に、欅《けやき》の大木の向こうから紫《し》乃《の》が手を振りながら声をかけてきた。

「貴哉！　ほら、これがすべりびゆだ。虫毒に効《き》くし葉は食べられる。あっちのしょうまも食べられるし熱冷ましにもなる。こっちは似ているけど毒があるから気をつけて」

貴哉がすぐには山を下りる気がないことを知ってから、紫乃はこれまでのどこかよそよそしい態度を捨てて、山での暮らし方を積極的に教えてくれるようになった。

「これは感謝の言《こと》の葉《は》。ありがとうっていうだけで、次の芽が早く出るんだ」

そういって摘《つ》みとった野草の跡に、短いけれど丸く耳に心地好い言葉を語りかける。掟《おきて》だからと内緒にされていた、いくつかの音の連《つら》なりも教えてくれた。

奪うのではなく与えられるものに感謝して暮らす。そうした物事の道理《どうり》に従えば、紫乃とふたり、生きて行くために必要なものは山の恵《めぐ》みでこと足りる。ふたりで山の尾根《おね》を伝い歩き、野草を採《と》り、木の実を集めて狩《か》りをする。紫乃は樹皮《じゅひ》や草の葉から糸を紡《つむ》ぎ布を織《お》る。その糸を染める木の葉や根の種類、染汁《そめじる》を作る手順も手伝《てつだ》う内にだいぶ覚えた。

質素《しっそ》だが満たされた日々。誰からも恨《うら》まれない、誰かを羨《うらや》む必要もない。しかし――。

『ここで暮らせばいい』その言葉に頷《うなず》いたのは、嘘《うそ》ではないが本心でもない。胸の片隅には裏切り者たちへの怒りと恨みが焼けた鉄棘《とげ》のように刺さっている。

それでも、自分が去ってしまえば本当に独りになってしまう紫乃のことを考えると、復讐《ふくしゅう》心が鈍る。懸命《けんめい》に慕《した》ってくれるいじらしい愛情になんとか応《こた》えたいと思う。その気持ちに嘘はない。

家人《けにん》を率《ひき》いて、領民《りょうみん》を守る。そのために富《とみ》を貯《たくわ》え、兵馬を養《やしな》い、いざとなれば近隣《きんりん》領主《りょうしゅ》と刃《やいば》を交《まじ》える。そうして手に入れた未開墾《かいこん》地を切り開けば、そこからまた新たな富が生まれる。――そうした生き方しか知らなかった貴哉に、紫乃は穏やかで平穏《へいおん》な日々を与えてくれる。

「貴哉。どうした?」

ぼんやりと立ち尽くしていると紫乃が小首を傾《かし》げて近づいてきた。手には咲き初《そ》めの紫草《むらさき》。二尺《しゃく》（約60センチメートル）ほどのしんなりとした茎葉の先に可憐《かれん》な白い小花が揺れている。

痣《あざ》を隠す必要はもうないと何度も何度もいい聞かせたお陰で、紫乃は最近ようやく素顔でいてもうつむいたり恥ずかしそうな素振りを見せることが少なくなった。貴哉の目の前までやって来た紫乃の、白い花弁《かべん》の中から見上げてくる無邪気《むじゃき》な瞳。花海棠《はなかいどう》の蕾《つぼみ》のような唇《くちびる》。木漏れ日を弾《はじ》いて水のように流れる黒髪に小さな花びらが絡《から》んでいるのを見つけて、貴哉は手を伸ばした。そのまま髪に触れた指先で項《うなじ》を抱き寄せ、……気がつけば屈《かが》みこんで唇接《くちづ》けていた。

「――…っ」

重ねただけの紫乃の唇が驚きでわずかに開く。その隙間《すきま》にするりと舌を伸ばしたとたん、思いきり胸をおし返された。同時にばらばらと足下に落ちた紫草を踏まないようにと、一瞬気が逸《そ》れた隙《すき》に、紫乃は貴哉の腕の中から一目散《いちもくさん》に逃げ出した。十歩ばかり離れたところで、近くに生《は》えた栃《とち》の古木《こぼく》にするするとよじのぼる。まるで栗鼠《りす》のような素早さだ。その木の上からうわずった声が飛んでくる。

「い、今の何…っ？」

「――さあ…。なんだろうな」

からかっているわけではなく、実際のところ貴哉にもなぜ自分がそんな振る舞いをしてしまったのか、よくわからなかったのだ。

その日、貴哉がそれを見つけたのは偶然である。

庵《いおり》の建つ、すり鉢《はち》状の盆地《ぼんち》には東から南、西へ向かってぐるりと弧《こ》を描《えが》くように水量の豊かな川が流れている。貴哉が崖から落ちたのは下流の淵《ふち》であったが、上流には幅六尺《しゃく》（約2メートル）ほどの小さな滝壺《たきつぼ》があり、泳ぐのにちょうど良い場所となっている。

盛夏《せいか》を迎え、かなり蒸《む》し暑い日が続くようになると紫乃はふらりと姿を消すようになった。小半刻《こはんどき》もすれば戻ってくるので貴哉はあまり気にも留めていなかったが、ある日ふと思い立って後を追ってみた。そうして見つけたのが件《くだん》の小滝である。

滝壺の脇には昼寝するのに具合が良さそうな、平らかな大岩。長い年月雨風にさらされてつるりと滑らかなその上に、紫乃は手早く衣を脱ぎ置くと、一糸《いっし》まとわぬ裸体となり、きれいな弧を描いて淵《ふち》へ飛びこんだ。

一連の動作があまりに見事で素早くて、貴哉は木陰に隠れたまま思わず見惚《みほ》れてしまった。

いつも紫乃の傍《そば》を離れない忠犬《ちゅうけん》シロは貴哉の存在に気づいているのかいないのか、大岩の陰にぺたりと寝そべり昼寝の構えだ。老いた身に夏の暑さは堪《こた》えるのだろう。最近では暇《ひま》さえあれば眠っている。それでも耳だけは油断なく周囲の様子を探るように、時々向きを変えていた。

頭上では蟬時雨《せみしぐれ》が間断《まだん》なく続いている。郭公《かっこう》の番《つがい》を誘《いざな》う声が朗々《ろうろう》と響き、啄木鳥《きつつき》が木を穿《うが》つ音がのんびりと木霊《こだま》をくり返す。濃い緑の匂いが夏の湿った微風《そよかぜ》に運ばれて、ぞんざいに後ろで括《くく》った貴哉の髪を揺らしてゆく。首筋に汗で張りつく毛先を払いのけながら、貴哉はなぜかその場を立ち去り難く、そのまま息を潜め続けた。

涼しげな音を立ててこぼれ落ちる水流は、いったん滝壺の底へ潜ると驚くほど穏やかな水溜まり——淵となる。鏡のようになめらかなその水面を、時々翡翠《かわせみ》が影を落として横切ってゆく。

木々の緑を映して橄欖石《かんらんせき》のように陽射しを弾く澄んだ水と戯《たわむ》れ、しばらく潜ったり泳いだりしていた紫乃はやがてぷかりと顔を出し、貴哉に見られているとは夢にも思わないのだろう、少しの恥じらいもないおおらかな仕種で大岩の上に戻って来た。

脱ぎ置いた肌着を持ち上げて少し考えこみ、ぷるる…と頭を振って水気を払う。

癖《くせ》のないきれいな黒髪から、珠《たま》のような水滴が陽射しを弾いて飛び散る。泳いでいる内に結紐《ゆいひも》が解けたのだろう、しなやかな濡れ髪が細い首筋から肩、華奢《きゃしゃ》な貝殻骨《かいがらぼね》へとまとわりつく。小さな束になった毛先から流れ落ちた雫《しずく》が丸く転がりながら、なめらかな双丘《そうきゅう》と、そこから続くほっそりとした膝《ひざ》裏《うら》を伝い落ちてゆく。

すんなりと伸びた両脚のつけ根の淡い陰りに目を奪われて、貴哉の喉《のど》がかすかに乾上《ひあ》がる。

紫乃はふ…と空を振り仰ぎ、降り注ぐ木漏れ日にうっとりと微笑《ほほえ》みながら目を閉じた。天を向いた形の良い鼻先に、風に流された尾長蝶《おながちょう》が羽を休めようと、ひらりひらりと機会をうかがう。

ちらちらと鼻先をくすぐられて紫乃は笑いながらゆるやかに首を振り、手のひらを閃《ひらめ》かせた。蝶は逃げるそぶりも見せず、今度はその指先に戯《たわむ》れはじめた。

——なんとまあ、長閑《のどか》なことか…。

御山《おやま》には神様がいて、紫乃はその神に守られて育ったという。何かの比喩ではなく、それが本当であることを、今の貴哉は素直に納得している。

紫乃のまわりに諍《いさか》いの影が落ちることはない。鳥や獣や虫たち、ときには木々や花々とすら、少年はやさしく心を通わせている。冬の間も、狩りに出て捕《と》らえてきた兎《うさぎ》や鳥を淡々《たんたん》と料理する半面、餌《えさ》を求めて舞い降りる小鳥に、毎日籾殻《もみがら》や菜屑《なくず》を撒《ま》き与えていた。手負《てお》いの猪《いのしし》を助けるという、信じがたい光景を見たこともある。

高鷲荘《たかすのしょう》で豊かな財貨《ざいか》に囲まれながら、心底から心を許せる者もなく、己《おの》が所領《しょりょう》を守り広げる野心だけを糧《かて》に日々を暮らしていた自分とはなんという違いだろうかと、貴哉は唇《くちびる》を噛《か》む。

蝶と戯れながら、紫乃はゆるく伸びをした。木漏れ日の下。しなやかに伸ばされた腕、そして肩、背中から脇腹にかけて、舐《な》めるように這《は》い回る赤黒い痣が、貴哉の目に不思議な情景として飛びこんできた。痣は腰を抱くように横切り、左の膝裏と、右足の大部分を舐めて消えている。

初めて見たとき、あれほど醜《みにく》く恐ろしく映ったそれらが、今はまるで神の手による絵模様のように映る。そして、ちょうど貴哉の方を向いている左の頬にだけ僥倖《ぎょうこう》のように痣がない。

よく見れば、――いや、春先から常々思っていたことだが、紫乃の顔立ちは非常に整っている。痣のひどさに気圧《けお》されて、はじめは全く気づきもしなかったが、肌理《きめ》も細かく、身体つきもしなやかだ。その肌触りが上質の練絹《ねりぎぬ》のようであることはもう知っている。

澄んだ瞳は黒水晶《すいしょう》のよう。水のようにさらりと流れる黒髪はいつまでも撫《な》で続けていたいと思わせるしなやかさ。痣のない横顔だけを眺めれば、都《みやこ》の貴人《あてびと》もかくやと思うほどの美貌《びぼう》である。

情が湧いて美しさに気づいたのか、気づいたから情が湧いたのか。順序によっては人でなしといわれかねないが、今となっては渾然《こんぜん》一体となりすぎて判断しかねる。

岩の上で紫乃が衣服を身に着けはじめた。紫乃の上衣は、夏らしく涼しげな生成《きなり》色の布地に、水浅葱《あさぎ》と青磁《せいじ》で染めた糸で不思議な紋様が織りこまれている。それらは、紫乃たち山人に上《かみ》つ代《よ》から伝わる文字を意匠化《いしょうか》したものだという。

紫乃は夏でも袖《そで》つきだ。あっという間に、すんなりと伸びた手足とまだらの痣が隠されてしまう。そのことに落胆《らくたん》している己に、貴哉は驚いた。

もっと見ていたい。

——違う。本当は傍に寄ってその肌に触れ、あますところなく全てを暴《あば》いて見たかった。

「いったい、どうしてしまったんだ、私は…」

抱きしめたいと、強い衝動に駆られた自分を叱咤《しった》する。握りしめた両手に顔を伏せながら、貴哉は身の内に湧き上がる熱い情欲に戸惑《とまど》った。

「情が移っただけだ」

滝壺を離れて庵への道を急ぎながら、貴哉は己にいい聞かせた。

一つ寝床《ねどこ》で眠っているのがいけないのかもしれない。生まれたばかりの犬猫の仔でも、しばらく抱いていれば離し難くなる。たぶんその類《たぐい》の感情にすぎない。夏になり、暖《だん》をとり合うという口実《こうじつ》も間《ま》抜《ぬ》けすぎるが、今さら床を別々にするといい出すのもまた気まずい。

いえば、紫乃はきっと傷つく。

雨に濡れた黒曜石《こくようせき》のような瞳が揺らめいて、それをおし隠すよううつむきながら、そしていうのだ。

「平気だよ…」と。

「おい、橘《たちばなの》貴哉。いくらほかに睦《むつ》み合う女人《にょにん》がいないからといって、相手は痣だらけで化け物のような男児だぞ」

心にもない意地悪な言葉で己を叱咤してみても、滝壺で目にした裸体が目蓋《まぶた》に焼きついて離れない。本気で醜いと思っているわけではない。むしろ可愛いと思うから始末に負えないのだ。

——このままでは抱いてしまう。

閨事《ねやごと》など欠片《かけら》も知らないだろう少年にそうした行為を強《し》いて許されるのか、それとも非道《ひどう》であると罵《ののし》られるか。若殿《わかとの》育ちの貴哉には、どうにも判断がつきかねるのであった。

その夜。

夕餉《ゆうげ》の仕度《したく》の最中も食事中も、なぜか紫乃はずっとおし黙っていた。山で共に暮らそうと告《つ》げてから、紫乃がこれほど消え入りそうな様子で身を縮めるのは初めてだ。

「どこか具合が悪いのか？」

心配して訊《たず》ねてみても、紫乃はふるると首を振り、よけいうつむいてしまう。

「何か心配事があるのか？」

「……ちがう」

ではなんなのだと癇癪《かんしゃく》を起こしかけ、ぐっとこらえて訊《き》いてみる。

「——私に何かいいたいことがあるのか」

うつむいた紫乃の唇が、きゅ…と引き結ばれた。

しばらく待ってみたものの唇はそれきり動くことなく、紫乃は機室《はたむろ》へ逃げこんでしまった。

「なんなのだ、いったい」

狭い室の中にまで追って行くのもはばかられ、貴哉は寝床にごろりと横たわった。腹立ちは紫乃に対してではなく自分にだ。

「まさか……」

貴哉はハタと思いついて身を起こした。滝壺で自覚した己の情欲を悟《さと》られてしまったのだろうか。

その可能性を思いついたとたん、かつてないほどの焦燥《しょうそう》感に襲われた。

——こんなにも浅ましい情欲を向けられたと知れば、紫乃は私を嫌うだろうか。いや…、愛《いと》しく想う相手と抱き合いたいと願うのが人の情。何も恥じ入ることなどない。紫乃も私のことを憎からず想ってくれているはずだ。

いささか都合《つごう》の良い考えではあるが、これまで紫乃が示してくれたやさしさと情け深さを思えば、少しくらい自惚《うぬぼ》れてもいい気がする。

いっそ、抱いてしまおうか…——。

秘やかな決意をこめて貴哉が床につくと、まるでそれを察したかのように、紫乃は夜なべ仕事を理由に添《そ》い寝《ね》を拒《こば》んだ。

「珍しいな。いつもは灯明《とうみょう》が惜しいといって、陽のある間しかしないだろう」

焦《じ》れる思いを押し隠すため、少し責める口調で問いつめてみる。

「う…ん。もうすぐ里に下りるから、それまでに仕上げたくて」

年に一度、紫乃は山をいくつも越えて里へ下りるのだという。塩や味噌《みそ》、五穀《ごこく》、紙、陶器《とうき》、鉄など、山では手に入らないものを里で交換するためだ。交換の品として幾種類もの珍しい草薬や、獣《けもの》の肝《きも》、毛皮の他に、榀《しな》の木から採《と》れる繊維で織り上げた布を携《たずさ》えてゆく。

紫乃の生まれは布織りを生業《なりわい》とする一族だという。秘伝《ひでん》とされ、門外不出とされる技術の中には、帝《みかど》に献上《けんじょう》される唐渡《からわた》りの宝物の中にも見られないような、複雑で細緻《さいち》な織りなどがある。

里で交換に使う品は庶民《しょみん》の手に渡るものだから、それほど複雑な織りではない。しかし、かつて豊かな荘園領主として贅沢《ぜいたく》品に接し慣れた貴哉の目から見ても、紫乃の手が織り出す布地と文様は不思議な魅力があった。

「それなら仕方ない。あまり根《こん》をつめるな」

理解のある言葉をかけて夜具《やぐ》に横たわったものの、そわそわと落ち着かない。

庵の南西に突き出した一角の、大きく窓をくり貫いた場所。そこに置かれた見慣れない機《はた》を使って、紫乃はとんからとん…とやさしい音を立てながら布を織りあげてゆく。

月が西山に傾く頃、紫乃はようやく灯りを落として寝仕度をはじめた。

子守歌のようなやさしい機の音が止《や》んだことで浅い眠りから引き戻された貴哉は、いつものように紫乃のほっそりとした身体が潜りこんでくるのを待ち構え、――裏切られた。

窓から射しこむ青白い月明かりに淡く浮かびあがる庵の隅に、紫乃はかさこそと薄い草布団《くさぶとん》を敷きつめて、ひとりで小さく身を横たえた。

「どうして、そんな場所で寝るんだ」

貴哉は思わず身を起こし、問《と》い質《ただ》していた。

「――…」

押し黙り背中を強張《こわば》らせた紫乃の肩先は、小さく震えて貴哉を拒絶している。

「紫乃！」

「……貴哉が、嫌《いや》がるからじゃないか」

「何をいって」

「…お、おれのこと、醜いって、気味が悪いって…、本当はそう思ってるくせに…っ」

振り向いて見上げてきた紫乃の瞳は、夜目にもわかるほど潤《うる》んでいる。

「そんなことはない」

突然何をいい出すのだと、つめ寄った手を振り払われた。紫乃はそのまま、かつてない強さで貴哉をにらみ上げ、悲痛な叫び声を上げて飛び退《の》いた。

「もういい…！　嘘でやさしくされても、苦しいだけ……っ」

「待て、嘘とはなんだ。私がいつそなたに嘘をついた！」

嘘つき呼ばわりは捨て置けない。最近は鳴りを潜《ひそ》めていた癇癪《かんしゃく》の虫が目を覚ます。膝立ちになり、逃げる紫乃を摑まえようと腕を伸ばした瞬間、

「昼間、いってたじゃないかっ」

「——…む」

「ば、化け物だって…、吐き捨てるみたいに……」

聞かれていたのか…。

「もういい。もう、嫌だ」

「紫乃、違う。昼間のあれは」

いいわけにしかならないことを承知で弁解しかけた貴哉をさえぎり、紫乃は叫んだ。

「おれだって、好きでこんな身体に生まれたんじゃない…ッ」


夏場の楽しみの一つである水浴びからの帰り道。庵へと至る急坂の手前で立ち止まっていた貴哉を見つけて、紫乃は少し迷い、勇気を出して駆け寄ろうとした。その刹那《せつな》。

『――他に睦み合う女人がいないからといって、相手は痣だらけの化け物のような……』

少し怒った口調で吐き捨てられた男の言葉に両足を縫い留められて、動けなくなった。

化け物のような――。

またいわれた。

よろめいて後ずさり、木立の陰に身を寄せた。もう一歩、さらに一歩。ひどい男の言葉から遠ざかろうと、木々の影に救いを求めて。ひぐらしが鳴きはじめる夕暮れまで大木の根の合間で膝を抱え、紫乃は涙を流し続けた。

暗くなって庵に戻っても、ずっとうつむいて過ごした。泣き腫《は》らした顔を見られたくない。それに、そうやって貴哉の視線を避けていれば、醜い自分の姿も見られずに済むような気がしたから。

「おれの、せいじゃない…のに」

せっかく腫れの引きかけていた目蓋から再び涙があふれ出し、紫乃はあわてて貴哉から顔を逸《そ》らした。拭《ぬぐ》い損《そこ》ねた涙が唇に伝わり、喋《しゃべ》るたびに塩辛《しおから》い。

「た、貴哉なんか…」

嫌いだ、といい放てたらどんなに楽か。

けれどいえない。どんなにひどい言葉で罵られても、やさしくしてくれたのは本当だ。やさしくされて、勘違いした自分が悪い。期待したらいけないと、あんなにいい聞かせていたのに。

「貴哉が…そんなにおれを嫌うなら、里へ帰ればいい…！」

胸の痛みに耐えかねて叫んだとたん、紫乃の視界は大きな手のひらにさえぎられた。

「――…あッ」

避ける間もなく袂《たもと》を鷲《わし》摑まれて引き寄せられ、いともたやすく寝床《ねどこ》に引き倒された。

「違うといっている」

間髪《かんぱつ》入れずのし掛かってきた貴哉の声が、驚くほど近くで聞こえる。おし殺した声の低さが本気の怒りを表していた。

どうしておれが怒られるんだ。ひどいことをいわれて、傷ついているのはおれなのに。

理不尽《りふじん》さに胃の腑《ふ》の辺りが熱くなる。やさしいお爺《じい》と御山に守られて、ひっそり暮らしてきた紫乃にとって、それは生まれて初めての激しい感情だった。腹を立てるのは貴哉だけの得意技じゃない。

紫乃は肩を緩《ゆる》くおさえていた男の腕に本気で爪を立て、怯《ひる》んだ隙に逃げ出した。

「…ったく」

その瞬間、耳元に熱い吐息《といき》とかすかな舌打ちの音が響く。

「この、わからずやが――」

いつもなら小鳥よりも素早く男の手から逃げ出せる自信があった。けれど今夜は、生まれて初めて抱いた激情で頭に血が昇っていたせいか、逃げても振り払っても貴哉に追いつかれる。四肢《しし》を絡めとられて引き戻されて…。気がつけば半裸《はんら》で貴哉の胸の下におし倒されていた。

「貴哉…、なに？　何――…？」

背後からのし掛かられ、薄い単衣《ひとえ》の袂《たもと》が大きく割られる。露になった胸元を大きな手のひらでまさぐられても、紫乃はまだ自分が何をされようとしているのかわからない。

癇癪を起こした男は、何か紫乃の知らない方法で懲《こ》らしめようとしている。

夜とはいえ、窓から射しこむ十三夜の月明かりが皓々《こうこう》と、紫乃の肌に浮かび上がるまだら模様を照らし出す。「もう布で隠すことはない」という言葉を真《ま》に受けて、無防備にさらしていたことを悔やんでみてももう遅い。半裸にして、身体の痣を暴いて。貴哉はまた『醜い』と罵るのだろうか。

「や、いや……」

それだけは勘弁《かんべん》して欲しい。怖くて惨めで身がすくむ。

強張る首筋と頬にまとわりつく髪をかき上げられ、汗ばんだ肌に貴哉の熱い息がかかる。その上から、もっと熱くて濡れた何かがおしつけられた。

「何…な…?」

一度も経験のない感触は不安で怖くて、泣きそうになりながら声を上げた。柔らかく湿ったものに首筋を舐め上げられて、ようやくそれが貴哉の舌と唇だったと気づく。

正体がわかっても恐怖は消えない。むしろよけい怖くなっただけ。貴哉が何をしているのか、どうしようとしているのかまるでわからない。紫乃はただ、これ以上自分の醜さを思い知らされるのが嫌で、それだけをわかって欲しかっただけなのに。どうしてこんなことになったのか。

「貴哉…た」

呼んでも応えてくれない。不安で胸が破れそうになる。

貴哉は有無《うむ》をいわせぬ力で腰を抱えこみ、下穿《したば》きの上から紫乃の徴《しるし》をまさぐりはじめた。

「な、に？　どうし…、何する…っ」

あまりのことに救いを求めて伸ばした右腕の、白い肌と赤黒いまだらが格子《こうし》窓から射しこむ月明かりに妖《あや》しく浮かび上がる。下穿きの薄い布地の上から陰嚢《いんのう》ごとそこを何度もこすられて、湿り気を帯びた熱が生まれる。長い指先で時々強く揉《も》みこまれると力が抜けてしまう。

「あ…、あ、あ…」

呆気《あっけ》なく夜具に突っ伏した紫乃の背中から、伸し掛かっていた逞《たくま》しい身体がほんの少し離れた。

その隙をついて紫乃は両手を伸ばし、夜具の端を摑んで男の胸の下から抜け出そうともがいた。そのとたん、腰に絡みついていた上衣《うわぎ》をたくし上げられ下穿きを剝ぎとられる。

「貴…哉、やだ…」

無防備になった股間《こかん》を咄嗟《とっさ》に両手でかばい、腰に脱げかけの上衣を纏《まと》いつかせた情けない格好で、ぐいと肩を摑まれ仰向けにされた。

「う…」

涙で歪《ゆが》む視界に映るのは貴哉の思いつめた顔。紫乃のものいいの何にそれほど腹を立てたのか、ずっとおし黙ったままで、ただ息遣いだけが荒くなってゆく。ゆっくりと腕ごと抱きしめられ、背中に回った手のひらに首筋から背骨まで撫で下ろされた。仙骨《せんこつ》までたどり着いた貴哉の長い指先が双丘を割り広げるのを感じて、紫乃は咄嗟《とっさ》に両手で胸を押し返した。

「な……──ッ」

何をするんだといいかけた唇を塞《ふさ》がれて、息が止まる。

「……あ」

声も吐息《といき》も吸いとられて、そのまま唇を舐め上げられた。思わず開いた口の中に貴哉の舌がするりと滑りこみ紫乃を翻弄《ほんろう》する。

身体が熱い。額に浮かんだ汗が流れてこめかみを伝う。触れ合った肌と肌が互いの熱で火のようだ。唇接けに朦朧《もうろう》としている内に、貴哉の右手は紫乃のまだ幼い男根《おね》を再び嬲《いたぶ》りはじめた。他人に触れることなど考えたこともなかった場所に直接触れられて、紫乃は身も世もなく抵抗した。

「い──ッ、い…や」

貴哉の胸を叩き、摑まりそうになる腕を振り払い、身をよじった。腰から下は貴哉のがっしりした下半身に組み敷かれて逃げられない。

「う…、ひ…っく」

身を丸めて泣き出すと下肢《かし》の拘束《こうそく》が揺るむ。ほっとしたとたん、再び背後から抱きしめられた。

そのまま両手でぐいと腰を持ち上げられ、抗《あらが》う間もなく割り広げられた下肢の間に貴哉の腰が押し込まれる。腿《もも》の内側に感じる男の両脚。その熱さ。耳元に、項《うなじ》に、紫乃の名を呼ぶかすれた声が唇と共に何度もおしつけられる。忙《せわ》しない息遣いと肌にかかる熱い吐息に目が眩《くら》む。

「あ…、あ…──」

思わず仰《の》け反《ぞ》った顎を撫でられ、そのまま喉元《のど》をなぞり、胸の小さな突起《とっき》をつままれた。

「やめ…て、これ以上、意地悪しないで…ぇ──」

乳首をくりりと揉《も》み込まれて、その感触よりも、そんなことを貴哉にされている事実の方が衝撃だった。あまりの仕打ちに泣き言が洩れ、声はかすれて鼻にかかり、まるで幼い子供のむずかりのようで恥ずかしい。

「泣くな紫乃。これは意地悪ではない。……いや、意地悪か」

ようやく聞こえた男の声。その言葉尻がかすかに笑いを含んでいる。

なぜ笑うのか、どうしてこんなことをするのか。

紫乃は身を震わせて、びくともしない男の腕に一層《いっそう》爪を立てた。それなのに貴哉は少しも堪《こた》えた様子もなく、聞いてくるのだ。

「これまで、このように誰かと睦《むつ》み合ったことはないのか？」

「な……い」

「睦み合う…、その意味がわかるか？」

「知ら、ない…」

わからない。こんなことはされたことがない。

「こわい…、いやだ」

「怖くない。紫乃が可愛いと思うからこうするんだ」

子供をあやすような言葉に、紫乃の身体は一気に熱を帯びる。目の奥に朱《しゅ》を散らされたような羞恥《しゅうち》が広がった。可愛いなどといわれたのは、ずっと幼い昔。想い出の彼方《かなた》に霞《かす》んでしまった、あれはたぶん母の腕の中。

「そなたが可愛いくて我慢《がまん》できなくなった。だから――」

言葉の続きは、身体で思い知らされた。

「あ…」

背後から割り広げられた両脚はがっちりと貴哉の逞しい腰で固定され、どうもがいても閉じることができない。――逃げられない。

耳朶《じだ》を甘噛《あまが》みされ、乳首をねぶられ、男根を握りこまれて全身から力が抜けて、自分がまるで射落とされた鳥になったような気がする。捕らえられ羽根をむしられ貪《むさぼ》り喰われる無力な存在。抵抗をあきらめて夜具に突っ伏すと、背後から貴哉の熱が一瞬だけ消えた。振り向く間もなく再び抱き寄せられて、萎《な》えた腰を抱え上げられる。ぷん…と荏胡麻《えごま》油の匂いが広がり、次の瞬間ぬめりを帯びた貴哉の指先が双丘の狭間をまさぐりはじめた。

「な、に…？　ねえ、何を……」

未知の行為に不安が募《つの》る。

「力を、抜いて」

囁きと共に排泄口《はいせつ》である窄《すぼ》まりを丸く撫でられ指先をほんの少しだけ差しこまれて、驚きのあまり、逆にきゅぅ…としめつけてしまった。

貴哉の指が、身体の中に入りこんでくる。しめつけて抵抗するほどその形と動きが際立つ。

「た、たかちか…、もういや…だ」

泣いて頼んでいるのに差しこまれる指は二本に増え、そこからくちゅりと嫌らしい音が聞こえる。羞恥のあまり頭の芯が痺れ、手足の先から溶け崩れそうになる。紫乃は頭を振って呻《うめ》き声を上げた。

「んぅ…う――ッ…」

さらに何度か抜き差しをくり返された後、根本まで差しこまれていた指がようやく出て行った。ほっと息を吐くまもなく背後からあらためて腰を抱えられ、どこか切迫《せっぱく》した気配を察して振り返ろうとした瞬間。

「い…あ―――…」

涙と汗で霞《かす》んだ両目を見開いて、紫乃はかすれた悲鳴を上げた。

何かが――、熱くて硬くて無慈悲《むじひ》な何かが、痛みを伴って紫乃の体内に侵入してくる。

「う…そ、だ。こ、こんなの…は……」

目蓋の裏に、早春の山間《やまあい》で連れ合いを求めて徘徊《はいかい》する獣の姿が浮かぶ。雄《おす》たちは仔を生すために雌《めす》を求め、荒々しく駆け寄る。追い払われても執拗《しつよう》につきまとい、やがて許しを得て伴侶《はんりょ》の背に乗るのだ。腰を重ねたとたんに始まる独特の揺れと同じ蠢《うごめ》きが、今まさに自分の身に起ころうとしている。

「た、かち…か、あ…ぅ——、い、あ…」

あまりの衝撃に息を飲みながら背後を犯す不埒《ふらち》な欲望から逃れようとずり上がり、引き戻されて、より深く抉《えぐ》られる。

「あぁ…、うー、うぅ…」

後口に男根を差しこまれて、ようやくそれが番の行為だと気づいた。けれど、でも。

「こ、れは、……こんなのは、雌雄《しゆう》でやることだ——!」

腰にも脚にも下腹にも、欠片も力が入らない。ただ貴哉の為《な》すがままに揺すられて、痺れるような痛みとわけのわからない感覚に耐える。

「雌雄というか——。閨《ねや》の睦言としては直截《ちょくさい》すぎるぞ…」

貴哉は思わずといった調子で小さく吹き出した。その笑いの振動が、ねじこまれた男根を伝って体内を揺さぶる。

「や…ぁあ……」

「人同士の睦み合いを見たことは?」

「知ら、な…」

「こうするんだ」

小さな円を描くようにゆるやかに蠢いていた貴哉の腰が、紫乃の尻からゆっくりと離れてゆく。

「う…——あ…ぁッ」

内腑を引きずり出される感覚に気が遠くなる。支柱を無くして夜具に崩れ落ちると、やさしく身体を返されて真正面から抱きしめられた。

汗のにじむ暖かい胸元へ素直に顔を埋め、頬に流れた涙をこすりつけながら、これで番の行為は終わりだと、ほっと息をついて力を抜いた瞬間、左脚を抱え上げられた。

「え…？」

驚いて見上げるのと同時に右脚も抱え上げられ、今度は正面から隆々《りゅうりゅう》とした男根を挿入《そうにゅう》される。

「い、やっ――…あ、ぁ――……」

再び柔らかい場所を犯され、声を出せたのは最初だけ。腰を打ちつけられる度、紫乃は忙しなく息を継ぎ、ひたすら貴哉にしがみついた。

背中の肉を抉るほどきつく爪を立てても、貴哉の動きはよどみない。

「獣は仔を生すために番《つが》うが、人はこれを好いた心で行う」

――人も獣の一部だがな。

貴哉はわずかに笑ったようだった。

「子を生すためだけ、欲望だけで抱き合うことはある。けれど私はそなたが…」

愛しい…と耳元で囁かれ、紫乃は涙で霞んだ両目を見開いた。両足をいっぱいにおし広げられ、その間に逞しい男の身体を受け入れながら、

「好いた心…？」

瞬きするたび、頬に新たな涙がこぼれ落ちる。

「そう」

「おれの…こと？」

「そうだ」

「でも…、おれのこと、……化け物…って」

そういった。初めて見たときも、そして今日の昼もそういった。

醜い化け物と吐き捨てる、その同じ口で「好き」などといい、紫乃を惑わせ抱くのはなぜか。

「『むつみあう女の人』が、いないから？　……か、代わりに？」

昼間聞かされた言葉の意味を、紫乃なりに考えた結論だった。

春になると、獣の雄たちは他に何も目に入らない激しさで雌の尻を追いかけ回す。それと同じ衝動が貴哉を駆り立てているだけだと。

月明かりに貴哉の精悍《せいかん》な顔がくっきりと浮かび上がる。自分の醜い姿も彼の目にあますところなく見られているのだ…。そう考えたとたん、紫乃は両腕で己の顔を覆い隠した。腕の隙間から自分でも情けないほど悲痛な嗚咽が洩れた。

貴哉の動きがぴたりと止まる。

そのせいで身体の奥にねじこまれた欲望の脈動《みゃくどう》が、ひどく生々《なまなま》しく響き渡った。

「そうではない、あれはそういう意味ではなく…」

舌打ちと共に、腕ごと身体を抱きしめられた。

「そなたのことが気になって仕方なかった。それがなぜなのかわからなかった。だから己の胸に訊ねたのだ。――そうして見つけた答えが…」

これだと囁きながら、貴哉はさらに強く紫乃を抱き締め、腰をじわりと進めてくる。

「ぁあ…っ」

「ひどい言葉を聞かせて済まなかった。そなたは誰の身代わりでもない」

男の真摯《しんし》な言葉に、紫乃の胸を塞いでいた大きな不安が溶け崩れ、涙となってあふれ出た。

「う…ぇ…、っく」

「泣くな、紫乃。あまり泣かれると歯止めが利《き》かなくなる」

「な…、…ぁ」

身勝手ないい様に抗議《こうぎ》をしかけた紫乃の唇は、当の男の唇でやんわりと塞がれてしまった。

裸で抱き合うのも、身体の内側に男の一部を受け入れるのも今夜が初めてなのだ。少しくらい泣いても許して欲しい。

「…ん、ぅ…んっ……」

逃げる紫乃の舌を追いかけて、喉の奥に届くほど貴哉の舌が這い回る。息苦しさに胸を叩いて抗議すると、ほんの少しだけ外れた。その唇の端からこぼれ落ちる唾液《だえき》を拭うこともできないまま、もう一度、男の唇はやさしく激しく紫乃を翻弄《ほんろう》する。

身の内を苛《さいな》む熱い男根の抜き差しが激しさを増す。触れ合った肌の間から互いの汗が伝い流れる。口を吸われながら胸や背中、首筋、男を受け入れて広げられた両腿、髪、耳朶、そして指先まで。身体中をあますところなく撫でさすられて、揺すられて。

紫乃はもう何ひとつ考えることも、声を出すことすらできないまま、溺《おぼ》れる者の必死さで貴哉の胸にすがり続けた。

『若殿は、こらえの利かないご気性《きしょう》ゆえ……』

――そのようなことだから、女子《おなご》が望む閨事《ねやごと》の機《き》微《び》に疎《うと》いと言われますのよ。

口元をそっと覆いながら乳母が『ほほほ…』と笑う。

貴哉はいい返せないまま、むくれて狩りに出かけるのが常だった。

胸が焼けるほどの熱情のたぎりを青く固い果実のような少年の内に放ち、思いを遂《と》げた心地好さのあまり、かすかに意識を飛ばしていた貴哉は懐かしい乳母の繰り言《ごと》を耳に感じて我《われ》に返った。

腕の中で紫乃が、貴哉の身体におし潰されたように気を失っている。

「しの、紫乃…！」

汗にまみれた身体を抱き上げ、埋めたままであった己の欲望をそっと引き出すと、追いすがるように情欲の名残が滴《したた》り落ちる。青白い月明かりの中で、まだらに染まった細い両脚がかすかに震えた。

「紫乃…」

初めての閨事に、こちらは完全に意識を飛ばしている。男の望むままに拓《ひら》かれた両足を閉じることもできず、投げ出されたままの姿が痛々しい。

こらえ性がないと指摘されていた通り、途中からずいぶんと気遣いの足りない抱き方をしてしまった。猛省《もうせい》しながら紫乃の身体に散った汗と汚れを拭いとる。その間にも、再び兆《きざ》してくる情欲を抑えるのに苦労する貴哉であった。

翌朝目覚めると腕の中はすでに空《から》。煮炊《にた》きをした様子もない。あわてて起きあがり外へ出ると、夏の陽射しに朝露《あさつゆ》が消えかかっている。

「紫乃…!」

姿を探して声をかけると、庵の西に群生《ぐんせい》している藍草の根本で、老犬シロの尻尾《しっぽ》がゆらりと応《こた》えを返した。

シロは昨夜、背の高いこの男が大切な主人に無体《むたい》を行う様を渋々《しぶしぶ》見守っていた。最初の内こそ、またしても主人を苛めて泣かせているのかと飛びかかる機会を窺っていたのだが、やがてふたりの腰がぴたりと重なり、何やら覚えのある動きをはじめたのを見て納得したらしい。主人の鼻にかかった泣き声に甘さが交じり幼子《おさなご》のむずかりに似て来たところで、あきらめ顔で眠りについてしまった。

「シロ、お前の大切なご主人さまはどこへ行った?」

貴哉の問いかけに、シロはちらりと鼻先を藍の葉陰の奥へと向ける。鬱蒼《うっそう》と生《お》い茂るその奥に紫乃は背中を丸めて座りこんでいた。

「紫乃。昨夜は…」

「来るな…!」

貴哉が一歩踏みこむと、紫乃はますます細く絡まった藪《やぶ》の奥へ身を退《ひ》いてしまった。

「怒っているのか」

「ちが…っ」

麦穂《むぎほ》のような白い花が咲きこぼれる藍草の中で、必死に身を縮めて手足の痣を隠そうとしている姿を見て、貴哉はなんとなく理由を察した。

「泣くな」

藪をかき分けて腕を伸ばし、腰を浮かせかけた紫乃を捕らえて抱き上げると、

「おれの身体、き、気味悪くなかった…?」

首をすくめて震えている、その耳元に貴哉は静かにやさしく言葉を捧げた。

「よく見れば不思議な絵模様のようで、愛しいと想う」

だからもうあまり恥じてくれるなと、髪に隠された右頬に唇接けると、紫乃は幼子のように声を上げて泣き出した。

‡ 秋霖《しゅうりん》 ‡

神鳴《かみなり》を連れた派手な夕立がしとしとと降り続く慈《じ》雨《う》に変わり、下生《したば》えから立ちのぼる虫の鳴が澄んだ夜気に響くようになると、夏も終わりに近い。

山は頂《いただき》から装《よそお》いを変え、茜《あかね》、蘇芳《すおう》、紅《くれない》、橙《だいだい》、黄金《こがね》色に色づきながら山裾《やますそ》を目指す。

日暮れ刻《どき》。

夕陽を浴びて緋《ひ》色に燃えあがる山々を見渡すと、貴哉《たかちか》の脳裏《のうり》に高鷲《たかす》の館《やかた》が燃え落ちる様が甦《よみがえ》る。視界に広がる炎の記憶は、義弟に裏切られ陥《おとしい》れられた怒りと憎しみを呼び覚ます。

――謀反《むほん》の罪《つみ》に問われたのは、ちょうど去年の今頃《いまごろ》だった。

その報《しら》せを受けたとき、貴哉はあまりに根も葉もない話だと、笑ってとり合おうとはしなかった。

やがて釈明《しゃくめい》のための上洛《じょうらく》を強《し》いられ、憮然《ぶぜん》として赴《おもむ》いた都《みやこ》では、祖父《そふ》の代からこれあるを見越して賄《まかない》を上納《じょうのう》していた幾人《いくにん》かの有力公卿《くげ》が、貴哉に対して手のひらを返すような冷たい態度を示した。

過去に好誼《よしみ》を結び、親しく書《しょ》などを交《か》わし、上洛した折には宴《うたげ》を張りもてなしてくれた貴族らは、貴哉と目を合わせれば汚《けが》れるとでもいうように、顔を背《そむ》け、伸ばされた手を扇《おうぎ》で払い落とした。

中には友のように信頼を寄せていた者もいた。それら全てが、残らず身を退《ひ》いたのだ。

哀れみと蔑《さげす》みの目。あのときの屈辱《くつじょく》――。

そこで貴哉は初めて義弟と妻の裏切りを知った。逆上した貴哉のもとに、相次いで高鷲荘襲撃されるとの報せがもたらされた。監視《かんし》の目をくぐり、飛垣《ひがき》ひとりを供《とも》にして昼夜を駆け抜け、ようやく帰りついたその場所で目にしたものは、紅蓮《ぐれん》の炎に巻かれ、燃え崩れ落ちようとしている館であった。

全ては謀《はかりごと》である。妻も義弟も、最初から貴哉の領地を狙っていたのだ。

都で謀反の噂《うわさ》を流し、貴哉をおびき寄せた隙《すき》に近隣領主《きんりんりょうしゅ》を手引きして高鷲荘を襲わせた。手引きの報酬《ほうしゅう》は略奪《りゃくだつ》され分割された土地が産する収益《しゅうえき》。真の黒幕《くろまく》は足利《あしかが》の征夷大将軍就任《せいいたいしょうぐんしゅうにん》以来、武家の台頭《たいとう》によって零落著《ちょうらくいちじる》しい公卿《くげ》の行く末を憂《うれ》いた貴族か。彼らを利用して、広大で豊かな所領を虎視眈々《こしたんたん》と狙《ねら》っていた近隣領主の陰謀《いんぼう》か。

目の前で焼け落ちた館には貴哉の思い出がつまっていた。兵馬に踏みにじられた田畠《たはた》には、父との約束が。

裏切り者め。信も義もない、権と欲の亡者《もうじゃ》たちめが。憎い。憎くて憎くて身が焼けそうだ。己《おのれ》の姿が赤黒い泥濘《でいねい》のように溶け崩れそうになったとき、天上からしたたる慈雨のごとく澄んだ声が聞こえてきた。

——…ちか、たか…ちか。

だれ…だ。

「……貴哉。どうした、どこか苦しいのか？」

心配と不安が交じった声に揺すり起こされて、貴哉は悪夢《あくむ》から抜け出した。

「嫌な夢を見たのか…？」

かすかな月明かりがにじむ青い闇の中。腕の中から見上げてくる紫乃の瞳は、恐ろしいほど澄んでいる。憎むことも恨《うら》むことも知らずに生きてきた無垢《むく》な瞳が、逆に貴哉を追いつめる。

「夢がえの呪《まじな》いをしようか？」

紫乃は小首を傾《かし》げて手を伸ばし、貴哉の汗に濡れた額《ひたい》に触れてくる。幾度《いくど》か身体を重ねて少しだけ大人《おとな》びた仕種。その指先を摑《つか》んで唇を寄せ、

「私を裏切った者どもの夢だ。久しぶりに見た……。くそッ、思い出すだけで腸《はらわた》が煮えくり返る」

現《うつつ》に目覚めても怒りと憎しみで声が震える。

「あの裏切り者を、この手で斬《き》り伏せるまでは……」

『裏切り者』とくり返すたび、拳《こぶし》に重ねられた紫乃の手がすぅ…と冷えてゆく。その変化に貴哉は気づけなかった。

「許すことは無理でも、せめて…忘れることはできない？」

紫乃が悲しそうに聞いてくる。

「できるわけがない！」

「でも…」

「父を殺されたのだ！　忘れられるわけなどないだろうっ」

これまで心の内に鬱々《うつうつ》と溜めていた激情が迸《ほとばし》る。信じていた者に裏切られ陥れられた怒りと憎しみ。何よりも、その恨みを晴らすこともできない己の不甲斐《ふがい》なさ。

この憤《いきどお》りをどうして忘れることができるだろう。

「でも、お爺《じい》が、…お爺がいってた。人の行いは必ず当人に返るって。――貴哉を裏切った人も、いつかきっと誰かに裏切られる。そのとき、貴哉にひどいことをしたって、きっと気づくよ」

「そんないつになるかもわからん先のことなど、なぐさめになるか！」

「――でも…！ このままじゃ、貴哉が憎しみで壊れてしまう」

「ではそなたは、何代も前の先祖が犯した過《あやま》ちのせいでそんなに醜《みにく》い姿になって、誰かを恨めしく思ったことはないのか！ 理不尽《りふじん》極まりない神仏《しんぶつ》を呪《のろ》ったことはないのかッ！」

「――……」

「その痣さえなければ、そなたはもっと幸せになれるんだ。可愛い妻を娶《めと》ることも里に下りておもしろおかしく暮らすことも！ こんなに山奥で、たった独りで生き続けるなんて不幸な羽目《はめ》に」

「不幸なんかじゃない お爺がいた！ シロもいる！ 貴哉にだって逢《あ》えた！ おれは不幸なんかじゃな…っ……」

紫乃の叫びは嗚咽《おえつ》にかすれて、突《つ》っ伏《ぷ》した両手の中に消えた。

最近はめっきり眠ってばかりいるシロが諍《いさか》いの気配を察して、戸口脇からうぉんと吠え立てる。

「シロ、止《や》め。いいんだ…」

紫乃はばつが悪そうに口をつぐみ袖口《そでぐち》で無造作《むぞうさ》に涙を拭《ぬぐ》うと、うつむいて貴哉の腕の中からすり抜けた。心配そうに首を傾げている忠犬《ちゅうけん》の頭をひと撫でして、貴哉には一度も視線を戻さないまま戸口から出て行こうとする。

「紫乃…」

「顔…、洗ってくる」

きしんだ音を立てて戸が閉まる。秋の夜風がかすかに流れこみ、冷たく貴哉の肩にまとわりついた。

「馬鹿《ばか》か、私は…——」

裏切り者は許さないといい立てるたび、紫乃が辛そうに顔を歪《ゆが》めた理由にようやく気づいた。紫乃は、己の痣を責められているような心地がしたのだろう。

「違うんだ、紫乃」

自分が不遇だからといってなんの罪もない紫乃までひきずり降ろして、同じ泥にまみれさせる権利などない。なんという大人げなさだろう。

貴哉は己を恥じて立ち上がり、健気《けなげ》な少年の後を追いかけた。

戸口をくぐると、庭の下草から伴侶《はんりょ》を求める虫の鳴が頼りなく響いている。

庵《いおり》が建っている狭い平地の東端には、山肌から斜め下方へ生え出た松の幹《みき》が地を這《は》うように伸びて、ちょうど崖縁をさえぎる欄干《らんかん》のような役目を果たしている。地上三尺《しゃく》（約1メートル）辺りを横切る幹の上に紫乃は腰かけていた。弓張月《ゆみはりづき》に照らされた両足がぶらりと宙に浮いている。その下は谷川へと続く急斜面だ。

「紫乃、そこは危ない」

頼むから戻って来てくれと、声をかけたが返事はない。

「紫乃…、先のものいいは私が悪かった」

この通り謝る。そういって頭を下げると、ようやく振り返る気配があった。

「……おれのこの痣は、祖先の裏切りの報《むく》いだけど」

涙にかすれた声が続く。

「だけどおれは、代わりに誰かを憎もうなんて思わない。誰かを呪えばこの痣が移せるといわれても、おれはしない。人を不幸にしてまで自分が幸せになろうとは思わない。こんな思いをするのは、おれひとりでいい」

——醜い姿で生きてゆく、……つらさは誰よりもわかっているから。

紫乃はそう呟いて貴哉に背《そむ》けると、秋夜の月を仰いだ。

「でも、貴哉がどうしても裏切った人たちを許せなくて、復讐《ふくしゅう》のために御山《おやま》を下りるなら…」

「紫乃…」

「止められない……。おれはここで、独りで、この痣を抱えて生きてく。——いつか許される日を信じて」

やる瀬なさに震えるその背中に、貴哉はそっと近づき、胸元に抱き寄せた。そうして、自分よりもいくつも年下の少年が凜《りん》として告《つ》げた言葉の重みを噛《か》みしめる。

「紫乃、済まなかった」

茫々《ぼうぼう》たる寂寞《せきばく》の中、たった独りで歳《とし》を重ねる紫乃の姿を思い描くと胸が潰れそうになる。

貴哉が御山を下りてしまえば、紫乃に残されるのは年老いた忠犬一頭。そして人目を避けて誰とも交わることのない暮らしだけ。けれど貴哉が過去を忘れて復讐をあきらめれば、そんな寂しい思いをさせなくて済む。

「紫乃、私は…………」

迷いは残る。けれど腕の中の温《ぬく》もりは、あてのない復讐の時機《じき》を待ちながら、くすぶった恨みを抱えて生きるより、穏やかで平安な未来という選択肢《せんたくし》もあるのだと訴えている。

「――ずっと…、ここで生きて行こうと思う」

貴哉がそう告げたのは、翌朝のことだった。

‡　終秋《おわるあき》　‡

高く澄んだ秋晴れが続いていた。

薪割《まき》りを終え、天日《てんぴ》で暖めたぬるま湯で汗を流し、庭先で一息ついている貴哉《たかちか》に紫乃《しの》はおずおずと声をかけた。

「あのさ貴哉。これ、どうかな…？」

いいながら差し出したのは真新しい筒袖《つつそで》の上衣《うわぎ》。春先に藍《あい》を何度も染め重ねて作った搗色《かちいろ》糸で、夏中かけて織り上げたものだ。夜明け前の空のような濃紺の布地は一見単純な平織《ひらお》りだが、よく見れば美しい蔓草《つるくさ》模様の浮織《うきお》りが施《ほどこ》されている。

仕立てたばかりの着物を勧めてすぐに、紫乃は不安になった。貴哉がずっと身に着けていた帷子《かたびら》と直垂《ひたたれ》、それに小袴《こばかま》は袖回り足回り共にたっぷりしていて、山での暮らしには不向きな作りだ。御山《おやま》で生きて行くと宣言した後も、貴哉は里人《さとびと》の象徴《しょうちょう》でもあるそれらを脱ごうとしない。

「……新しく仕立ててみたんだけど」

驚き顔で固まっている貴哉の反応に、しおしおと気持ちが沈んで両手も下がる。

たぶんまだ残っているのだろう里への未練を断ち切って、代わりにこれを着てくれとねだるのは、やはりずうずうしかっただろうか。

「気に入らなければ…」

無理して着なくていいんだと、引き下げかけた手の中の重みがふいに消えた。

「有り難い」

見上げると、何かを吹っ切った様子で貴哉が微笑《ほほえ》んでいる。だいぶくたびれていた帷子《かたびら》をするりと脱ぎ捨て、受けとった上衣《うわぎ》に袖《そで》を通し、

「どうだ、似合うか」

背筋を伸ばしてみせると、ぴたりと身を包む濃紺の衣《ころも》は長身の貴哉によく映《は》えた。

「うん」

紫乃は勢いよく頷いた。

続けて渡した墨色の股脛巾《ももはばき》にも、貴哉は喜んで脚を通してくれた。それからお爺《じい》の形見《かたみ》である獣皮なめしの腰帯《こしおび》をしめ、小鉈《こなた》と草薬、乾果などをつめた布袋を結《ゆ》わえつける。後は毛皮で裏打ちされた脛《すね》当てと獣皮と楛糸《しないと》で編み上げた沓《くつ》を履《は》けば、ほれぼれするほど精悍《せいかん》な山人《やまびと》のできあがりである。

「とても、似合う」

愛《いと》しい男の姿をうっとり見上げて微笑《ほほえ》むと、腕を引っ張り抱き寄せられた。

「惚《ほ》れ直したか?」

「うん」

素直に認めたとたん、すいと顔が近づいて唇《くちびる》を吸われた。やさしく顎《あご》に添えられた貴哉の指先は、

そのまま滑って耳朶《じだ》をくすぐり、こめかみから髪を梳《す》いて項《うなじ》を支えた。唇接《くちづ》けが深くなる。

「う…」

舌と舌を絡《から》める濃厚《のうこう》な愛撫《あいぶ》には、何度くり返されても慣れることができない。

「いつまでたっても初《うぶ》だな」

「…うん」

そんな風に揶揄《やゆ》されることすら嬉《うれ》しい。

ゆっくりと唇を外して囁く貴哉の声には、覚束《おぼつか》ない足どりの仔犬を慈《いつく》しむようなやさしさがにじんでいる。姿を見ただけで胸高鳴る想い、肌を触れ合わせ、溶け合いたいと願う熱情。それを愛と呼ぶのだと、教えてくれたのは貴哉だ。

幼い頃、紫乃の世界で一番強くて逞《たくま》しい人はお爺だった。なんでも識《し》っていて、狩《か》りも漁《りょう》も上手《うま》かった。夜になれば大きな胡座《あぐら》にすっぽりと紫乃を収めて、その目の前で軽やかに糸を縒《よ》り縄《なわ》を綯《な》う。

紫乃はお爺から御山で生きる全ての技《わざ》を伝えられた。夜の闇に怯《おび》えて泣けば懐《ふところ》にくるみこんで眠ってくれた。怪我をすればまるで手妻《てづま》のように草薬を選《よ》り分けて、やさしい言葉と共に手当てしてくれた。

唯一無二《ゆいいつむに》の庇護《ひご》者であったお爺の背中が少しだけ丸くなったと感じたとき、紫乃の目線はその肩を越えていた。そのとき感じたのは、わずかな心細さ。

『ああ、今度はおれがお爺を守る番なんだ…』

決意は心許《こころもと》なさを含んでいた。

お爺が寝ついたのは冬の終わりだった。夜中に何度も咳《せ》き込む背中をさすりながら、これでもう誰にも頼ることはできないのだと思い知った。他に誰も守ってくれる人はいない。お爺にもしものことがあれば、紫乃はこの先独りで生きてゆくしかない。その孤独と寂寞《せきばく》がどれほどのものか、そのときの紫乃はまだ知らなかった。

そうして、桜を待たずにお爺は逝《い》った。

庵《いおり》のある小山を下りて南へ一里《り》（約4キロメートル）も行くと、見晴らしの良い崖縁《がけふち》に出る。春の夕暮れには遥《はる》か遠くまで連なる山々が、たなびく靄《もや》で柔《やわ》らかな紫紺《しこん》に染まる。夏の緑、秋の黄金。嵐が来れば馬よりも早く駈けてゆく水煙。芳《かんば》しい花の香り、空高く舞う雲雀《ひばり》。お爺が愛した全てを見渡すその場所に、紫乃はたった独りで墓穴《はかあな》を掘り、五色の糸で織り上げた美しい錦《にしき》で包んだ遺体を、たくさんの花と共に埋葬《まいそう》した。目印には石ひとつ。河原から苦労して運んできたそれは、丸くてつるりと手にやさしく、陽《ひ》を浴《あ》びて温《ぬく》もりを宿していた。

シロはその石を抱くように一晩そこで過ごした後、そろりと紫乃のもとに戻ってくれた。

だから、寂しいと感じたことはなかった。――ちがう。気づこうとしなかったのだ。

行き倒れた貴哉を助け、親しく過ごすようになってから、紫乃は初めて自分の中に寂しさと弱さがあることを自覚した。独りで生きるのが運命だと、ずっといい聞かせ、押し殺してきた人恋しさが目を覚まし、愛が欲しいと囁《ささや》いた。

望んでも手に入らないと、存在することも知らなかった恋情《れんじょう》を教えてくれたのは貴哉だ。そしてこれからは、共に生きてゆく喜びを教えてくれる。

頼り甲斐《がい》のある温かな胸に顔を埋め、仕立てたばかりの真新しい布の匂いを吸いこむと、胸の奥でずっと自覚されることなく凝《こご》っていた深い孤独が癒《いや》されてゆく。

――おれはもう、独りじゃない……。

その心地《ここち》好さに、紫乃はゆっくり目を閉じた。晩秋の風に木々はざわめき、麦穂色した午後の陽射しを弾《はじ》いて常緑《じょうりょく》の葉が小波《さざなみ》のように煌《きら》めく。天空の高い場所で、鳶《とび》が悠々《ゆうゆう》と弧《こ》を描《えが》いている。

深まる秋の日々を、紫乃と貴哉は穏やかに過ごした。

連れ立って森へ出かけ、椎《しい》の実や栗《くり》を集め歩くのも楽しい一時となる。

「落ちてるのは虫食いが多いんだ。貴哉、これで受け止めて」

薄くて大きな布を渡し、紫乃はするすると木にのぼった。樹齢《じゅれい》五百年を越える大木に、たわわに実った枝を揺すると熟《う》れた実が雨のように降り注ぐ。

「あ、こら！　痛いではないか」

木の下で布を広げて待ち構えていた貴哉が、笑いながら抗議の声を上げた。シロは賢く避難《ひなん》して、悠々《ゆうゆう》とふたりのやりとりを見守っている。

紫乃は木の股《また》にすくりと立ち、腰に手を当てて地上の男をからかってみる。

「悔《くや》しかったらここまでおいで」

最近ではそんな気安い冗談《じょうだん》もいえるようになった。再び枝を揺すって木の実を落としてみせると、貴哉は草鞋《わらじ》を脱いで憤然《ふんぜん》と宣言した。

「いったな。覚悟しろ」

太い幹のところどころに突き出た瘤《こぶ》を足がかりにしてのぼりはじめた大きな身体が、予想外の軽やかさで迫って来るのを、紫乃はぞくぞくしながら見守った。五樹《いつき》の邑《むら》にいた頃《ころ》、皆とかくれ鬼をして遊んだときの気持ちに似ている。今は、それよりももっと甘苦しい期待に満ちているけれど。

「捕まえたぞ。悪戯《いたずら》者め」

紫乃が待ち構える樹上にたどり着いた男は、猛禽類《もうきんるい》のような精悍《せいかん》さで獲物《えもの》に喰らいつく。

「だめ、危ないよ…」

言葉とは裏腹。木の幹におしつけられて唇を奪われた後、紫乃は貴哉にしがみついた。

そんな風に甘える仕種も、最近覚えたことだった。


あと半月もすれば初雪が来る。冷えこみのきつくなった晩秋に貴哉は風邪《かぜ》を引きこんだ。暑くて上掛けをはねのけるまで紫乃と睦《むつ》み合い、そのまま寝入った結果である。熱を出して二日寝込み三日目に粥《かゆ》を食べ、四日五日と養生《ようじょう》して本復《ほんぷく》まであと二日というところ。

貴哉のために薬湯《やくとう》を煎《い》れながら、紫乃は切り出した。

「雪が来る前に、いちど里へ下りなきゃならない。ふたりで冬越えするために、いろいろ入り用なものがあるし…」

市《いち》の立つ里へ出るには紫乃の足で片道一日半。慣れない貴哉では三日はかかる。

「三日待ってくれたら一緒に行ける」

「風邪が治っても、すぐの山越えはきついと思う」

同行を申し出た貴哉に紫乃は首を横に振った。体力が戻るまで待っていては雪が来てしまう。

「だから、今回はひとりで出かける」

「平気か？」

「うん。お爺と一緒に何度か下りたことあるから」

ひとりで下りるのは初めてだけど。その言葉は呑《の》みこんだ。

本当は貴哉が風邪を引いてくれてほっとしている。同行を断った本当の理由は、里へ下りた貴哉が紫乃を置いて消えてしまうのではないかと思ったからだ。その不安をおし隠し、紫乃はてきぱきと準備をはじめた。留守の間に貴哉が困らないよう煎《せん》じ薬と食事を作り置き、自分用に粟餅《あわもち》と団子《だんご》を用意する。手足と顔には、久しぶりに痣《あざ》を隠すための布を巻きつけた。具合を確かめながら念入りに覆《おお》うのは、里人《さとびと》に痣を見られたらひどい目に遭《あ》うからだ。そのこともちろん貴哉には内緒である。

「一緒に行ってやりたいが…」

「心配ない。それよりちゃんと暖かくして。風邪は治りかけが肝心《かんじん》だから」

「ああ」

戸口で見送る貴哉に手を振って、紫乃はシロと共に山を下りた。

一日歩いて山ふたつ越えたところで野宿《のじゅく》の一泊。翌朝未明に出立《しゅったつ》して昼前に小桑《こくわ》の里に着くと、紫乃はさっそくお爺に教わった通り準備をはじめた。

お爺は直接市に露店《ろてん》を開き、その場で売り買いを行っていた。年に一度か二度しか訪れないお爺が山からもたらす珍しい草薬や毛皮に獣皮、それから紫乃が織り出した榀布《しなぬの》が何反《たん》か。それらは里人の間で高く評価され、次の来訪《らいほう》を心待ちされるほどだった。お爺が築いた信用の後を継《つ》いで商《あきな》いするのは容易《たやす》いが、紫乃が自分で品物をやりとりするには障《さわ》りがある。だからお爺は自分が逝った後、紫乃が困らないよう、信用できる仲買《なかがい》人に話をつけておいてくれた。

紫乃はその仲買人に品物を渡し、彼が市で商いする間、近くの神社《じんじゃ》に身を潜《ひそ》めて待つ。売れた品物で贖《あがな》った五穀《ごこく》、味噌《みそ》、塩などを持って仲買人が帰って来たら、後は謝礼《しゃれい》を渡して山に戻るだけ。

そういう手はずであったのだが、紫乃は珍しく大胆《だいたん》になっていた。

「シロ、ここでいい子にしてるんだ。おれはちょっと市を見てまわって、貴哉が喜びそうなものを探してくる」

久しぶりの遠出ですっかり疲れた様子のシロを神社に残して、紫乃はこっそり市へと向かう人並みにまぎれこんだ。

上衣《うわぎ》はいつもの筒袖《つつそで》でなく、貴哉が着ていた直垂《ひたたれ》を仕立て直した小袖《こそで》である。ひと目で山人《やまびと》とわかる格好よりも里で目立たないだろうと、貴哉が譲ってくれたのだ。痣は布でしっかり隠してある。とはいえ、目につく手足や顔に細布をぐるぐると巻きつけた紫乃の姿は、やはり異様な風体《ふうてい》である。

まずは遠慮会釈《えんりょえしゃく》のない子供が紫乃の異様に目をつけ囃《はや》し立てた。それに気を惹《ひ》かれたならず者が、あからさまな侮蔑《ぶべつ》と罵声《ばせい》を投げつける。騒ぎを聞きつけた誰かが、おもしろがりに投げた石がコツンと当たり、紫乃はあわてて逃げ出した。

逃げ出す獲物《えもの》を追いかけたくなるのが子供の常《つね》。「やいやい」と囃し立てられ、「なんだどうした」と後を追われ、逃げ惑う内に足を引っかけられ、転んだ拍子《ひょうし》に布が解けてしまった。

「あ…っ」

あわてて隠したが、もう遅い。

野分《のわ》けが過ぎたように人が引き、続いて石が投げつけられた。出て行けと怒声《どせい》がする。伝染《うつ》るかもしれない業病《ごうびょう》持ちに人出の多い市をうろつかれてはたまらない。怒鳴り声はそう責めている。

声に責められ、石に追われている内はいい。恐ろしいのは捕まって無体《むたい》な仕打ちを受けること。

紫乃の恐怖は現実となり、後から追いかけてきた野太い腕にぐいと襟元《えりもと》を引《ひ》っ掴まれた。

「やめ…――ッ」

自分が何をしたというんだ。

地面に引きずり倒されて背中を踏まれ、悔《くや》しさに涙がにじんだとき、

「乱暴はおよしなさい」

落ち着いて丁寧《ていねい》な、けれど凄味《すごみ》を含んだ声が頭上で響いた。紫乃の襟元を掴んでいた腕が離れてゆ

く。続いて周りから荒々しい人の気配が消えた。

「ありがとう…」

起き上がり、服にこびりついた土汚れを払うより先に深々と頭を下げると、

「気にせずともよい。それにしても情けを知らぬ者たちよ…」

紫乃を助けてくれた男は呟《つぶや》いて、逃げ散ったならず者たちの行方《ゆくえ》を目で追いながら溜息《ためいき》をついた。

その姿は三十路《みそじ》をいくつか越えた風貌《ふうぼう》で姿勢が良く、身につけた装束《しょうぞく》から武者《むさ》だと知れた。

「ところでそなたの……、あっ」

てっきり痣のことを聞かれるのだと身構えた紫乃の顔ではなく、胸元に流れた男の両目が大きく見開かれる。小さく息を呑《の》む声と共に、紫乃は両肩を摑まれた。

「そなた、こ…この」

男の動揺を痣の醜《みにく》さに気づいたせいだと思いこんだ紫乃は、首をすくめて次に叩きつけられるだろう罵声《ばせい》に備えた。

「こ、この——…」

男はひどく驚いて口を開け閉めするものの、次の言葉が出て来ない。ただ紫乃の襟首を摑んだ両手を震わせるばかりだ。その腕の力が一瞬ゆるんだ隙《すき》に逃げ出した。

「ま、待て！　待ってくれ…ッ！」

呼び声は哀願《あいがん》を含んでいたけれど、立ち止まる気になれなかった。

怖かった。

元は貴哉の直垂だった小袖を見て驚いた、あの武者が何を訊《たず》ねようとしていたのか、聞くのも考えるのも嫌だった。

しっかり振りきったことを確認してからシロが待つ神社に戻り、紫乃はひっそりと夜を明かした。

翌日の正午近く。仲買人が仕入れてきた品物を受けとると急いで荷物をまとめ、何かに追われるように出立《しゅったつ》した。御山への道に分け入り、しばらくのぼって行くうちに、ようやく胸の不安が消えはじめた。庵に戻れば貴哉がいる。

待っていてくれる人がいる。

そう思えば、背負った荷物の重みも、背負い紐《ひも》が肩に食いこむ痛みも気にならない。貴哉と暮らす未来へ想いを馳《は》せる内に、昨日の武者との一幕など忘れてしまった。

その後は何事もなく、御山《おやま》に戻ってから瞬《また》く間《たた》に半月が過ぎた。

吹きつける風の匂いに雪の気配が潜んでいる。紫乃は鈍色《にびいろ》にくすんだ空を見上げ、里行きを終えてからめっきり眠る時間の多くなったシロの頭を撫でた。軒先《のきさき》で糸染めに使う灰を箕でかき集めていると、シロがむくりと鼻先を上げた。首の辺りに寝癖《ねぐせ》がついている。老犬は前肢をわずかに震わせながら立ち上がり、西山にぴたりと視線を向けた。

「どうした、シロ」

視線を追って紫乃も腰を上げた。西日を手のひらで避けながら、山の斜面の森が途切《とぎ》れる辺りに目を凝《こ》らす。やがて、木々の合間からふたつの人影が現れた。

まだ小指の先ほどの大きさだが、彼らは真っすぐに紫乃の庵を目指しているようだ。侵入者の正体を確かめようと足を踏み出した瞬間、東の貯蔵穴《ちょぞうあな》を補強《ほきょう》していた貴哉がのんびりと姿を現した。

「紫乃。どうした？」

「貴哉…」

反射的に貴哉の視界から近づいてくる人影をさえぎろうとして、失敗した。うろたえる紫乃の姿と、尾を立てて西山をにらんでいるシロを見て、貴哉は近づいてくる人影に気づいてしまった。

「――紫乃。ここに客人《まろうど》が訪れることはあるのか？」

「……ない」

正直に答えたとたん、貴哉の全身に緊張感と殺気がみなぎる。

「様子を見てこよう」

「――…貴哉！」

「太刀《たち》があれば心強いのだが、……仕方ないな」

舌打ちしながら軒先に立てかけておいた物干し棒を手にとり、五尺《しゃく》（約1・6メートル）あまりのそれを何度かしならせて握り具合を確かめる。その背中にしがみついて紫乃は懇願《こんがん》した。

「貴哉、止めてっ」

「心配するな。曲者《くせもの》であれば私がなんとかする」

近づいてくるふたつの人影が侍《さむらい》烏帽子《えぼし》に直垂《ひたたれ》、括《くく》り袴《はかま》という武家の出《い》で立ちであることを見てとると、貴哉の声が一段と低くなった。

「この場所に武者がやって来る理由はただ一つ。私への追っ手だ」

濡《ぬ》れ衣《ぎぬ》とはいえ、貴哉は謀反人《むほんにん》として追われる身である。

「奴らが太刀を抜いたらすぐ逃げろ」

険しい顔つきで坂を下りようとしている背中に追いすがり、紫乃は必死にしがみついた。

「いやだ！　貴哉と一緒じゃなきゃ嫌だ。お願い…、貴哉も一緒に逃げよう…！」

「駄目だ。こんな奥山まで追ってくる連中《れんちゅう》だぞ。逃げてもどうせ追われる。その間に庵に火でもかけられたらどうする」

いわれて一瞬言葉につまる。お爺が紫乃のために建ててくれた、形見《かたみ》ともいうべき庵である。焼かれることを想像しただけで叫びそうになった。それでも貴哉を失うよりはましだ。

貴哉は刀と矢傷を負って行き倒れていたのだ。脇腹《わきばら》の傷は、もう少し深ければ致命傷《ちめいしょう》になっていた。たった今、近づいてくる侵入者たちが同じように貴哉を傷つけようとしたら？　紫乃には治せないほどひどい目に遭ったら？　その恐怖に比べたら…。

「……庵はあきらめる。だから、奴らがいなくなるまで森へ逃げよう」

必死にいい募《つの》った。住む処《ところ》は新しく作ればいいし、食べ物も森の恵《めぐ》みでしのぐことができる。貴哉さえ無事なら後はなんとかなる。なんとかしてみせる。

「だから、お願い…」

「いい争ってる暇《ひま》はない。紫乃、のいていろ」

肩を強く摑まれ引き剝がされた。そのままぐいとおし返されて尻餅《しりもち》をつきそうになる。その隙に、貴哉は坂の下へ姿を消してしまった。

「嫌だ…！」

紫乃は急いで立ち上がり、庵に飛びこんで半弓を鷲摑んだ。人を射《い》るなど考えたことも無かった。だけど、貴哉を助けるためなら…。

唇を嚙みしめ覚悟を決める。人を傷つけることへのためらいを振り捨てて、紫乃は庵を飛び出した。

夕間暮れ。庵の建つ小山を駆け下りると、そこはもう日没《にちぼつ》後の世界だ。空はまだ昼間の明るさでも、谷間《たにま》は山の影に覆《おお》われて視界がずいぶんと危《あや》うい。貴哉と紫乃が武家装束のふたり連れと二十歩の間《ま》を置いて向き合ったとたん、姿勢の良いほうの男が片手を緩く上げ、口上《こうじょう》をはじめた。

「もうし。そちらにおられるは高鷲荘ご領主、橘《たちばなの》貴哉様ではありますまいか。某《それがし》は橘家譜代《ふだい》の家臣飛垣伝吾朗《ひがきでんごろう》と申す…」

「──飛垣…！」

貴哉は訪人《おとないびと》の名乗りをさえぎり、棒を放り出すと両手《もろて》をあげて走り出した。

飛垣と呼ばれた武者と連れは、駆け寄った貴哉の手をとるのではなく足下で恭《うやうや》しく膝を折り、両手を地面について礼をした。

「お館様《やかた》、よくぞご無事《ぶじ》で…。飛垣伝吾朗、迎えに参上《さんじょう》つかまつりました」

かすかに震える侍烏帽子。その下で感涙《かんるい》に目を潤《うる》ませている男の顔は半月前、里で紫乃が身に着けていた小袖を見てひどく驚いたあの武者であった。

——後を尾《つ》けられていたのだ。そうでなければ、この場所が見つけられるわけがない。

あの日、紫乃は早く貴哉のもとに帰りたくて気が急《せ》いていた。シロも遠出で疲れていた。そして飛垣は鍛錬《たんれん》した武人らしく、気配を殺すのが上手かったのだ。

おれがもっと注意していれば…。今さら悔やんでみてももう遅い。

飛垣とその連れは庵に立ち入る気はないらしく、坂下の窪地《くぼち》で夜明かしの仕度《したく》をはじめた。貴哉は彼らと共に焚《た》き火を囲み、夜が明けるまで長く話しこんでいた。

久方ぶりの独り寝にまんじりともできないまま、しらじらと夜が明ける。何度も寝返りを打ちすぎて、乱れた上掛けを引き剝いで紫乃は表に出た。

晩秋《ばんしゅう》の払暁《ふつぎょう》。東の空がぼんやりと薄青色に染まり、木々の間から鳥たちのさえずりがはじまる。鈴を撒《ま》くような鳴き声に交じって砂利《じゃり》を踏む音が響き、貴哉が坂の下から姿を現した。

「……紫乃」

かすれ声に潜む苦渋《くじゅう》を聞き分けて、紫乃は本能的に背を向けた。

「そろそろ朝餉《あさげ》の仕度するね…。あの人たちの分も用意したほうがいいかな。あ、その前に痣を隠さなきゃ。おれの顔見たらきっと驚く…」

「紫乃、…済まない」

「――…どうして謝るの？」

どうしてそんなに困った声を出すのか。

「…――」

何かいいあぐねている貴哉から頑《かたく》なに背けて、紫乃は藍草の茂みに近づいた。藍は一年草である。すっかり茶色く枯れ果てた枝先に、わずかに残った葉の残骸《ざんがい》を指先でもてあそびながら。

「貴哉は別に何も悪いことしてないのに」

「紫乃…」

「それとも、これからするの？」

指の中で押しつぶされた枯葉が粉々になる。

かすかな足音と溜息《ためいき》が背後で止まり、肩越しに白い吐息《といき》が流れてゆく。背中に貴哉の胸の温もりを感じた。そのまま肩に手をかけられて抱き寄せられ、逃げ場を失う。

「私にかけられていた、謀反の濡れ衣が晴れたそうだ――」

「……だから？」

「汚名《おめい》は雪《すす》がれたが、橘家を再興《さいこう》するためには、近隣領主にかすめとられた領地をとり戻さなければならない」

「だから、山を下りるの？」

おれとの約束はどうなるんだと、責める言葉を必死でこらえる。

「――…済まない」

それが答えだった。貴哉は紫乃を置き去りにして山を去るつもりなのだ。

「約束…、ここで、生きる…って」

抗議は途中で嗚咽《おえつ》に変わった。

「う…、ぅ……」

食いしばって声を殺すと、代わりに涙があふれた。にらみつけていた地面が水面《みなも》のように揺れ、ぼやけてにじむ。

「済まない…」

これほど苦しそうな貴哉の声は初めて聞く。だからといってものわかりのいいふりなどできない。

正面を向かせようとする手に抗《あらが》って、頑なに背を向けた。

「ず、ずっと一緒…だ…って、約束…したくせに…」

「聞き分けてくれ」

頑是《がんぜ》ない幼子のように駄々をこねている自覚はあった。それでも止まらない。しゃくり上げながら無駄だとわかっている願いを口にする。

「つ、連れて…って、おれも……」

「私だってそうしたい。しかし、そなたを連れ帰るには、まだまだ危険が多すぎるのだ」

「おれ、が醜い…から？」

「違う！　何をいうんだ」

そうではないと、貴哉は強く首を振った。

「一時《いっとき》何もかも失った。まずは散りぢりになった家人《けにん》、郎党《ろうとう》を集めることからはじめなければならない。領地をとり戻すための戦《いくさ》も避けては通れない。戦場など見せたくはない。何よりも、そなたを危険にさらしたくはないのだ」

耳元に囁《ささや》かれて、耐えきれず振り向いて胸元にすがりつくと、きつく抱きしめられた。

「裏切った人たちへ、仕返しに行くの…？」

ぽつりと呟いて「違う」とさえぎられる。

「元妻と義弟は謀《はかりごと》が露見《ろけん》した後、行方《ゆくかた》知れずだそうだ。官職《かんしょく》を剥奪《はくだつ》され出家《しゅっけ》したか、零落《れいらく》した身を恥じて辺境《へんきょう》へ逃げ出したか…。橘家の濡れ衣を晴らすために尽力《じんりょく》してくれた、高倉《たかくら》という貴族との利権争いに敗れた結果らしいが…」

因果応報《いんがおうほう》だ。それ以上、彼らを追いつめて命を奪おうとまでは思わない。そう貴哉は続けた。

「高鷲の領内で私を必要としている人々が待っているのだ。復讐ではなく、彼らの暮らしを守るために行く。――それに高鷲荘の再興が成《な》れば、都から高名な法師《ほうし》を招くことができる」

「法師？」

「そうだ。徳の高い聖《ひじり》に頼れば、そなたの痣の呪いを解くことができるかもしれない」

「――貴哉…」

そこまで考えてくれたのかと、胸が熱くなる。見上げた貴哉の顔には、復讐心に苛立っていた以前とは違う、どこか凛然《りんぜん》とした決意が浮かんでいた。

「でも…おれ、貴哉と一緒にいられるなら、痣はこのままでもいい…」

「こらえてくれ。私もつらいのだ」

なんでもするから一緒に連れて行って欲しいと尚もいいかけた唇に、夜明かしでかさついた貴哉の唇が重ねられた。

「ん、うー…っ」

涙がこぼれて止まらない。唇接けで誤魔化《ごまか》そうとする男の胸を叩いて抗議する。

そのとき貴哉の背後から遠慮がちな声が響いた。

「若、そろそろご出立《しゅったつ》の――」

「飛垣か。今しばらく控えよ」

いい放たれた貴哉の権高《けんだか》な口調は、出会ったばかりの頃を思い出させる。紫乃は思わず身を縮めた。

飛垣は一礼したものの、その場を去るつもりはないらしい。その後からもうひとりの従者《ずさ》も現れた。

彼らの視線から痣の浮いた手足を隠そうと、紫乃はあわてて貴哉にしがみついた。胸に埋めたその顔を両手でそっと持ち上げられる。

「一年、待ってくれ。高鷲の所領を再興したら必ず迎えに来る」

「い…」

嫌だと抗議をしかけた唇に、今度は少し乱暴に唇が重ねられた。抗《あらが》い反《そ》らせた項《うなじ》を手でおさえられ、さらに深く口中を探られる。背後で二人の従者が息を呑む音が聞こえた。

「う…、う…っ」

一緒に暮らすと誓った、その舌の根も乾かぬ内に紫乃を置いて山を下りるという。そうして他人の目の前で、醜い紫乃の顔をさらして口を吸う。

本当にひどい男だと、初めて紫乃は思い知った。

それでも下山《げざん》に際して、紫乃はずっと隠していた大鎧を差し出した。行き倒れていたとき貴哉が身に着けていたものだ。見よう見真似《まね》でちぎれた緘《おどし》を繕《つくろ》い、油を引いた梳《す》き紙で巻いて大切に保管しておいた。油紙の中から現れた大鎧を震える指先で撫でながら、貴哉は「父の形見だったのだ」と呟いた。どんなに感謝されても紫乃の悲しみが減るわけではない。本当は争いのための装束など身にまとって欲しくなかった。

「来年、初雪が来る前に必ず迎えに来る。だから信じて待っていてくれ」

最後にそれだけいい残し、貴哉は毅然《きぜん》と山を下りてしまった。

――行かないで欲しい。それが無理なら連れて行って欲しい。

紫乃の願いはどちらも拒絶され、そうして約束だけが残された。

‡　白冬《はくとう》　‡

貴哉《たかちか》が去って、わずか三日後。初雪の晩。

シロが逝《い》った。

その夜、紫乃《しの》が用意してやった夕飯にシロは一度も口をつけなかった。ただ火壺《ほど》の傍《そば》に寝そべり、静かに目を閉じて、ときどき思い出したように尾をぱさりと振るばかり。

なんとなく予感はあった。だから紫乃はその晩、まんじりともせず寝返りを打ち続けた。

そして未明。横殴りに吹き続けていた雪風が止《や》んで、庵《いおり》は一瞬奇妙な静けさに包まれた。そのときシロが小さく鳴いた。

「シロ…！」

小声で呼びかけながら横たわるシロの脇に駆け寄ると、忠実な老犬は鼻先をほんのかすか紫乃の手のひらに押しこんで、そのまま静かに目を閉じた。

目を閉じて、二度と目覚めることはなかった――。

初雪の降り積もる、底冷えのする夜の中。火壺の傍でシロの身体はどんどん冷たく固くなってゆく。消えてゆく温《ぬく》もりを惜しんで抱きしめながら、紫乃は一晩中涙を流し続けた。

翌朝。墓《はか》はお爺《じい》の隣に建てた。

積もったばかりの雪をかき、凍りついた大地に半日かけて穴を掘る。お爺のときと同じ布で丁寧《ていねい》に包んだシロの遺骸《いがい》を、山茶花《さざんか》の花とお爺の形見《かたみ》の双刃《うめがい》と一緒に埋めた。

見晴らしの良い崖縁《がけふち》で、春になれば花も咲く。

目印に置いたそろいの丸石が大小並んで仲良く紫乃を見守っている。

そうして紫乃は、雪に閉ざされた奥山で、本当に独りぼっちになってしまったのだった。


貴哉が去り、シロも逝った。寒さは外よりも、心の中で猛威《もうい》を振るう。

貴哉と冬越えするために準備していたお陰で蓄《たくわ》えだけは豊富にあった。狩りに出る必要はない。薪《まき》も油も充分足りている。それでも紫乃は、その冬の寒さを一生忘れないだろう。

独り寝の寂しさを初めて知った夜だった。先の冬中、怪我《けが》をした貴哉を暖めた毛皮の上掛けにくるまりながら、こらえてもこらえても涙がこぼれて止まらない。お爺が逝ったときでさえこれほど涙は出なかった。——ちがう。あの頃《ころ》の紫乃は恋を知らなかった。好いた人に抱かれる温もりも熱さも幸せも知らなかった。だから苦しさも寂しさも知らなかった。

教えたのは貴哉だ。独りで立っていた紫乃の背中を支え、寄りかかってもいいのだと甘く囁《ささや》いて、抱きしめて、紫乃が心を許して寄り添おうとしたとたん置き去りにした。

ひどい男《ひと》。

新しくこみ上げた涙で目蓋《まぶた》の裏が熱くなる。冷えた手足を縮めながら、紫乃は胸の奥に生まれた名づけようのない感情を押し殺した。

『春になったら仔犬をもらいに五樹《いつき》の邑《むら》を訪ねよう。邑にはシロの血縁《けつえん》が何頭かいる。きっとシロによく似た利口《りこう》な仔犬が生まれてるはず。秋になれば貴哉が迎えに来てくれる。寂しいのは今だけだ』

そういい聞かせて身を丸め、たった独りで越える冬の辛《つら》さに耐え続けた。


新年最初の雨が降り、山の南面の雪が消えて春一番の嵐《あらし》が過ぎると、紫乃は御山《おやま》をいくつも越えて生まれ故郷の五樹を訪ねた。

五樹の邑はその名が示す通り、五本の古い榀《しな》の大木に守られている。邑といっても平地のような開けた場所にあるわけではない。鳥が巣掛《すか》けをするがごとく木々の合間、斜面の段々に、自然に融《と》けこむ優美《ゆうび》な拵《こしら》えの庵が点在《てんざい》している。紫乃が樹齢《じゅれい》千年は越えているだろう瘤《こぶ》だらけの榀の大木に近づくと、目つきの鋭い見張りが姿を現した。

「何者だ！」

「外れのシノ。父の名はサキリ、母の名はナユ。十と一年前、五樹を離れたお爺の孫だ」

名を明かせば通りは早い。邑の中へ立ち入ることは断り、境界《きょうかい》の外で待っていると、すぐにひとりの男が現れた。背丈《せたけ》はそれほど高くはないが身のこなしはしなやかで、歩く姿には威厳《いげん》が漂《ただよ》っている。

「お父《とう》……？」

「――シノ…か？」

記憶に霞《かす》んだ姿より、ずいぶんと小柄に感じる父の姿を認めた瞬間、紫乃の胸は針で刺されたような鋭い痛みに襲われた。続いて痣《あざ》の浮いた場所が焼けるように痛み出す。

「……ッ」

わずかに顔をしかめた紫乃の十歩手前で、五樹の邑長《むらおさ》であるサキリは立ち止まり、小さく呟《つぶや》いた。

「大きくなった…」

思わず、といった調子でさらに一歩踏み出され、紫乃は今度こそうめき声を上げて膝を折った。

「う…ぁっ――」

「――…！」

サキリはあわてて後ずさった。それから息子を抱きしめることのできない己《おのれ》の拳《こぶし》を強く握りしめる。

痣さえなければ亡くなった妻《ナユ》に生き写しと言っていい息子の苦しみの原因は、父であるサキリにある。反対するお爺の目を盗み、己の身分を隠し、まるでだますような強引さでナユと契《ちぎ》った。

サキリが彼女と恋に落ちなければ…、もしくは一族の長という血筋でなければ、生まれた息子《シノ》がこれほど呪《のろ》われた姿で苦しむことはなかったのだ。

「別の者を呼ぼう」

「…いいんだ。痛いけど、お父に逢《あ》えて嬉しい」

苦渋《くじゅう》に満ちた父の言葉に、紫乃は疼《うず》く痛みに耐えながら小さく微笑《ほほえ》んだ。それから手早く訪問の目的を告《つ》げる。ぐずぐずしているとお父も自分も苦しいだけだ。

「仔犬を譲って欲しいんだ」

「わかった」

二つ返事で頷いて、サキリはすぐさま奥に建つ一番大きな庵に引き返し、しばらく間を置いてコロコロと良く肥《こ》えた雪のように白い仔犬を小脇に抱えて戻ってきた。それを傍にいた幼い子供に手渡し、紫乃のもとまで連れて行くよういい聞かせる。

「春仔《はるご》の中で、そいつが一番見どころがある」

紫乃が子供の腕から受けとった仔犬を抱き上げると、その首に小さな袋がかかっていた。中を見ると見慣れない球根が二つ、ころんと収まっている。

「遠国《とっくに》渡りの珍しい花の根で、泪夫藍《さふらん》という。上手く育てば雌《め》しべが山吹《やまぶき》色の染料《せんりょう》になる。黄蘗《きはだ》とは比べものにならんほど鮮《あざ》やかだぞ」

海の彼方《かなた》から山人《やまびと》同士の交易路《こうえきろ》を通って秘密裏《ひみつり》に運ばれてきた小さな球根は、都《みやこ》の貴族や商人《あきんど》たちが知れば、目の色を変えて購《あがな》い求めるほど高価な代物《しろもの》である。サキリは不憫《ふびん》な息子のために、邑でも貴重なそれを土産《みやげ》として持たせ、それから聞きにくそうに訊《たず》ねた。

「お爺はどうした？」

「……先の春に逝った」

「——……そうか」

サキリは剣で突かれたように一瞬息を止め、それから力なく頷いた。近づけば命を縮めるとわかっている場所に、たったひとりで仔犬をもらいにきた。これ以上、シロはどうしたと聞くまでもない。

「独りになったか」

風に乗って届いた父の呟きに潜《ひそ》む、哀れみの情が切ない。紫乃はあらためて己の孤独の深さを思い知った。

「でも、一緒に暮らす人がいるんだ。約束した。今年の秋、迎えに来てくれるって」

だから心配しないでといい重ねると、父はもう一度「そうか」と頷いた。

会話の間、不思議そうに自分を見上げていた子供に、紫乃は小さな麻袋《あさぶくろ》を渡してあちらへ戻るよう促した。麻の小袋には仔犬の謝礼として翡翠《ひすい》粒が入っている。

袋の中を確認したサキリが驚いて顔を上げる。その唇が『多すぎだ』といいかけるのを身振りで制し、もらった仔犬を背負《しょ》い籠《かご》に入れてから、紫乃は五樹の邑を後にした。

川底でたまに見つかる翡翠は磨いて珠《たま》にすれば美しい装身具《そうしんぐ》になる。邑では男も女も自《みずか》らを美しく飾ることを好むとお爺に聞いていたから、たぶん喜ばれるだろう。

自分には縁《えん》がないけれど。

紫乃は苦笑しながら父に背を向けて一歩を踏み出した。そのとたん、背負い籠の中で仔犬がクンクンと悲痛な鳴き声をあげはじめた。温かい母の乳房と兄弟たちから永遠に引き離されることを察したのだ。

そろそろ乳離れの時期とはいえ、親兄弟から自分だけが引き離されるのは耐え難い苦痛だろう。

「ごめんよ…」

山間《やまあい》に響く嘆きの声に、過ぎた冬の己の寂しさが重なって涙がこぼれる。「出せ、戻せ」と暴れていた仔犬は、やがて鳴き疲れて寝入ってしまった。次に目を覚ましたとき、仔犬はあきらめたように大人《おとな》しくなっていた。紫乃の手から食べ物をもらい、籠の中でひとり遊びをする内に寝入ってしまう。

五樹の邑からお爺が建てた庵まで丸二日。道行きの間に紫乃は仔犬をユキと名づけ、これからは互いが生きる伴侶《はんりょ》だと辛抱《しんぼう》強く言い聞かせ続けた。

庵に帰り着く頃には、ユキは籠から出しても紫乃の傍を離れなくなっていた。

元気でやんちゃで仕方のないユキに、狩《か》りや暮らしに必要ないくつもの指示を教え、互いに絆《きずな》を強める内に春はまたたく間に過ぎた。夏が来て蟬時雨《せみしぐれ》が激しくなると朝と夕の二回、山波を見晴らせる南の崖縁《がけふち》に立つことが紫乃の日課となった。

約束の秋はまだ遠い。夏の山はびっしりと生《お》い茂《しげ》る緑葉にさえぎられて、道無き道をたどり来る人の姿を探すのは難しい。けれど『思ったよりも早く領地《りょうち》を回復できたぞ』と、貴哉が迎えに来てくれるかもしれない。だから紫乃は毎日目を凝《こ》らす。

「ユキ、そっちは行き止まり。落ちたら死んでしまう。よく覚えておくんだ」

いい聞かせた雪白の犬の背は、紫乃の膝頭《ひざがしら》に届いている。たぶんもう少し大きくなるだろう。

毛並みはシロよりもずいぶん豊かで柔らかい。性格は、歳《とし》のせいだろうが仙人《せんにん》のようだったシロに比べて驚くほど悪戯《いたずら》好きだ。好奇心旺盛《おうせい》で、狩りや遊びに熱中するとときどき紫乃のいいつけを忘れることもある。お爺とシロの間にあった阿吽《あうん》の呼吸には、まだまだほど遠い。

今しがた危ないといい聞かせたにも拘《かか》わらず、ユキはもう崖縁際《ぎわ》を全速力で走り回っている。

「ユキ、帰るよ」

それでも一声かければ動きを止め、もっと遊びたいよと未練《みれん》がましくその場で何度か足踏みをくり返した後、去って行く紫乃の背中をあわてて追いかけてくるのだった。

「十三夜にもまだ遠いのに」

先走る自分を笑いながら、それでも紫乃は朝な夕なに崖縁へ通い続けた。

やがて待望《たいぼう》の秋が訪れる。

天高く空は澄み渡り、遠くの山々が驚くほど近くに見えることがある。澄んだ空気を見晴らして、紫乃は毎日崖縁に通い、男の姿が垣間《かいま》見えないかと色づきはじめた木々の合間に目を凝らす。けれど全山が衣《ころも》替えを終え、やがて頂《いただき》から木々が葉を落としはじめても貴哉は現れなかった。

毎晩のように霜《しも》が降り、あと二、三日もすれば再び御山に雪が来る。そんな晩秋の夜。

トントンと引き戸を叩く音が響いた。

「——貴哉…？」

薪《まき》とじゃれていたユキが、くるりと音のする方へ首を向けた。ユキが腰を上げるより早く紫乃は立ち上がり、倒《こ》け転《まろ》びつつ戸口に飛びついた。その間にもトントンと呼ばわる音は続いている。

「貴哉！」

愛《いと》しい男の名を呼びながら震える両手で戸を引き開けた。その向こう側。

「貴……――」

あ……。

目の前に広がるのは茫々《ぼうぼう》たる夕闇ばかり。夏の嵐で少したわんだ松の枝が、ただ悪戯に風に吹かれているだけだった。呆然《ぼうぜん》と立ち尽くす紫乃の目の前で軒先《のきさき》までひょろりと伸びた枝先が、再び吹きつけた強い風に煽《あお》られてコツンと戸口を叩いてみせた。

その数日後、御山は雪に覆《おお》われた。春まではもう誰も庵を訪れることができない。

貴哉は、――約束を違《たが》えたのだ。

約束を違えられるということを、紫乃は貴哉と出会うまで知らなかった。お爺は決して嘘《うそ》はつかなかったし、シロも御山も紫乃に嘘をついたりしなかった。だから自分の身の内に湧き上がる感情を、どう扱ってよいのかがわからない。

「どうして貴哉は来てくれないんだろう」

はじめは疑問、そして戸惑《とまど》い。やがてひとつの言葉が胸を占《し》めるようになる。

――嘘つき。

……ちがう。きっと何か理由があったんだ。

何度も寝返りをくり返し、そのたびに責める気持ちと信じる気持ちがせめぎ合う。

本当はもうすぐそこまで来ていたのかもしれない。今年は雪が早く来た。だから足留めされてるだけ。きっとそうだ。春になれば必ず迎えに来てくれる。だって約束したんだ。

だからあの人が、裏切るはずはない――。


紫乃は信じて待ち続けた。

前年の冬を思い出せば、今年はユキがいるおかげでずいぶんとなぐさめられている。春になれば…、という希望もある。荊《いばら》の縄を摑むような、危ういものではあったけれど。

今にも雪が舞い出しそうな銀鼠《ぎんねず》色の黄昏《たそがれどき》刻。

ほとんど毛が抜けて身体中が朱まだらの野鼠《のねずみ》の仔を見つけた。醜い姿を疎《うと》まれて仲間に追い出されたのか、寒空の下、巣穴の横でぽつんと途方《とほう》に暮れている。紫乃が近づくとカサリと草陰に身を隠す。チチチと鳴き声を真似《まね》ながら胡桃《くるみ》の欠片《かけら》を差し出してやると、ようやくおずおずと顔を出した。

「お前もひとりぼっちかい…」

貧相《ひんそう》な鼻先を上げ、不安そうにヒゲをそよがせる様が哀れで愛しい。木の実につられて手に乗ってきた鼠の仔を紫乃はやさしく包みこみ、懐《ふところ》に抱いて連れ帰った。

「外れ…か」

他人《ひと》とは違う異相のせいで仲間外れにされたとき感じた寄る辺《よるべ》なさ。それを寂しいと呼ぶのだと、貴哉が教えてくれた。ユキの暖かな毛並みに顔を埋めながら、それでも独り寝の冬はこんなにも辛い。夢の中でも貴哉を探している。情を交わし人肌の温もりを教えてくれたのも貴哉だ。肌の熱さと、身体の芯《しん》に埋《うず》み火《び》のような情欲を残して去って行った。

――ひどい男。

夏の夜、何も知らなかった紫乃の身体を嵐のように翻弄《ほんろう》し尽くした剛《つよ》い身体。膝頭《ひざがしら》を割る腿《もも》の熱さ、脇腹を摑む長い手指。その指先がたどった道筋を思い出しながら、紫乃は自分をなぐさめた。

「貴哉…、たかち…か！」

胸昂《たか》らせ、目蓋の裏に愛しい姿を描き、涙を流して名を呼んでみても応《こた》える声はどこにもない。果てしまえば夜具に忍びこむ冷気が、なおさら身に沁《し》みこむ夜になった。

春になり、ぬかるんだ道が土ぼこりを立てるようになっても貴哉が迎えに来る気配はなかった。

荊のような希望の縄にすがりついていた紫乃の心は、信じていた分だけ傷ついた。

――…胸が、痛い。

日が経つにつれ、なぜという疑問は裏切られたのだという確信に変わりつつある。

「ちがう…！　だって約束したんだ」

きっと迎えに来るから待っていてくれと。

『ならばなぜ、迎えに来ない。あの男は里に下り恵まれた暮らしをとり戻して、お前のことなど忘れてしまった。覚えていても気が変わったのだ』

どす黒い囁きが胸に生まれる。まるで意地悪な誰かが耳元で囁《ささや》いているような、はっきりとした嘲《あざけ》りの言葉が次々とあふれ出す。

『お前は醜いから、愛想《あいそ》を尽かされたのさ。誰だってきれいなもののほうが好きだろう？　お前だって花を摘《つ》むとき虫食いの茶黒くしおれたものなんてわざわざ選ばない。それと一緒さ』

「だけど貴哉は、可愛《かわい》いっていってくれた……」

『他に誰もいなかったからさ』

ちが――……！

『だから里に下りて不自由しなくなった今、もうお前など用無しなのだ。信じて待つなぞ愚《ぐ》の骨頂《こっちょう》』

違う、といい切れる根拠《こんきょ》が紫乃にはない。

貴哉に抱かれた後も常に恐れはあったのだ。いや、むしろ抱かれた後のほうが強かった。

紫乃の願いは「ただ一緒にいたい」それだけだ。話しかければ答えてくれる。ときどきは笑いかけてくれる。それだけで充分だった。紫乃が作った飯を食べ、紫乃が織った衣を身に着けて。そうして傍で笑っていてくれたら、幸せであってくれたら、それが紫乃の喜びになる。

けれど貴哉の望みはなんだったのか、それが紫乃にはわからない。だから抱かれて怖くなった。

『身体だけが、目当てだったのさ』

「……」

紫乃にはもう、違うといい返すだけの気力がなかった。

胸に落とされた疑いの種は、無垢《むく》だった紫乃の心の土壌《どじょう》で、瞬く間に芽を出し根を張り生い茂る。抜いても枝を落としても、疑いの木の葉は信じる心をさえぎり、胸の中にじめじめとした冥闇《くらやみ》を作ってゆく。

そんな自分に耐えきれず、紫乃は勇気を出して里へ下り、貴哉の消息《しょうそく》を訪ねることにした。去年の秋はいつ貴哉が迎えに来てもいいように、結局里へは下りなかった。今年はその分早くなっただけ。そう自分にいい聞かせながら、蝉時雨の降りしきる青葉の季節にユキを連れて山道を下った。

嗅《か》ぎ慣れない里の匂いにしきりに鼻をうごめかし、油断なく視線をめぐらせているユキを従えて、紫乃は小桑の里をさまよった。

小桑は門前《もんぜん》に栄えた集落である。里の端を南北に伸びる街道をたどれば、奈良東大寺領《ならとうだいじりょう》が開発した大井荘《おおいのしょう》に行き当たる。街道を西に行けば売留間市《うるまいち》で栄える鵜沼《うぬま》があり、人の消息を尋《たず》ねるには具合が良い。

二年前、初めてひとりで訪れたとき、痣を見られて追われたことを思い出し、紫乃はふるりと身を震わせた。用心しなければまたひどい目に遭《あ》う。背負い荷で半ば身体を隠すようにしながら、高鷲《たかす》の領主の消息を知る者が誰かいないかと、紫乃は懸命《けんめい》に尋ね歩いた。

市の立つ日は多種多様な人々であふれ返っている。鍛冶《かじ》、鋳物《いもの》師、木地《きじ》師、土器師《はじつくり》、皮造らが行き交い、鉄器、壺《つぼ》、器《うつわ》、細工織物、塩、油などをやりとりする商人らに交じって、近隣《きんりん》の荘園《しょうえん》から私田の収穫《しゅうかく》を運んで来た農夫の姿も多い。以前貴哉から助言されたように、痣のない左顔だけを見せているせいか、今日はまだ罵《ののし》られることも石を投げられることもない。

「高鷲の領主、橘《たちばなの》 貴哉のことを知りませんか」

紫乃は初め誰彼《だれかれ》となく、馬鹿正直にそう聞いて回った。

「知らぬ」

「存ぜぬ」

「なぜそのようなことを聞く」

「何を探っておる」

胡乱《うろん》な目で見られ、逆に詰問《きつもん》されて戸惑《とまど》う。

「高鷲荘のことならば、あちらの聖《ひじり》がよく存じておる」

時に逃げ出しながら幾十人に尋ね続けた後で紫乃はようやく、この春高鷲荘に立ち寄ったという聖《しょう》人《にん》に話を聞くことができた。

「高鷲のご領主様ならば、この春みごとにお家を再興されて、来年の春にはどこぞの姫がお輿入《こしい》れ、という噂《うわさ》もございましたな。はじまったばかりのお屋敷《やしき》の造作《ぞうさ》も大層《たいそう》立派なものでした。すでに側女《そばめ》の間に一男がおありのようで、今後が楽しみな…、これ、どうなさった？」

夏の陽射しで焼けたのだろう赤ら顔の聖人に、礼をいうのが精一杯だった。まだ何かいいたそうな聖人に頭をさげた後、紫乃は幽鬼《ゆうき》のような面持《おもも》ちでふらりとその場を離れた。

十重《とえ》二十重《はたえ》に連なる乙女の寝姿のような山波を遥かに見晴らす崖縁で、紫乃は今日も待ち人の姿を探していた。

男が御山《おやま》を去ってから、もうすぐ二度目の冬が来る。夏に勇気を出して里へ下り、尋ね歩いて得た答えはあまりにも酷《むご》いものだった。それでも紫乃は貴哉を信じようとした。

昨夜の霜で一気に葉を落とした木の枝が、風に吹かれて寂しい音を立てている。

足下には降り積もった枯葉《かれは》。胸の奥に降り積もるのはあきらめだ。

「貴哉は、もう来ない――」

約束をしたのに。

きっと迎えに来る。信じて待っていてくれと誓《ちか》いを交《か》わした約束の日は一年も前に過ぎてしまった。

「嘘つき……」

恨み言がこぼれて落ちる。これまで散々《さんざん》一緒にこぼした涙は、とうに涸《か》れ果ててしまった。信じても無駄。待っても無駄。毎日見晴らしの良い崖《がけ》上に来て、不実な男の姿を探しても無駄。

わかっているのに、思い知っているのに。

貴哉は里でやさしくきれいな女人《にょにん》を見つけ、醜い紫乃のことなどとっくに忘れてしまったのだ。

そんな冥《くら》い闇の囁きが胸を満たす。

不実な男を待つのはこれで最後にしよう。強く自分にいい聞かせ、夕闇に染まりはじめた崖上からひっそりと身を返す紫乃の胸に、新たな種が蒔《ま》かれた。

――裏切り者への憤《いきどお》り。

それは悲しみの涙を吸って恨みの花を咲かせ、憎しみの種子《しゅし》を実らせた。その種子は紫乃の冥い心生まれて初めて味わう強い怒りと憎悪《ぞうお》であった。
人を恨んだことなどなかった。憎んだことも。けれど今、紫乃の身体を満たす煮滾《たぎ》るような感情は
の土壌にこぼれ落ち、隙間もないほど生い茂りはじめる。

「痛っ――……」

背中に走った疼痛《とうつう》に、紫乃は手にした染め汁をとり落として膝をついた。せっかく煮出していた黄蘗《きはだ》の汁は、庭先に積もった雪を鮮やかな黄色で染め溶かしながら、あっという間に土に吸いこまれてしまった。その上にうずくまり、背筋を刺す痛みが引くのを待つ。

貴哉の裏切りを確信した夏の終わり頃から、紫乃の痣は時折痛むようになった。初めは小針に刺されるようなかすかな痛みが、冬になると火で焙《あぶ》られるような激しいものに変わってきた。

その痛みには覚えがあった。お父の近くに寄ると出る疼痛だ。お父が近くに来たのだろうかと探し回ってみたが、雪に埋まった庵の周りには木々の落とす影以外、何も見つからなかった。

「う…っく」

黄色い煮汁で汚れた手足のまま立ち上がり、紫乃はよろめきながら庵の中に入った。独り寝の寂しい寝床《ねどこ》に突っ伏し、痛みを堪《こら》えて目を閉じた。

目蓋《まぶた》の奥で緋《ひ》色の炎が揺らめいている。その中で黒い影が身をよじる。――あれは、なんだろう？

目を凝らすと黒いよじれから炭を砕《くだ》いたような霧が漂い出て、紫乃の身体に巻きついた。霧は紫乃の痣に吸いこまれ、同時に激しい痛みが生まれる。嫌らしい黒い霧を吸いこむたびに、紫乃の痣は波

打つように広がりはじめた。

「――…い、やだッ！」

叫んで飛び起きると、庵の中はすでに夕闇に沈んでいた。閉め損ねた戸口から冷たい風と小雪が吹きこんでいる。すっかり冷え切った屋内にも拘わらず額《ひたい》には脂汗《あぶらあせ》がにじんでいた。

「ああ、ユキ。…だいじょうぶだよ」

心配して傍に寄ってきた白犬の首元に顔を埋めて、紫乃は息を吐いた。耳の奥に、炎にねじれる黒い影から放たれた化鳥《けちょう》のような叫びが残っている。嫌な夢……。

きゅんきゅんと鼻を鳴らすようなユキの声を不審《ふしん》に思って顔を上げる。何も変わったことはない。

「どうしたんだ」と、背中を撫でようとした自分の腕に視線を向けて、思わず息を飲んだ。

ユキの白い毛に埋もれた手の甲、そして袖口から覗いている手首の内側。

「――…ぁ！」

ゆっくり、震える指先で袖をめくると、十年以上見慣れているはずの痣の形がわずかに変化していた。これまで侵《おか》されていなかった場所にまで、じわりと痣が広がりはじめていたのである。

春になっても痛みは治《おさ》まらなかった。むしろ前よりひどくなるばかり。痣の侵食もじわじわと進んでいる。それは朽《く》ち葉《ば》のように少しずつ紫乃を腐《くさ》らせ、土に返そうとしているようでもあった。

変化はそれだけに留《とど》まらない。痣が広がりはじめると同時に、それまで舞い散る花びらのごとく紫乃に懐《なつ》き群がって来た鳥や栗鼠《りす》、蝶《ちょう》たちが、あまり近づこうとしなくなった。

庵の東に生えているこぶしの花は、去年は木の幹が見えないほど白く咲き誇っていたのに、今年は小ぶりな花弁がまばらに見えるだけ。咲けないまま茶色くなって落ちてしまう蕾《つぼみ》もあった。暑くなると蝶の代わりに藪蚊《やぶか》が寄って来て、痣の上から肌を喰い荒らすようになった。どれもこれも今まで一度もなかったことである。その理由を紫乃はとっくに気づいていた。

――裏切り者への恨みと憎しみ。

どす黒い負《ふ》の感情。

紫乃の先祖は七代先の子孫まで祟《たた》られるような、ひどい仕打ちを許嫁《いいなずけ》に与えた。

確かにひどい裏切りだ。お爺に教えられたとき紫乃はそう思った。しかし許嫁だった女人《にょにん》がどうしてそれほど激しく人を恨むことができたのかは、理解の埒外《らちがい》であった。

婚礼の夜に夫となるはずだった男に裏切られた許嫁が、どれほどの苦しみにのたうち回ったか。自ら炎に焼かれ、その苦しみの念に乗せて人を呪い、怨霊《おんりょう》となり、呪詛《じゅそ》した相手の血に潜む。結果として恐ろしい地獄に堕《お》ちることすら厭《いと》わない、凄《すさ》まじい激情。

恋を知らずに生きていた頃にはわからなかった。

けれど今ならわかる。愛していたからこそ、憎しみが生まれたのだ。

炎に焙られた黒い影が夢の中に現れるたび、恐れ嫌悪していた紫乃は、いつの間にかその影から漂う悲しみと恨みの怨念《おんねん》をたやすく理解できるようになっていた。

夏が来ると、川縁《かわべり》に咲きこぼれる山梔子《やまくちなし》の、汚《けが》れない白い花弁にすら憎しみが湧いた。

手折《たお》った枝先でピシリと花びらを叩き落としても、胸の痛みが消えるわけではない。わかっていて罪のない花に無惨な仕打ちをしてしまう自分になおさら嫌気がさす。

辛くて悲しくて、散り落ちた花びらを両手でかき集めながら、紫乃はその場に泣き崩れた。

「……こんな痣さえなければ、貴哉はおれを連れて行ってくれたんだ！　五樹の邑を出ることだって、独りぼっちになることだってなかった！」

恨みと怒りの矛先《ほこさき》は己の痣にも向かう。

そうやって何かを憎めば憎むほど、胸の中も痣も爛《ただ》れるように痛み、風雨にさらされた鉄錆《てつさび》のように腐食《ふしょく》し続ける。わかっているのに止められない。これまで生きてきて、これほどひどい負の感情を抱いたことなどなかった。だからどうすればいいのかまるでわからない。

『許すことはできなくても忘れることはできない？』

貴哉に懇願《こんがん》した自分の言葉の浅はかさに涙が出る。無邪気《むじゃき》に人と世界の善意《ぜんい》を信じていたあの頃。何も知らなかった愚《おろ》かな自分。

今は、約束を違えた貴哉が憎い。母にこんな身体の自分を生ませた父が憎い。こんな運命《さだめ》を科《か》した天が憎い。五樹の邑で紫乃を気味悪がった人々も、里で石を投げた人々も。その全てが憎くて仕方がない。

そうして世界は憎しみで染まる。紫乃の身体も恨みの痣で覆われてゆく。

——全身が痣に覆われればお前の命もない。だから儂《わし》はお前を連れて五樹を出たのだよ。

お爺の言葉が警告《けいこく》のように甦《よみが》える。

「もう、手遅れだよ…。お爺」

きっとこのまま、おれは死ぬ。

じわじわと痣に侵されて、もう身体のほとんどが埋め尽くされている。痛みは間断《まだん》なく続くようになった。時々息が止まりそうになることもある。

それでも紫乃は、己の胸に抱えこんだ恨みの心を手放すことができなかった。

‡　遥山逢瀬《はるやまおうせ》　‡

夏の終わりの嵐が近づいていた。

庵《いおり》の東側にある岩肌の亀裂《きれつ》から染《し》み出た清水《しみず》の水溜《た》まりに身を屈《かが》め、紫乃《しの》はその水鏡《みずかがみ》に己《おのれ》の姿を映してみた。水面《みなも》には、これまで唯一《ゆいいつ》無事だった左の頬まで痣《あざ》に侵《おか》されはじめた紫乃の顔が、歪《ゆが》んで揺らめいている。顎《あご》からちらりと這い上る痣の形はまるで焔《ほむら》のようだ。それが左の頬を埋め尽くし紫乃の命を奪うまで、もう後いくらも刻《とき》は残されていない。

強い風に引きちぎられた木の葉が雨粒のように水面を打ち、鏡の役目を果たせなくなる。紫乃はゆっくり立ち上がると、痛む身体を引きずってお爺《じい》とシロの墓がある南の崖縁《がけふち》へ向かった。

かつては風のように軽々と走り抜け、飛び越えた山の斜面や川中をよろめき歩く。ときには転び、無様《ぶざま》に土へ顔を突っこんだり、何度も座りこんで息を調《ととの》えながら、ようやく見晴らしの良い崖縁へたどり着いた。遠く遥《はる》かに続く天空では、強い風が勢いよく厚い雲を運んでいる。抜けるような青空に浮かぶ雲は刻々《こくこく》と形を変え、ちぎれては固まりそして流れ去る。忙《せわ》しなく陽《ひ》が陰り、また射《さ》しこむ。

紫乃の身体はどこもかしこも炎に焼かれるような痛みを訴えている。けれど一番辛《つら》いのは胸の痛みだ。まるで煮え立つ泥を飲みこんでしまったかのような、痛みと苦しみ。

「お爺…、シロ」

崖の突端《とったん》には、風雪《ふうせつ》を耐えて樹齢《じゅれい》を重ねた松の大木がどっしりと生《お》い茂《しげ》っている。その根元近く、卒塔婆《そとば》代わりに置かれた大小の丸い石の下に、お爺とシロが眠っている。紫乃はそのふたつの丸石を抱くように身を投げ出し、泣きながら懐《ふところ》に隠し持ってきた布を取り出した。

二年分の涙を吸ってボロボロになったその布は、貴哉が身に着けていた直垂《ひたたれ》の成れの果て。幼子《おさなご》が母の胸に顔を埋《うず》めるように頬を当ててみても、既《すで》に男の香りはほんの僅《わず》かも残っていない。何度も、引き裂《さ》いて捨てようとして捨てきれず、結局こうして抱きしめて眠っている。これだけが紫乃に残された、たったひとつの宝物なのだから。

「お爺、シロ…。おれもそこへ行きたい……」

もう嫌だ、もう嫌なんだ。これ以上、憎しみを胸に抱えて生きるのは辛《つら》すぎる。すぐそこの崖から身を投げて、いっそ今すぐ楽《らく》になりたい。そんなことまで考える。誘惑《ゆうわく》に駆《か》られて崖の突端に向かいかけた視線が白い四本の足にさえぎられた。

「ユキ…」

見上げて声をかけると「くぅ…ん」と鳴かれ、涙の伝う頬を舐《な》められた。

そうだ。おれが死んだら今度はユキが独りぼっちになってしまう。そう思うと不憫《ふびん》でならなかった。

「ごめん…な、ユキ…」

死を覚悟していい聞かせると、ユキは顔を上げてじっと紫乃を見つめた。その瞳に宿る、揺るぎない信頼と愛情。紫乃が失《な》くしてしまったものがそこにあった。

この子を五樹の邑に返してやって、それから独りで死を待とう。心を決め、紫乃はのろのろと顔を上げた。身体が水を含んだ砂のように重い。腕をつき、半身を持ち上げようとして目眩《めまい》に襲われる。慣れてしまった吐き気と頭痛をやり過ごし、ユキの背に手をかけてゆっくり立ち上がろうとした。

そのとき、ふいに風が止《や》んだ。

手のひらの下にあるユキの背中がピンと張りつめる。ユキは鼻先を木立の方へ向けると、素早く動いて紫乃の前に立ち塞《ふさ》がった。

厚い雲が空を覆い、地上に影が落ちる。谷川へ至る木立の辺りから黄鶲《きびたき》が数羽飛び立った。紫乃を守るために四肢を踏ん張り、強い警戒心を露《あらわ》にしていたユキが低く唸《うな》り出す。

「ユキ、待て」

今にも飛び出して行きそうな若い犬にいい聞かせ、膝立ちのまま紫乃も森の入り口へじっと目を凝《こ》らした。……誰かがやって来る。下生《したば》えをかき分け、小枝を踏み鳴らす足音は複数。

やがて雲の切れ間から陽射しが一条《いちじょう》こぼれ落ち、木立の一角を照らし出す。まるでそれを待っていたかのように、光を浴びた木々の間から逞《たくま》しい偉丈夫《いじょうふ》が姿を見せた。

「――……た」

烏帽子直垂小袴《えぼしひたたれこばかま》。立派な武家装束《ぶけしょうぞく》に身を包んだその姿は、間違いなく紫乃が愛して待ち続け、待つのをあきらめて憎んだ男のものだった。

「あ…、……あ」

男は木立を出て立ち止まり、二十歩の距離を置いて紫乃と向かい合う。その唇《くちびる》が『しの』と動き、そして瞳が驚愕《きょうがく》に見開かれた。遠目にも全身痣に覆われた紫乃の異様さに気づいたに違いない。

「――紫乃！」

大音声《だいおんじょう》で呼ばわれて、返事の代わりに木霊《こだま》が返る。貴哉がこちらに向かって一歩踏み出すと同時に、紫乃は逃げ出すために立ち上がった。駈け出そうとして足がもつれ、よろめいて転びかけた。呆れるほど身体が弱っている。走っているつもりなのに、まるで泥の中を行くように足が重い。

紫乃が一歩進む間に、貴哉《たかちか》は広い歩幅《ほはば》で三歩も近づいてくる。嫌だ、捕まりたくない。

焦《あせ》りのあまり草に足をとられて転んでしまう。あわてて身を起こして振り返ると、貴哉はすぐ背後まで迫っていた。

必死に逃げまどう主《あるじ》を守るために、ユキは男と紫乃の間に四肢を踏ん張っていた。それ以上近づけば容赦《ようしゃ》しないぞと牙《きば》を剝《む》き、唸り声を上げる。その威嚇《いかく》を無視して、背後から伸ばされた貴哉の指先が紫乃の襟首《えりくび》をかすめた瞬間、ユキは白い風となって男の腕に咬《か》みついた。

「――うぐっ…！」

くぐもったうめき声を上げた貴哉の目が、驚きに見開かれる。次いで腕に食いこむ牙の痛みに眉間《みけん》を歪《ゆが》めた。袖《そで》には血がにじんでいる。

「この…っ」

叫んで振り上げた貴哉の拳がユキの鼻面《はなづら》を殴る寸前、紫乃は叫び声をあげた。

「止めろ…ッ！」

声と同時に貴哉の動きが止まり、ユキは腕から顎を外した。

「ユキに手を出すな……裏切り者」

にらみつけて吐き捨てる。貴哉は信じられないといった面持ちで、呆然《ぼうぜん》と立ち尽くしていた。

素早く駆け戻ってきた忠犬に「よくやった、もういい」といい聞かせ、紫乃はその場を逃げ出した。

背中から、我《われ》に返った貴哉の呼び声が聞こえる。声に戸惑《とまど》いが交じっているのは、まさか紫乃の飼い犬に襲われるとは思っていなかったせいだろう。

「紫乃…っ、待ってくれ。私だ、貴哉だ！」

そんなことはわかってる。だから逃げているんだ。背中にかかる呼び声を振りきって、手近な木立に飛びこんだ。痛みに萎《な》えた手足に生い茂る木の枝が絡みつき、行く手を阻《はば》まれる。いくらも行かないうちに、すぐ背後に捕獲《ほかく》者の体温が迫った。再び唸り声を上げはじめたユキを、もういいんだとなだめて止める。下手《へた》に刃向《はむ》かって、腰に帯《お》びた太刀《たち》でも抜かれてはたまらない。自分はどうなっても、ユキを傷つけられることだけは許せなかった。

「紫乃、どうしたんだ。私だ。怖がる必要はない」

荒い呼気《こき》が耳元をかすめたとたん、腕を掴まれ引き寄せられた。

「う…、うーっ…――」

広い胸に抱きこまれ、逞しい両手に腕ごと抱きしめられた。懐《なつ》かしい香りと温もりに包まれて、紫乃はありったけの力で抗《あらが》った。

「…離せ！　離せったら…っ」

「落ち着くんだ、紫乃。いい子だから…」

「い…、今さら、何しに来たんだっ！」

「――…紫乃」

「嘘つき！　裏切り者…――ッ!!」

血を吐く思いで叫んで抗う。身勝手な男の胸を思いきり叩きつけ、束縛が少しゆるんだところで両腕を滅茶苦茶《めちゃくちゃ》に振り回す。それでも紫乃を抱きしめる腕は解《ほど》かれない。

「約束に遅れたことは謝る。済まなかった。理由《わけ》があるのだ…、頼むからそのように癇癪《かんしゃく》を起こしてくれるな」

涙交じりの抗議の叫びを、猫撫《ねこな》で声でなだめられる。そのものいいが心底《しんそこ》憎くて再び両腕を振り回した。恨み続けた男の顔に爪を立てようとした指先を軽くかわされ、逞しい腕で易々《やすやす》と封じられてしまう。腰にはもう片方の腕がしっかりと回されて、紫乃がどんなにもがいてもびくともしない。

「痩《や》せたな。背は少し伸びたようだが…。この痣はどうした？　なぜこれほどひどくなったのだ…、いったい何があった？」

暴れたせいで襟元がゆるみ、胸がはだけてしまっていた。露になった胸から腹部、そして摑まれたままの両腕、それに脚。その全てが貴哉の視線にさらされている。

「――…ッ」

鉄をも熔《と》かすほどの激情が胸の奥底で火を噴いた。瞬間、抵抗を止めて全身の力を抜く。あわてて抱え直そうとした貴哉の腕――ユキに咬まれて血を流し、熱を持っている場所――に紫乃は思いきり噛みついた。

「うぐ…っ」

肉を噛み切るほどの容赦の無さに、さすがの貴哉もうめき声を上げ、腕の力がゆるむ。

紫乃は飛びのいて地面に倒れこみ、再び摑まえようと伸ばされた手を払いのけ、握りしめた土塊《つちくれ》を貴哉の顔めがけて叩きつけた。

「く…ッ」

なり振り構わぬ必死の抵抗に、ようやく貴哉も、紫乃の身に起きた変化がただごとではないと察したようだ。再び森の出口へ向かって逃げ出した紫乃を追いかける声には、前よりも焦《あせ》りと心配の色が濃くなっていた。

「紫乃。待つんだ…、話を――」

土塊で目を潰された貴哉がほんの少し立ち往生《おうじょう》している隙に、紫乃は木立をよろめきながら飛び出した。今の紫乃を動かしているのは、強い怒りと絶望だ。少しでも気を抜けばその場に崩れ落ちそうな身体を引きずって、紫乃は崖の突端に生えた松の大木にたどり着いた。

大人が三人がかりでようやく抱えこめるほどの太さを持つ松幹は、地上六尺《しゃく》（約2メートル）の辺りで二股《ふたまた》に分かれ、一方の枝はお爺とシロの墓石の上に影を落とし、もう一方は崖の向こうへ張り出して虚空《こくう》を渡る強い風に梢《こずえ》を揺らしている。

紫乃は太い幹をよじのぼり二股にたどり着いた。根本では、ユキが忙《せわ》しなく足を踏み替えながら、心配そうに見上げていた。わずかに小首を傾げたその瞳が、どこへ行くのと訊いている。その問いかけに気づけないまま、紫乃は虚空に向けて張り出している枝にしがみついた。

枝といっても一抱えほども太さがある。華奢《きゃしゃ》な紫乃が身を預けてもびくともしない。それでも先端《せんたん》に近づくほど風を受けて大きく揺れている。

ようやく木立を飛び出した貴哉が、驚いてその場で足を止めた。明らかに崖縁のほうへ向かってじりじりと移動している紫乃を見咎《とが》めて叫び声を上げる。

「紫乃、……何をするつもりだ」

風に乗った貴哉の呟きが紫乃の耳に届くと同時に、木立から新たな影がふたつ飛び出した。現れたのは武家装束に身を包んだふたりの武者《むさ》である。

「お館《やかた》様！」

発した言葉で彼らが貴哉の従者《ずさ》であることがわかる。新たな闖入者の出現に、ユキは木立へ駆け戻った。

「うぬっ、この犬めが！」

若いほうの従者が、向かって来る白い獣を目にしたとたん、すぐさま腰の太刀を引き抜いた。

「止めよ！」

「やめろ…ッ」

ふたつの制止の声はほぼ同時。どちらも白犬を傷つけないためにであった。

白刃のきらめきを振り上げてユキを切り伏せようとした若い武者は、わずかなためらいを見せた後、流れる仕種で主人の命に従った。

「その犬を傷つけてはならぬ。そなたちは控えておれ」

紫乃がしがみついている松の大木にゆっくりと近づきながら、貴哉は静かに声をかけた。

「紫乃、止めてくれ…。そこは危ない」

言葉と共に貴哉が一歩近づくごとに、紫乃はじりじりと枝の先へ進んだ。それ以上進めば、その下は深い谷底という辺りで貴哉の歩みが止まる。根本まであと三歩という距離だ。

「頼むから。戻って来てくれ」

両手を広げ、かすれ声で懇願《こんがん》されても聞く気になどなれない。

「怒っているのか？　約束に二年も遅れたことを…」

「うるさい！　嘘つき、大嫌いだ！　おれはもう貴哉のことなんてなんとも思ってないんだ！　帰れ！　御山から出て行け!!」

「――…そうか」

痛烈に面罵《めんば》された貴哉の声が一段低くなり、身を屈めて草鞋《わらじ》を脱いだかと思うと、紫乃を追って幹をのぼりはじめた。膂力《りょりょく》の優れた男は苦もなく二股にたどり着き、紫乃がしがみついている枝先に向かって手を差し伸べた。

「どんな恨み言でも聞く。だから戻ってくれ」

「来るな！　それ以上近づいたら、おれはここから飛び降りるッ」

「そなたが飛び降りたら、あの犬はどうなる」

「――…！」

痛いところを正確に衝《つ》かれて言葉につまる。約束を違《たが》えて三年も放っておいたくせに、こちらの弱味だけは正確に覚えている男が憎らしい。

「ユキ…と呼んでいたな。新しい犬か？　シロはどうした？」

「貴哉には関係ない！」

やさしいなだめ声をぴしゃりと拒絶して、ありったけの恨みをこめてにらみつけてやる。貴哉は少しだけ怯《ひる》んだように口を閉ざした。

「今さら来たってもう遅い。さっき見ただろ、この痣」

紫乃は枝から身を起こし、不安定な姿勢で己の袂《たもと》を左右に開いて見せた。露になった胸から腹は隙間なく痣に覆い尽くされている。一番見られたくなかった相手に、自分の一番醜い姿をさらす。自虐《じぎゃく》の極みだ。自覚しながら紫乃は続けた。

「ここだけじゃない。身体中どこもかしこも、もう痣だらけなんだ…」

「紫乃、それは——」

「貴哉はもう忘れてしまっただろうけど」

痣が全身を覆ったとき、紫乃は命を失う。

「こっちの頬が埋め尽くされたら呪いが成就《じょうじゅ》するんだ。おれにはもう、それを止められない」

痛くて苦しい、もう終わりにしたいんだ。そんな泣き言が喉元まで出かかっている。けれどそれは飲みこんだ。今さら貴哉に何かを求めても無駄なのだから。

「もう、手遅れなんだ…」

救いを求める言葉の代わりに涙がこぼれた。胸に宿った恨みの念は、今も激しく煮え立っている。待ち続けた愛しい男が目の前に現れてくれたのに、少しも衰える気配はない。むしろより強く深く、悲しみと怒りが湧き上がるばかりだ。

「手遅れかどうかはまだわからないだろう？　そなたのために私はこれを持ってきた」

そういって貴哉が懐から取り出して見せたのは、細紐で首から下げていた小さな守り袋。

「この中には尊《とうと》い舎利《しゃり》が入っている。領内支配を立て直す傍《かたわ》ら、高名な行者《ぎょうじゃ》や修験者《しゅげんじゃ》に救いを求め続けた。幾人もの聖に会った。ようやくその中のひとりが、そなたの教えてくれた『言《こと》の葉《は》』の考えをとてもよく理解してくれてな、理由《わけ》を話してこれを賜《たまわ》った」

貴哉は、枝先に摑まっている紫乃のほうへずいと身体を乗り出し、手のひらの上の守り袋を差し出して見せた。その袋から、何か清らかな光のようなものがにじみ出ている。

清浄《せいじょう》で一途《いちず》な祈り。今の紫乃が一番嫌っているものだ。

「寄るなっ、そんな物は捨ててよ…――！」

悲鳴をあげた紫乃の胸の中で何かが暴れ出す。光を浴びて逃げ惑う地虫のように。

「今さら無駄…、無駄なんだ。もう遅い、おれは貴哉が憎い…！」

「私は紫乃を愛している」

迷いもなくいい切られて胸がねじれるように痛んだ。

「……おれは、愛してなんかいない。愛なんてもうどこにもない…！」

胸の中で、自分ではない何かが苦しみにのたうち回っている。

――信じるな、そんな言葉を信じるな。真《ま》に受ければまた裏切られるぞ。それでもいいのか。お前を愛する者などいない。その醜い姿で誰かに愛されることがあると思っているのか……。

「あ…ッ、う…うあぁ――ッ」

胸を貫《つらぬ》く痛みに息が止まる。苦しみのあまり喉元をかきむしろうとして、枝にしがみついていた腕の力がゆるむ。その瞬間、全身の血が沸き立つような浮遊感《ふゆう》と共に、紫乃の半身は虚空に投げ出された。

「紫乃…――ッ！」

目眩にも似た絶望感で暗く狭《せば》まる視界の中に、必死の形相《ぎょうそう》で手を伸ばす貴哉の姿が焼きついた。

ああ、もう駄目だ…。

全てをあきらめ、心地好い脱力感に身を委《ゆだ》ねた瞬間、信じられない力強さで引き戻された。

貴哉は二本の脚と左腕でしっかり枝にしがみつき、残る右手で谷底へ落ちかけた紫乃の身体を抱き留めていた。ふたり分の重みに松の枝がしなる。さらに強い風に煽られて紫乃の身体は半ば宙に浮いたまま揺れ動いた。貴哉が何か叫んでいるけれど耳鳴りのせいでよく聞こえない。

呆然と見上げた空には龍《りゅう》の大群のような雷雲《らいうん》がひしめいていた。痛いほど強く抱きしめられ、眼下に地面が見える場所まで連れ戻されて、ようやく耳元に低い声が届く。

「……乃、しっかり摑まれ。もう大丈夫だ」

声と共にもう一度強く引き寄せられた。その拍子《ひょうし》に乱れてゆるみきった懐から、小さな布の塊《かたまり》がぽろりとこぼれ落ちた。あわてて伸ばした紫乃の指先をかすめて、それはふわりと宙に舞う。

「あ、ぁ…、いや…だ――」

あれはおれのだ。あの布だけが三年間、おれにとっての貴哉だったのに。

泣いて抱きしめて、日に日に消えてゆく匂いを惜《お》しんで顔を埋めた。その悲しみを吸いこんだ布地は、ひらりと虚空を舞いながら、ゆっくりと遥か彼方の谷底へ消えてしまった。

「どうした？　あれは確か、私の直垂…だったな」

「うっ、うぇ…」

必死で手を伸ばした甲斐もなく、無情にも紫乃の宝物は指先から擦り抜けてしまった。

「泣くな。今は本物の私がいるだろう。布が欲しければいくらでも与えてやる。抱きしめて欲しければいくらでも抱きしめてやる」

「だ、だ…って」

新しい妻がいるくせに。子供だっているくせに。今さらなんのために迎えに来たんだ。あの布を身に着けていた頃の貴哉はもういない。紫乃を好きだといってくれた、紫乃だけの貴哉はもういない。

そう思うといくらでも涙がこぼれた。

子供のように泣きじゃくり半ば意識を飛ばしかけているうちに、木の根本まで連れ降ろされていたらしい。草の柔らかさを背中に感じて目を開けると、貴哉とユキが覗きこんでいた。

ユキは紫乃の傍にぴたりと寄り添い、懸命に頬を舐めている。愛しくて柔らかな毛並みを撫でようとしたけれど、病《や》んで疲れ切った身体にはすでに腕を上げる力も残っていなかった。

無垢《むく》な瞳で慕《した》ってくれた、この白い伴侶を残して逝くことだけが唯一《ゆいいつ》の心残り。

「貴哉。……頼みがある」

「なんだ」

さんざんひどい言葉を投げつけられ怪我までさせられたにも拘わらず、貴哉の声は鷹揚《おうよう》だった。

「おれが死んだ後、ユキのこと…頼んでいい？　できたら五樹の邑に戻してやって欲しいんだ…」

「聞けないな。私は邑の場所など知らないし、そなたを死なせるつもりもない」

それでも邑の場所を教えようとする紫乃をさえぎり、貴哉は首に下げていた守り袋をとり出した。

小さな袋の口を開け、慎重《しんちょう》に中身をとり出して手のひらに乗せる。それは小指の先よりまだ小さい、丸味を帯びた水晶《すいしょう》の欠片だった。透き通った内側から光が放たれている。

貴哉はあらためて痩《や》せ細った身体を抱き寄せると、

「そなたを死なせたりはしない」

囁いてから不思議な煌《きら》めきを宿した小さな欠片を口に含み、紫乃の唇に自分のそれを重ねた。

「ん…ぅう……」

熱くて柔らかな貴哉の舌先が米粒のように小さな欠片を運んで来る。しばらくふたりの舌に翻弄《ほんろう》された水晶粒は、やがて唾液《だえき》と共に紫乃の喉奥《のど》へと流しこまれた。

紫乃の脳裏に、砂粒のように小さな塊が光を放ちながら喉から胸へ降りて行く情景が過《よぎ》る。

「な、…に？」

「行者に賜った舎利だ。それを二年半首にかけて、ひたすら紫乃の痣が癒《いや》されるよう願い続けた」

貴哉の声を聞きながら、紫乃の身体は震え出した。

「あ…――、あ…っ」

「どうした、紫乃。苦しいのか？」

苦しい。胸が熱い、いや痛い。違う…、凍えるようにひび割れる。身体が粉々に砕ける。全身の血が煮え立つ。何かが怒り狂っている。どろどろと腐った汚泥《おでい》のような憎しみの塊が喉元に迫《せ》りあがり、紫乃はこらえることも逆らうこともできずにそれを吐き出した。貴哉の腕に支えられながら二度、三度と激しい吐瀉《としゃ》をくり返し、どす黒い血を大量に地面にぶちまける。

あまりの苦しさに今度こそ死を覚悟した。けれども不思議なほど不安はない。

寂しさと恨みと悲しみを抱えたまま、たった独りで死を迎えるはずだった。それを思えば、愛しい男の腕に抱かれて逝けるのだ。死は苦しみではなく、むしろ恩寵《おんちょう》であった。

「たかち、か……——貴哉」

「どうした？」

「おれ、本当は…ずっと待ってた」

大量に吐き出したどす黒い血と共に、男に対する恨みの念も出て行ったのか。それとも死を覚悟したせいだろうか。ようやく素直に自分の気持ちを告げることができた。

貴哉はああ、と答えて強く紫乃を抱きしめ、それからかすれた声で囁いた。

「私はずっと紫乃のことを想っていた。——愛している」

その瞬間、紫乃の身体の奥深い場所で何かが弾けた。温もりと安らぎが身体中に拡散してゆく。

夢と現実が解け合いはじめる。

自分の身体が白い光に包まれてゆく幻を受け入れながら、紫乃はゆっくり意識を手放した。

炎の中で誰かが泣いている。恨みと憎しみに黒く焼け焦《こ》げ、ねじれて縮んだ姿が哀れだった。

『愛しているって…』

——うん。そういってくれた。

『わたしもいってもらったわ』

――信じようと思うんだ。

『どうせ裏切られるのに？』

――信じるって決めたから。

『……きっと裏切られるわよ』

――勝手に期待して当てにするから失望するんだ。おれは貴哉の傍にいられたらそれでいい。それ以上は望まない。

『愚《おろ》かなのね…』

――恨んだり憎むより、愚かで馬鹿って笑われたほうがいいって気づいたんだ。

『わたしも嗤《わら》われたわ。許嫁を余所者《よそもの》に奪われた哀れな女だって。許せない、馬鹿にして…』

炎が強くなり、黒い影がちりちりとねじれて踊りはじめる。

――そこにいるとつらくない？　おれと一緒に来ればいい。

紫乃が手を差し出すと、炎の中の影が小さく震えた。

『一緒に？』

――うん
『こんなに醜いわたしを？』

――だって、君はおれだもの。

頭上の格子《こうし》窓から斜めに射しこむ朝陽が眩しい。日除けにかざした腕の色が見慣れない白さに輝いているのは、陽射しのせいだろうか。ぼんやりと考える紫乃の心は、不思議な平安に満たされていた。

自分が目覚めているのか、それともまだ夢の中にいるのか判然としない。

鉱泉《こうせん》に浸《つか》っているような心地好い微睡《まどろ》みは、やがて喉の渇きでくっきりとした覚醒《かくせい》に変わった。

身体の近くが奇妙に明るい。白い布が陽射しをはね返すように顔が…いや、身体中が眩しい。何度も瞬きをくり返し、目蓋をこすり、呆然と自分の手と腕を見つめた。

間違いない。——痣が消えている。

「な、…ぜ。どうし、て——？」

静かに上掛けを剥いでみると、一糸まとわぬ腹から腰、太股《ふともも》の内側、爪先《つまさき》に至るまで、本当に染みひとつない。陽を浴びた産毛《うぶげ》が金色に光っている。切り出したばかりの樹木のひび割れた樹皮を剝いで、現れた最上質の肌目《きめ》を丹念《たんねん》に磨きあげたような伸びやかでなめらかな身体。

いったい何が起きたのだろう。

目は覚めたはずなのに、どこから夢で、どこからが本当にあったことなのか自信がもてない。

長い夢を見ていた気がする。全身がどす黒く染まって腐り落ちる寸前だった。迎えに来たと叫ぶ貴哉の声。吠えるユキ。きらめく白刃《はくじん》。それから…。

信じられない思いのままそろりと身を起こすと、隣で男が小さく身動《みじろ》いだ。驚いて身をすくめ、それからゆっくりと顔を覗きこんだ。迎えに来てくれたのは、夢ではなかったのだ。

「……た、かちか」

思わず名を呼んでみたけれど、目蓋がわずかに動いただけで目覚める気配がない。

上掛けもかけず無造作《むぞうさ》に横たわっている姿は、何かの作業の途中で睡魔《すいま》に負け、そのまま寝入ってしまったようだ。意志の強そうな眉と通った鼻筋は、初めて出会った頃と変わらない。肩や腕は以前より逞しさを増したように思う。

南の崖縁で気を失った後、苦しさに目覚めるたびいつも傍に貴哉がいた。それは夢だと思っていた。けれどこうして目の前に、少し頬のやつれた男が眠っている。その寝顔を見ると、本当にずっと傍について看病《かんびょう》してくれていたのかもしれない。

出会いと別れ。そして再会。全てが長い夢のようだった。

気が狂いそうなほど待ち焦《こ》がれていた男の寝顔を見つめている内に、どうしようもない愛しさが湧き上がる。初めて出会ったときのように、少しかさついている男の唇に、紫乃は自分の唇を重ねた。

「…ん」

重ねた唇の奥からくぐもった声が聞こえてくる。紫乃は唇を離し、ゆっくりと身を起こした。

貴哉も寝惚《ねぼ》けているらしい。何度か瞬きをくり返し、さらに目蓋をこすっている。

「──…」

唐突《とうとつ》に、紫乃は自分が全裸であったことを思い出した。あわてて貴哉に背を向け、枕元にあった上衣《うわぎ》を羽織《はお》る。

「紫乃…か。もう動いて平気なのか？」

起き抜けの少しかすれた声で名を呼ばれて、なぜかぎくりと背中が強張る。

「貴哉…。おれ、あの…、痣が」

「まだ気にしているのか？　たとえ全身痣に覆われても、私がそなたを愛しいと思う気持ちは…」

「ち、ちが」

全身覆われたのではなく、全身から消えてしまったのだ。そうなることを夢見たことはあったけれど、本当に叶《かな》ってしまうとどうしていいのかわからない。背を向けたまま紫乃はうめいた。

「貴哉…、おれ、おれ……」

背後で貴哉が身を起こしたらしい。衣擦《きぬず》れの音に続いて、みしり…と寝床《ねどこ》がしなる。音は三回響いて紫乃の真後ろで止まった。背中に男の体熱を感じて震えが起こる。大きな両手が肩に置かれた。もう逃げられない。わざとなのか偶然なのか、羽織っていただけの上衣がはらりと滑り落ちた。

「まだどこか痛むのか？　あれから何度も血を吐かれて、どうなることかと思った…──」

項《うなじ》に絡まる紫乃の黒髪をかき分け、唇を落とそうとしていた貴哉の動きが止まる。

「……これは」

絶句され、紫乃はますます混乱した。自分で見える場所の痣はきれいさっぱり消えていた。けれど見えない場所はどうなっているのか…。わからないから不安になる。顔だけ痣が残っていたらどうしよう。混乱のあまり、紫乃は腕の中に顔を隠して床に突っ伏してしまった。

「紫乃……?」

どこか戸惑いを含んだ声と共に引き起こされて。

ああ、もうだめだ。

——紫乃は観念して目を閉じた。

恋《こい》襲《がさ》ね

‡　夕虹《ゆうにじ》　‡

戸惑《とまど》いながら床《とこ》に突っ伏してしまった紫乃《しの》の肩に手をかけた貴哉《たかちか》は、手の下で震えている白い肌をそっと抱き起こし、驚きのあまり息を呑《の》んだ。

染《し》みひとつないなめらかな肌は、まるで月でも呑んだかのように身の内から光がにじみ出ている。肩からこぼれ落ちた黒髪の影に、ちらちらと見え隠れしている咲き初《そ》めの桃花のような乳暈《にゅううん》。若鮎《わかあゆ》のような腹部と、その下の陰りに息づく少年の徴《しるし》。

「――…これは」

何よりも、貴哉を不安そうに見上げてくるその顔の麗《うるわ》しさ…。

もとは都《みやこ》の貴族の娘であった貴哉の母も美しかった。裏切り者となったかつての妻とその弟も、秀《ひい》でた容姿《ようし》の持ち主であった。領地《りょうち》相続《そうぞく》にあたり任官状《にんかんじょう》を受けるために都へ上ったときにも、多くの垢《あか》抜けた男女を目にした。

しかし今、目の前で無防備に裸体をさらしている少年の、いや少年から青年への過渡期《かとき》ともいえる危《あや》うい色香を漂わせたこの人物の容貌《ようぼう》は、月や花と競わせても負けることはないだろう。

それほどの美貌であった。

「紫…乃か?」

「うん…」

おずおずと頷《うなず》いた少年の、少し艶《つや》をなくした黒髪がはらりとこぼれ落ち、瘦《や》せた肩が露《あらわ》になる。

痣《あざ》に覆われていたときは恥じらう姿がただ哀れで、そして愛《いと》しかった。しかし祖先からの因業《いんごう》が解け、本来の姿をとり戻した紫乃はあまりにも美しすぎた。

だから貴哉は同じ相手に、もう一度恋に落ちてしまったのである。


「山を下りて私の領地《くに》へ来て欲しい。紫乃と共に生きてゆきたいのだ」

元々、痣のせいで衰弱《すいじゃく》していた紫乃の身体は、大量の吐血《とけつ》をくり返し高熱を発したせいで、すっかり弱ってしまっていた。眠らずに看病《かんびょう》を続けたかいあって、ようやく起き上がれるようになった少年に向かって、貴哉は真摯《しんし》な願いをぶつけた。

語尾がわずかに震えたのは、了承《りょうしょう》してもらえるか自信がなかったからである。

『裏切り者、大嫌いだ！』

血を吐くような紫乃の絶叫が今も耳に残っている。血を吐いて気を失う寸前、本当は待っていたといってもらえたが、それだけでは到底《とうてい》許しを得たとは思えない。

「でも、おれ…」

いい淀《よど》む紫乃の辛《つら》そうな顔を見つめて、貴哉はやはりな…と自嘲《じちょう》する。

「やはり私のことを恨《うら》んでいるのだな…。もう信じてはもらえないのか？」

「ちが…、そうじゃなくて──」

「約束を守れず、つらい思いをさせて本当に済まなかった。そなたを幸せにしたい。待たせた三年分、いやそれを補ってあまりあるほどそなたを愛したいのだ」

心からそう願う。離れていた三年の間に紫乃の身に何が起きて、どうしてあれほど痣が広がってしまったのかはまだわからない。けれど紫乃が死の間際《まぎわ》まで追いつめられていたことは間違いない。その原因が己《おのれ》にあることを貴哉は痛いほど感じている。罪滅《つみほろ》ぼしの意味もある。けれど何よりも、

「もう二度とつらい思いも、寂しい思いもさせたくない。そなたを独りにしたくない…」

だから一緒に来て欲しいと熱心にかき口説《くど》く。

「貴哉が約束を守れなかったのは、わざとじゃないって、あの水晶玉《すいしょうだま》を呑んだときに伝わってきた…。ずっとおれのこと想ってくれてたんだって。——でも、御山《おやま》を下りて一緒に暮らすことはできない」

「なぜだ…！　痣は消えた。もう独りぼっちでこのような奥山に隠れ住む理由などないだろう？」

身体をそっと離して向き合い、朝露《あさつゆ》で洗われたような清らかな美貌を問いつめる。

紫乃は「でも…」と言い淀《よど》む。貴哉を見返してくる瞳が不安そうに揺れている。かつては素直で純《じゅん》真《しん》だった少年を、これほど疑い深くさせたのは貴哉自身だ。

山を下りて一年が過ぎ、約束の日を迎えても、到底逢いに来れる状態ではなかった。心の中で何度も「済まぬ」と詫《わ》びながら、辛抱《しんぼう》強い紫乃ならきっと待っていてくれると思い上がっていた。

兵の地力をつけて領内に居座っていた無法者《むほうもの》を追い出し、民《たみ》の暮らしを安堵《あんど》させ、留守を任せられ

る人材がようやく育ってきたと確信できたときには、すでに約束から二年も過ぎていた。

紫乃は今でも待っていてくれるだろうか。約束を破った貴哉を恨んで、毎日ひっそりと泣き暮らしてはいないだろうか…。いいや、しっかり者の紫乃のことだ。独りでも健気《けなげ》に生きているに違いない。

三年ぶりに現れた貴哉を見て、紫乃はなんというだろうか。拗《す》ねて恨み言のひとつくらいいわれるかもしれない。それでも泣きながら抱きついてくるはずだ。

再会の情景をあれこれ思い浮かべながら、逸《はや》る思いで馬を走らせ、奥山の庵《いおり》に駆けつけた。そして廃屋《はいおく》のように傷《いた》み荒《すさ》んでしまった壁や庭を見て、心《しん》の臓《ぞう》が凍るほど衝撃を受けたのだ。

まさか病《やまい》を得て儚《はかな》くなってしまったのかとあわてて屋内《おくない》を探し、周囲を探し、見つけられないまま途方《とほう》に暮れた。それでもお爺《じい》の墓《はか》のある南の崖縁《がけふち》のことを思い出したのは、神仏《しんぶつ》の導《みちび》きかもしれない。

ようやく再会を果たせたと安堵する間もなく、予想もしていなかった激しい罵声《ばせい》と拒絶を投げつけられ、犬までけしかけられて…。

紫乃がこの三年間どんな思いで自分を待っていたのか、痛いほど思い知った。

全身を痣に覆われ、絶望のあまり崖から身を投げようとした紫乃を見て、どれほど心が痛んだか。どれほど愛しく思ったか。

理由があったとはいえ約束を違《たが》えた己の浅はかさを、貴哉は心底悔やんだ。ユキと呼ばれた白犬に咬《か》まれた腕の傷など、紫乃が心に負ったであろう傷に比べればないに等しい。

荒れ果てた庵に残してなど行けない。かといって、再び領主《りょうしゅ》という地位に就《つ》いた貴哉は、以前のように全てを捨ててこの奥山で紫乃とふたりきりで暮らすとはいってやれない。

「慣れぬ里《さと》の暮らしに尻込《しりご》みする気持ちはわかる。多少窮屈《きゅうくつ》な思いはさせてしまうかもしれないが、私にできる限りのことはする。――私と、共に生きて欲しいのだ」

真心をこめた言葉を受けて、涙に潤《うる》んだ瞳がそっと伏せられた。

「紫乃…？」

「御山を下りるのは怖いけど、貴哉が本当におれを必要としてくれるなら、一緒に生きていきたい。……でも」

ようやく口を開いた紫乃の声は、不安で震えていた。

「――でも、貴哉には…、新しい妻がいるんだろ……？」

「な、んだって？」

「おれ…、里人のしきたりなんて知らない。でも、お爺が教えてくれた掟《おきて》は――」

紫乃はうつむいて、ぽつりぽつりと己の不安の理由を口にした。

痣のせいで世間と交《まじ》わらず育った紫乃には、婚姻《こんいん》制度についての知識がわずかしかない。どうせ独り身で一生を過ごすはずだからと、お爺もそれほど詳しいことは教えてくれなかった。

男女は年頃《としごろ》になれば相和して子を生《な》す、といった基本的なことと、生まれ故郷の五樹《いつき》の邑《むら》では一夫一婦が基本であり、男女は最初に契《ちぎ》りを交《か》わした相手を一生大切に想い添いとげるという掟が、昔から大切に守られている…といった程度だ。

土地の風習によって結婚相手に対する誠実さの度合いは異なり、妻や夫がいても祭りなどに際して行われる野合《やごう》で違う相手と一夜を過ごすことが許される部族もあるが、五樹一族は誠実な関係を尊《とうと》ぶ。だからこそ紫乃の七代前の祖先が許嫁《いいなずけ》を——たぶん既《すで》に契りを交わし合っていた——裏切ったことに対する怒りが大きかったのだ。

「契りを交わしたら、その相手を一生大切にするものだって教わった。だからおれ」

「ちょっと待て、紫乃。新しい妻とは…なんのことだ？」

貴哉は思わず眉間《みけん》にしわを寄せて問いつめた。

「一年前、里に下りて噂《うわさ》を聞いた。お館《やかた》に新しい妻を迎えて、子供も生まれたって。だから…」

「だから、裏切られたと思ったのか？」

紫乃はこくりと頷き、そのまま項垂《うなだ》れてしまった。貴哉の目の前に現れたつむじがわずかに震えて、涙がぽつりと床に落ちる。

「た…、貴哉は平気かもしれないけど、おれは、妻も子もいる人と連れ添うことはできない……」

涙でつまった鼻声で、それでも気丈《きじょう》にいい募《つの》られると、どうしようもない愛しさがこみ上げる。瘦《や》せた肩を抱き寄せて、嚙《か》んで含めるようにいい聞かせた。

「どこでどう聞き違えたのか知らぬが、今の私には妻も子供もおらぬ」

「え…？」

「——ああ、もしや飛垣《ひがき》の妻子と間違えたのではないのか。飛垣の妻女はよくできた女性《にょしょう》でな、館の奥向きの采配《さいはい》を任せている。その姿を垣間《かいま》見た者が私の妻女と間違えたことは確かに何度かあったが、都合《つごう》が良いので放っておいた」

「都合って…？」

「——…まあ、いろいろとな」

年が明ければようやく二十五歳を迎える貴哉だが、周囲からは一度は失いかけた領地を取り戻し、家を再興《さいこう》させた男として将来を有望視されている。裏切り者として離縁《りえん》された妻の後添《のちぞ》いに、娘や妹、姪《めい》などを差し出し、好誼《よしみ》を通じたいと願っている近隣の有力武家も多い。飛垣の妻女をまるで北《きた》の方《かた》のように振る舞わせているのは、そうした者たちに勘《かん》違いをさせてあきらめてもらうためだ。

もちろん他領からの婚姻話は防げても、貴哉が独り身であることを知っている親族や家臣《かしん》などからは、早く新しい妻を迎えて跡継ぎを得るよう勧められている。しかし、そのことをここで正直に告げることは憚《はばか》られる。

もちろん貴哉は、跡継ぎを得るためだけに妻を迎えるつもりはない。それでも領主という立場にいる以上、婚姻話や跡継ぎ問題はついて回る。そうしたことは里に下りて共に暮らし、ふたりの絆《きずな》がもっと強くなってから話し合い、理解してもらったほうがいい。

「じゃあおれがついて行っても、迷惑にはならないんだね…？」

期待と不安に揺らめく瞳を見つめながら、貴哉はしっかり頷いた。

「それならおれも貴哉と一緒にいたい。貴哉のために、おれにできる精一杯のことをしてあげたい」

紫乃はずいぶんと神妙《しんみょう》な面持ちで、住み慣れた御山を下りることを了承したのだった。

下山の準備は、貴哉と迎えに来たふたりの従者――飛垣と佐々木《ささき》――によって手早く終わらせた。
「痣のある身では、他人目《ひとめ》の多い高鷲《たかす》の館での暮らしは何かと憂《うれ》いも多かろう…と、あれこれ心配していたが、もう安心だな。館にはそなたが気軽にすごせる部屋も用意した。必要な物も全て揃《そろ》えてある。何も心配せず、そなたは身ひとつで私を頼りにしてくれていいのだ」

紫乃が荷造りを手伝おうと立ち上がるたび、貴哉はやさしくおし留めた。
「そなたは病《や》み上がりなのだから、何を持って行きたいかいうだけで良い」

人に頼るということをあまり知らない紫乃は、慣れない様子で戸惑っていたが、やはり体力がずいぶん落ちているのだろう。準備が整う間、何度か浅い眠りに落ちて貴哉を心配させたりした。

貴哉の心配は紫乃の身体のことだけに留まらなかった。

痣が消えた紫乃を、迎えに来た飛垣と佐々木に引き合わせたとき。

ふたりの家臣は、貴哉がそうであったように、まずはその類希《たぐいまれ》なる美貌に息を呑み、次には見とれてしばらく声も出ないほどだった。さすがに飛垣は数瞬で立ち直り、如才《じょさい》なく挨拶《あいさつ》をしてみせたが、若い佐々木のほうはぼうっと頬を赤らめて、荷造りの間も何度か紫乃へ視線を走らせていた。

美しいということは、それだけで人の視線を惹《ひ》くものだ。花でも貴石《きせき》でも人の容貌でも。それが他より飛び抜けていればなおさら。

だから貴哉は、佐々木に対して苛立《いらだ》ちを感じながら、それを表に出すような大人気ない態度をとるつもりはなかった。――だが、しかし。

庵を後にして山中で野宿《のじゅく》を二回。その間、少しずつ飛垣や佐々木とも親しくなり言葉を交わすようになった紫乃が、自分以外に笑顔を見せるようになると、胸が焼けるような焦燥《しょうそう》感を覚えた。

自分以外の誰にも紫乃を見せたくない。声も聞かせたくない。

「紫乃、あまり私の傍《そば》から離れるな」

口に出してから、そのものいいが理不尽《りふじん》であったと気づく。飛垣が苦笑して、佐々木は恐縮《きょうしゅく》している。それでも紫乃は素直に「うん」と頷き、貴哉のもとへ戻ってくる。それから少し遠慮《えんりょ》がちに貴哉の袖《そで》の端を摑み、嬉しそうに見上げてくる。貴哉は思わずその手をとって、強く握りしめた。

川沿いに南下して御山を下り、関《せき》の宿場《しゅくば》に出たところで、騎乗《きじょう》用の駿馬《しゅんめ》を用意した橘《たちばな》家の家臣五名が迎えに現れた。

そのときの家臣らの反応にも、貴哉は焼石を呑みこんだようなあせりと苛立ちを感じた。

「貴哉、貴哉。おれ、やっぱりどこかおかしい…？」

領主の護衛《ごえい》として遣《つか》わされた猛々《たけだけ》しい武者《むさ》たちから注がれる称賛《しょうさん》と憧憬《しょうけい》の眼差《まなざ》しを、非難と侮蔑《ぶべつ》だと勘違いした紫乃は、貴哉の大きな身体の後ろに隠れ、おずおずと袖にすがりついて見上げてきた。

濡れた黒曜石《こくようせき》のような瞳で不安そうに見つめられて、貴哉はどうしていいのかわからず、つい目を逸《そ》らしてしまった。

不安で消え入りそうな紫乃に本当のことを教えて安心させる代わりに、

「貴哉……？」

「他人目《ひとめ》が怖いならこれをかぶっているといい」

そういって薄い紗《しゃ》でできた被衣《かつぎ》を渡した。被衣とは女性が外出するとき頭から被って姿を隠すものだが、この際男女の違いは関係ない。紫乃の姿をこれ以上他人に見られるのは、貴哉のほうが耐えられなかったのだ。

一行は関の宿場で一泊した後、翌朝未明に高鷲《たかす》へ向けて出立《しゅったつ》した。

関の宿場から高鷲まで、騎馬で四日の旅である。

幸《さいわ》い紫乃は初めて目にした駿馬を怖がることもなく、自分から乗りたがってくれたので助かった。貴哉は特別に作らせた二人用の鞍《くら》に紫乃を乗せ、その背中を守るように自《みずか》らも腰を下ろす。

病《や》み上がりの紫乃を気遣い、ゆるゆると駒《こま》を進めながら、迎えに行くという約束が二年も遅れた理由を語って聞かせた。

――貴哉が謀反《むほん》の罪で領地を逐《お》われたのは、ちょうど今から四年前。

濡《ぬ》れ衣《ぎぬ》を着せられて山に逃《のが》れ、紫乃に助けられて時を過ごす内に、下界では陰謀《いんぼう》の首謀者《しゅぼう》である義弟が馬脚《ばきゃく》を現していた。貴哉を陥《おとしい》れた義弟信俊《のぶとし》はあまりにも謀《はかりごと》がうまくいったため、都での酒席でつい口をすべらせて自慢してしまったのだ。それを聞きつけた公家《くげ》のひとり高倉永晃《たかくらながあき》によって謀が露見《ろけん》。永晃は橘家と婚姻を結んだとたん羽振りの良くなった信俊を前々から羨《うらや》んでいたのである。

永晃が貴哉の濡れ衣を払ってやった見返りとして要求したのは、高鷲領の寄進《きしん》と領地からの確実な年貢《ねんぐ》とり立て。

貴哉の行方《ゆくえ》不明中、飛垣伝吾朗《でんごろう》は主人の代わりにこの要求を受け入れ、主家《しゅけ》の再興にとりかかった。各地に離散していた橘一族の郎党《ろうとう》が再び集結した時期に、ちょうど飛垣が貴哉を見つけたのだ。

汚名《おめい》が晴れ、土地も書類上では返還《へんかん》されたとはいえ、武力にものをいわせて高鷲領に居座っている近隣の領主から、こちらも力ずくで奪い返す日々がしばらくは続いた。そうしてようやく奪い返した高鷲の地は、たった数年でずいぶん荒れ果てていた。質《たち》の悪い地頭《じとう》によって重税《じゅうぜい》を課せられ、あらゆる収穫物を徴収《ちょうしゅう》され尽くすことに耐え切れず逃散《とうさん》していた百姓を呼び戻したり、破れた水路を補修したり…。領境を侵《おか》そうとする隣領との小競《こぜ》り合いや、荒れた土地から少しでも多くの収穫があがるよう努力する内に、あっという間に三年が過ぎていたのだった。

「いいわけにすぎないと、わかってはいるがな…。どうしても領地を離れることができなかったのだ」

自嘲《じちょう》の溜息《ためいき》を落として視線を上げると、初秋の抜けるような青空の下、藍川《あいかわ》を遡《さかのぼ》る郡上《ぐんじょう》街道は長閑《のどか》な佇《たたず》まいを見せている。右も左もこんもりとした緑に覆われた山々に囲まれ、左手を流れる川のせせらぎが陽射《ひざ》しの強さを和《やわ》らげている。

「貴哉はたくさんの人に必要とされていたんだ。…そしてこれからも」

胸の辺りでぽつりと呟き、紫乃は視線を足下へ向けた。

踏み固められた道の上、騎馬につかず離れず距離をとりながら軽快な足どりで併走《へいそう》しているのは、紫乃の忠実《ちゅうじつ》な飼い犬ユキである。

亡くなったシロによく似た、この白い獣《けもの》はもうすぐ三歳になるらしい。

「そういえば、シロにも咬みつかれたな…」

貴哉はユキに咬まれた左腕を掲げてみせた。

四年前、老犬だったシロに咬まれた傷は痕も残らなかったが、ユキの牙は貴哉の左腕を深くえぐり、今もじくじくとした痛みを残している。これは紫乃の心の痛みでもある。そう思えば怒りは湧かない。

「ごめん、貴哉。まだ痛む？ ユキを嫌わないでやって」

振り向いた紫乃が、申しわけなさそうに手を伸ばし、腕の傷にそっと触れた。傷に巻かれた生成《きなり》色の布よりもなお白い練絹《ねりぎぬ》のような肌色に、貴哉はもう何度目かもわからない戸惑いを覚えた。

「嫌いはしないさ。あれは良い犬だ」

紫乃に触れられた腕の傷が一段と疼《うず》きはじめる。それはどこか甘い痛みだった。

風を受けてふわりと被衣が脱げ落ち、頭髪が露になる。紫乃の髪や首筋からはいつでも、木香《もっこう》にも似た少し甘い香りが漂う。風になびく絹糸のような黒髪に顎《あご》の下をくすぐられ、胸と下腹の辺りが熱くなった。少し息苦しい。

紫乃の腰に回した手に力が入る。三年前より背と髪は伸びたけれど、身体つきは華奢《きゃしゃ》なままだ。

白磁《はくじ》のようにきめ細かくなめらかな肌が午後の陽を浴びて輝いている。ほんのり上気した頬は咲き初めの桜色。それよりも少し濃い唇《くちびる》。

そういえば再会を果たしてから、まだ唇接《くちづ》けしかしていない。

「紫乃…」

ふ…と酒の酔いにも似た心地に襲われて、紫乃の顎に指先を当て上向かせる。驚いている顔にそのまま唇を寄せかけたとき、斜め後方から飛垣の咳払《せきばら》いが聞こえて、すんでのところで我《われ》に返った。

素早く周囲に視線を飛ばすと、左右を守っている護衛たちが紫乃の姿に見惚《みほ》れている。

少し乱暴に身を離し、脱げてしまった被衣をかぶせ直す。

「貴哉…?」

「前を向いているんだ。この先は少し道が悪くなる」

突然よそよそしくなった貴哉の態度に紫乃が戸惑っている。それに気づいていながら、なんといってやれば良いのかわからない。

まるで羽化《うか》したばかりの蝶《ちょう》のような紫乃の姿に、貴哉はまだ慣れていないのだった。

‡ 夜天光《やてんこう》 ‡

一行が高鷲領《たかすりょう》に帰着したのは、長月《ながつき》九日のことである。

貴哉が治《おさ》める領内に入ったとたん、紫乃はそれまで通りすぎて来た土地とはどこか違う空気を感じた。視線をめぐらせると、刈り入れを間近《まぢか》に控えた黄金《こがね》色の稲《いね》や麦穂《むぎほ》が風に揺れる田畠《たはた》が広がっている。薄紫色にたなびく靄《もや》の中に点在している檜皮《ひわだ》や茅葺《かやぶ》きの百姓屋から、夕餉《ゆうげ》の煮炊《にた》きの匂いがかすかに漂《ただよ》ってくる。一日の労働を終えて家路を急ぐ人々の顔は晴れ晴れと明るく、収穫《しゅうかく》物を荷駄《にだ》に乗せて行き交《か》う足どりも軽《かろ》やかだ。風にそよぐ道端の草花までが活気に満ちている。

「貴哉《たかちか》。ここに来るまでの土地はずいぶんと荒れていたのに、どうしてこんなに違うんだ？」

きょろきょろと辺りを見回しながら、紫乃《しの》は思った通りの疑問を口にした。

「他家の所領《しょりょう》では、収穫の七割から八割が年貢《ねんぐ》や加徴米《かちょうまい》、雑公事《ぞうくじ》でとり立てられているが、我《わ》が高鷲領ではそれより遥かに少ないからだ」

豊かな実りを予感させる開墾《かいこん》地の広がりに目を細めながら、貴哉は少し誇らしそうに答えた。

「そなたが教えてくれた。仔を持つ母を狩り尽くせば山から獣《けもの》が消えるように、全てを刈り尽くしては翌年の収穫は見こめない。まずは土地とそれを耕す農民《たがや》を富ませることが大切だと」

他より困難な開墾地からは安定した収穫があがるまで年貢《ねんぐ》をとり立てない特別措置《そち》も採《と》った。他領の侵略から自衛《じえい》するための兵馬《へいば》を養《やしな》う必要はあるが、無駄《むだ》な奢侈《しゃし》は戒《いまし》めている。

そうしたことが評判になって、高鷲領には他の土地から逃げてきた人々が多く住み着いた。結果的に労働力が増え、生産力も向上している。

「ここまでするのに三年かかった。逆に三年でここまで復興できたのは、紫乃と御山の教えに従ったおかげだ。だからそなたに、この地を見て欲しかった」

腰に回されていた貴哉の手に力がこもる。大きく力強いそれに紫乃は自分の手を重ねた。

領内に入りしばらくすると、これまで常に貴哉を守るよう前後左右に騎馬《きば》を固めていた護衛《ごえい》たちが、自然と貴哉の背後へ退《しりぞ》いた。

五騎の護衛と飛垣、佐々木を従えて、貴哉は颯爽《さっそう》と自領の整備された道を進んで行く。

貴哉の姿を認めたとたん、道行く人々が急いで脇《わき》にのいて跪《ひざまず》く。近くや遠くの田畠に残っていた者も居《きょ》をあらためて深々と頭を下げている。初めて目にする光景に紫乃は戸惑《とまど》った。

「貴哉、みんなが頭を下げている」

「そうだな」

慣れた口調で返されて、そっと背後を振り仰ぐと、夕暮れ刻《どき》の斜光を浴《あ》びた強い双眸《そうぼう》が、真っすぐ前を見据えていた。背筋を伸ばし、威風《いふう》をなびかせて手綱《たづな》を操《あやつ》る貴哉の姿は、少し近寄りがたい怖さがある。けれどたまらなく魅力的でもあった。

多くの人々から礼を尽くされることを、当然のこととして受け入れている支配者の顔から視線を外して、紫乃は再び周囲を見回した。

貴哉を見送る人々の表情には感謝の念が浮いている。だから跪くのも礼をするのも、強制されたものでないことがわかる。貴哉は多くの人々に慕《した》われているのだ。

紫乃の胸に名づけ難い感情が生まれた。深さも、水底の流れの早さもわからない谷川に飛びこむような気持ちに似ている。

知らない場所。知らない人々。そして、紫乃の知らない貴哉の姿を見て怖気《おじけ》づいたといっていい。

「ああ、ようやく見えてきた。あれが高鷲の館だ」

うつむきかけた紫乃の注意を促し、貴哉は前方の高台を指し示して見せた。

石をとり除き、平らに均《なら》された道がつづら折りに斜面を横切っている。その先の、見晴らしのよい高台に、貴哉が再興したという橘《たちばな》の館が建っていた。

近づいてくる館の偉容《いよう》に、紫乃は本当に自分がこれから未知の世界へ飛びこむのだと覚悟した。

「どうした、元気がないな。ずっと慣れない馬に乗って疲れたか？」

紫乃の不安を察した貴哉があれこれと気遣ってくれた。耳元をくすぐるやさしい声に平気だと答える。

共に生きて欲しいといわれた。その言葉を信じよう。

貴哉も四年前、御山での暮らしを覚えようとしてくれた。きっと今度は紫乃が新しい世界に一歩を踏み出す勇気を持ち、里での暮らしを習う番なのだ。

ゆるゆると道をのぼり切ると、夕陽を浴《あ》びて橙《だいだい》色に染まった築地塀《ついじべい》が左右に延びている。南に面した塀のちょうど真ん中に、紫乃が暮らしていた庵《いおり》よりも大きな屋根だけの家が現れた。

「これが貴哉の家？」

呆然《ぼうぜん》と見上げて呟いた紫乃の額に、貴哉の笑い声が落ちる。

「これは門だ。矢倉《やぐら》門。扉《とびら》を閉め、門の上部に設《しつら》えた高楼《こうろう》から矢を射《い》て、敵の侵入を食い止める」

説明を受けながら、その門をくぐり抜けて視線を正面に戻すと、矢場が設けられた広い前庭の向こうに立派な建物がそびえ建っていた。

「正面に見えるのが、引見《いんけん》や接客を行う主殿《しゅでん》、その左手は武士たちの控《ひか》えの間《ま》である遠侍《とおざむらい》。ここからは見えないがその奥に政所《まんどころ》がある。領内で起きる様々な問題の解決策を講ずる場所だ」

ひとつひとつ指で指し示される建物の大きさに、紫乃は目を回しそうになった。漆喰《しっくい》の壁や等間隔《とうかんかく》に建ち並ぶ柱が、迫り来る夕闇の中に白く浮かび上がっている。どの建物の木目もまだ初々《ういうい》しく、傍を通ると木の香りが清々《すがすが》しく漂ってくる。

敷地内にはさらに、倉、厩《うまや》、厨《くりや》、湯殿《ゆどの》などがあると説明されたが、紫乃にはどうにも想像がつかない。いったいこの館はどれくらいの広さがあって、いくつの建物があるのか。どう考えても貴哉ひとりが住む場所にしては広すぎる。

紫乃が想像していた『館』は、せいぜい五樹《いつき》の邑長《むらおさ》であるお父《とう》の庵を少し大きくした程度のものだ。どこかに貴哉とふたりで暮らすための小さな庵でもあるのだろうかと、紫乃は懸命《けんめい》に辺りを見回した。しかしどの建物も、五樹邑の住人が全員で暮らせそうなほど大きい。

思わず貴哉に助けを求めたくなったとき、行く手に武家装束《しょうぞく》に身を包んだ幾人《いくにん》もの男たちが現れた。

「ご無事の御帰着、御喜び申し上げます」

「お帰りなさいませ、お館様」

どうやら出迎えの者たちらしい。口々に挨拶《あいさつ》を述べる家臣《かしん》等に貴哉は鷹揚《おうよう》に頷いて見せ、騎馬の脚を止めることなく通りすぎてゆく。それらの様子を、紫乃は貴哉の腕の中で身を固くしながら見守った。頭からかぶった被衣《かつぎ》の端を強く握りしめ、痛いほど注がれる視線に耐える。

「お館様がお留守の間に大矢田荘《おやだのしょう》からの逃散人《とうさんにん》と、その返還《へんかん》を求めに来た荘官《しょうかん》がお目通りを願っております」

「しばらく控えよ。滞《とどこお》っていた政務は明日行う。今日のところは飛垣《ひがき》を通せ」

「は…！」

次々と近づこうとしていた男たちが、貴哉の腕のひと振りでしりぞいてゆく。その様を、紫乃は薄い被衣の布越しに怖々《こわごわ》と見つめた。

「そなたたちも道中《どうちゅう》ご苦労だった。今日はもう退《さが》って良いぞ。飛垣、後を頼む」

ずっとつき従ってきた護衛の武者たちへねぎらいの声をかけ、飛垣に事後を託すと、ようやく周囲が静かになった。つめていた息を吐いてそっと辺りを見回すと、それでもまだいくつかの人影がついて来る。

「近従と護衛だ。こちらから声をかけるまで、不用意に近づいたりせぬから安心しろ」

紫乃の怯《おび》えをほぐすように貴哉が小声で囁《ささや》いた。

主殿の東側には厩がある。その奥の常御殿《つねごてん》と呼ばれる建物の前で貴哉はようやく馬を停《と》めた。

「ここが貴哉の家なの？」

「まあ、そういうことになるな。この奥に、紫乃のために用意した離れがある」

離れという言葉が少し引っかかった。

「一緒に住むんじゃないの？」

「紫乃が他人目を気にしなくなったらな」

「他人目って…」

疑問はすぐ解けた。

貴哉の手を借りて馬を降り、導《みちび》かれるまま建物の中に入ると、すぐに足を濯《すす》ぐ盥《たらい》とお湯を持った召人《めしうど》が三人も現れたのだ。紫乃は自分で洗おうとしたが、貴哉にいわれて仕方なく足を差し出し、生まれて初めて他人の手で足を洗われた。

「そちらのお犬様は外におつなぎしましょうか？」

「いや、この犬も連れて行く。紫乃、ユキの足を清めてやれ」

紫乃はいわれるままユキの足を洗ったが、犬を屋敷に上げるという貴哉の命令が異例なものであることは、召人たちの驚いた表情で理解できた。

「いいか紫乃。これから幾人か挨拶に現れるが、被衣を脱ぐ必要はない」

広い玄関を上がる前に貴哉に耳打ちされて、逆に不安になってしまう。いわれるまでもなく、自分の姿を隠してくれる薄い布をしっかりと握りしめた。

艶《つや》やかに磨かれた板張りの廊下《ろうか》を進む間に、貴哉の言葉通り、幾人かの老若男女《ろうにゃくなんにょ》が現れた。皆、廊下に膝を着き、頭《こうべ》を垂《た》れて先《さき》ほどの武者《むさ》たちのように口々に出迎えの口上《こうじょう》を述べる。

「お帰りなさいませお館様。ご無事の御帰着、お喜び申し上げます」

その中からひと際しっかりとした口調の女人《にょにん》が進み出ると、被衣を被ったままの紫乃に顔を向けてにっこりと微笑《ほほえ》んだ。

「紫乃様も、遠いところをようこそおいでくださいました。さぞお疲れでございましょう。これからはこの館を我が家と思《おぼ》し召《め》し、心安らかにおすごしくださされますよう」

初対面の相手に突然名を呼ばれ、紫乃は驚きのあまり立ちすくんだ。それから、歓迎の挨拶を受けたのだと気づいて、そっと被衣を脱いで顔を出す。

とたんに周囲から小さなどよめきが上がり、息を呑む気配が広がった。紫乃があわてて被衣をかぶり直すより早く、貴哉の手で覆《おお》われてしまった。それから少し不機嫌そうな声が響く。

「桔梗《ききょう》、離れの用意はできているか」

「はい。準備万端《ばんたん》、調っております」

「今宵《こよい》は離れですごす。火急《かきゅう》の用件以外は取り次ぎいたすな」

「かしこまりました」

「それから何人《なんびと》も許可なく離れに近づかぬよう、皆に徹底させておけ。見つけたら厳罰《げんばつ》に処すと」

「仰《おお》せ仕《つか》まつりました」

何やら不穏《ふおん》なものいいを残した貴哉に肩を抱かれ、ずんずんと奥へ連れて行かれたせいで、紫乃は結局ひと言もしゃべることができなかった。せめて受けた挨拶の返事くらいはしたかったのに…。それよりも被衣を脱いだときの皆の反応が気になった。

「貴哉…。みんなどうして驚いたのかな？　おれの格好ってそんなに変？」

確かに直垂《ひたたれ》や小袖《こそで》、袴《はかま》姿の中に入ると、紫乃の山人《やまびと》らしい格好は浮き上がっているかもしれない。

「格好ではなく、そなたの貌《かお》を見て驚いたのだろう。…ああ、誤解するな。醜《みにく》いからではないぞ」

痣が醜いという理由でしか他人の注視を浴びたことのない紫乃には、貴哉の答えの意味はわからない。なんとなく、これ以上この話題に触れるのが嫌で口を閉ざし、そのまま黙って歩き続けた。

高灯台《たかとうだい》に照らし出された廊下を進み、篝火《かがりび》の焚《た》かれた中庭に出ると、長い渡り廊下が延びている。

紫乃は貴哉に導《みちび》かれるまま、その廊下を渡って行った。

「着いたぞ紫乃。そなたのために用意した部屋だ」

ようやくたどり着いたのは常磐山査子《ときわさんざし》の生け垣の前だった。枝ぶりの荒い下部は柴垣《しばがき》で二重に囲まれ、中の様子はまるで見えない。渡り廊下は、生け垣にとりつけられた木戸《きど》の向こうに消えている。

「ここ…？」

紫乃が首を傾《かし》げると貴哉は頷いた。背中をおされるまま歩いて行くと、木戸脇に、頑丈《がんじょう》そうな身体つきの武者が立っているのを見つけて、紫乃はまたしても立ちすくんでしまった。

「あれは離れを守る番士《ばんし》だ。私の許可がなければ決して生け垣の中には入って来ない。安心しろ」

「う…ん」

いつになったら貴哉とふたりっきりになれるんだろう。御山を下りるまでは飛垣と佐々木《ささき》がいた。里に出ると護衛の騎馬武者が五人。館に着いてからは、数え切れないほどたくさんの人が次々と貴哉のまわりに近づい来て、貴哉がのいていろといわない限り傍にいるらしい。

おれ、本当にこんな場所で暮らしていけるのかな…。

着いた早々《そうそう》弱音を吐きそうになる自分を、紫乃は思わず叱りつけた。

だめだ、貴哉を信じるって決めたんだから。

「この中でなら何をどう使っても、どうすごしてもそなたの自由だ」

そういって示されたのは、こぢんまりとした庭と素朴《そぼく》だが丁寧《ていねい》な造りの小さな館だった。

貴哉に肩を抱き寄せられたまま屋内に入ると、ようやく周囲の喧噪《けんそう》が遠のいた。ほっと息をつきながら、ずっとかぶっていた被衣を脱ぐ。

小さな館といっても最初に通されたひと間だけで、紫乃が暮らしていた庵がすっぽり入るくらい広くて大きい。質の良い油を使っているのか灯明《とうみょう》はずいぶんと明るく、すっかり日暮れた部屋の中を柔らかく照らし出している。

「これは？」

「そなたが喜ぶだろうと思って用意した」

貴哉は少し照れた様子を見せながら、部屋の中にあるものを説明してくれた。

壁際《かべぎわ》でしっとりと濡《ぬ》れたような光を放っているのは、黒漆《くろうるし》塗りの文机《ふづくえ》と螺鈿《らでん》の施《ほどこ》された厨子《ずし》棚。棚の上には繊細《せんさい》な細工が施された銀の香炉《こうろ》と菓子壺が載っている。同じく漆塗りの大きな櫃《ひつ》の中には、何着もの小袖《こそで》や狩衣《かりぎぬ》がぎっしりとつまっていた。どれも美しく花鳥風月が染め抜かれている。

見事な象嵌《ぞうがん》細工が施された文箱《ふばこ》の中には半紙と硯《すずり》、墨《すみ》に筆《ふで》。机の横に山と積まれた絵巻物は、文字が読めなくても物語りがわかる作りになっている。南面の障子《しょうじ》を除いた三面の壁を色鮮やかに飾るのは、それぞれ奥山の春夏秋の風景。御山を離れた紫乃のために都《みやこ》の絵師を呼んで描かせたものだという。

「これは双六《すごろく》、こちらは碁盤《ごばん》。どちらも楽しい遊戯《ゆうぎ》だ。琵琶《びわ》や笛《ふえ》も興味があるなら師を遣《つか》わそう」

貴哉はそういって、楽器を少しだけ奏《かな》でてみせた。

次々と披露《ひろう》される磨いた翡翠《ひすい》玉よりもきらびやかなあれこれに戸惑いながら、紫乃はさらに奥の部屋へ導かれた。もとは床《とこ》の間《ま》だったという六畳《じょう》ほどの部屋に、紫乃が山から運んできた機《はた》と少ない荷物がひっそりと置かれている。

「この部屋を機室《むろ》にするといい。糸や染料も用意したが、他に足りない物や欲しい物があれば、なんでも滝兵衛《たきべえ》にいいつけるように」

「滝兵衛？」

「これからそなたの身の回りの世話をする者だ」

いわれて振り返ると、戸脇にひっそりと老爺《ろうや》が跪いていた。四年前に他界《たかい》したお爺《じい》よりは若く見えるものの、それでも髪には白いものが目立つ。目尻の下がった柔和《にゅうわ》そうな顔が、紫乃を見上げてくしゃりと微笑《ほほえ》む。

「さて、湯を使って旅の疲れを癒《いや》そう。滝兵衛、用意はできているか」

「できておりますが、ご一緒に使われるのですか？」

「そうだ。紫乃、行くぞ」

仰天《ぎょうてん》した様子で立ち上がった滝兵衛を尻目に、貴哉はずんずんと歩き出す。

ちょっと待ってと止める間もない。ほとんど小脇に抱えられるようにして、紫乃が連れて行かれた湯屋と呼ばれる場所は、白木の板塀で囲まれた小さな小部屋だった。すのこ敷きの床になみなみと湯をたたえた大盥《おおだらい》が置かれている。元々紫乃ひとり用として作られたらしく、貴哉とふたりで入るにはずいぶん狭い。本当に一緒に身体を洗うのかと聞くと、貴哉はそうだと答え、さっさと着物を脱いでしまった。

目の前に惜しげもなくさらされた裸体の逞《たくま》しさに、紫乃の胸がずきりと疼《うず》く。

三年ぶり…。そう思ったとたん身体も熱くなる。

そういえば御山で再会した後、唇接《くちづ》けだけしかしていない。

「どうした？」

「あ、…おれ……」

思わず後ずさりかけた腕を強く摑まれ、汗の滲《にじ》んだ胸元に抱き寄せられてしまった。

「誰も見ていない。…見られても、誰ももう紫乃のことを醜いという者はいない」

ちがう。そんなことを心配しているのではなく、貴哉に見られるのが怖いのだ。

「ま、待って…貴哉」

「駄目だ、刻《とき》が惜しい」

苦しそうに告《つ》げられて、次々と着物を剝《は》ぎとられて、紫乃は抵抗をあきらめた。

杉の香りが漂う湯屋に入ると、なぜか互いに無言になる。熱く沸《わ》かした湯を惜しげもなく使う貴哉に、もたもたとしていた紫乃は手早く洗われてしまった。

「貴哉。自分で洗えるから…」

背後から抱くようにして胸元を洗っていた貴哉の手のひらが、本来の目的を忘れて紫乃の胸の突起をまさぐり出す。

「た…——、いや…だこんな…」

立っていることができなくて崩れ落ちた身体を抱き上げられた。湯屋を出て濡れた身体を手早く拭かれて、着物を巻き着けられた。帷子《かたびら》を羽織《はお》っただけの貴哉に再び抱き上げられて、そのまま寝屋に連れこまれてしまう。

「ようやく他人目を気にせずそなたを抱ける」

「あ…っ」

軽々と運ばれて下ろされた場所は、寝間の褥《しとね》の上だった。厚い木綿《もめん》の大きな布袋に麻《あさ》や真綿《まわた》をつめこんだ褥は、柔らかくふたりの身体を受け止める。

「た、貴哉…、ま…っ…」

制止の言葉は深い唇接けに奪われて、それ以上続けられない。

聞いておいて返事を待たずに、貴哉は次々と紫乃の着物を剝ぎとってゆく。部屋の隅に置かれた高灯台の光が、露《あらわ》になってゆく紫乃の練絹色の肌を照らし出す。

諸肌《もろはだ》脱いでのしかかってくる陽《ひ》に焼けた逞しい貴哉の肩を、思わずおし返そうと伸ばした腕の白さと細さが、薄明かりにくっきりと浮かび上がり、紫乃はわずかにうろたえた。

これまで何度も確認したにも拘《かか》わらず、薄明かりに浮かび上がるこの白い身体が自分のものだとは未《いま》だに信じられない。

「貴哉…た…かちか。灯り、……消して」

「駄目だ。生まれ変わったそなたの姿を全て見せてくれ」

庵を出て高鷲の館に着くまで、近くにいながら飛垣たちの目を気にして触れ合う機会はなかった。そのせいだろうか、貴哉の愛撫《あいぶ》はずいぶんと荒々しく性急でもあった。

横たわったとき褥はすでに温められていた。室内もほどよく温められ、高灯台の火も点《つ》いていた。

「どうした」

「……恥ずかしい…よ」

「誰も見てない」

「…貴哉が見てる」

そうだなと囁《ささや》きながら貴哉の手が胸に置かれる。熱くて乾いた手のひらにゆっくり小さな円を描くように蠢《うごめ》かれて、妖《あや》しい疼きが生まれた。露になった胸の上、かすかに隆起《りゅうき》した乳首に吸いつかれて思わず肩が浮く。固く凝《しこ》りはじめた胸の突起を唇に含まれて背を仰《の》け反《ぞ》らせると、胸を揉《も》みしだいていた両手がそのまま脇腹から腰にすべり落ちる。

小さな突起を舌で嬲《ねぶ》られ捏《こ》ねられ、ときどききゅ…と歯を立てられて。耐え切れずに肩をおし返そうとした両手は、笑えるくらい震えて力が入らない。

三年の別離の間に紫乃の背丈《せたけ》は少し伸びたが、身体つきのほうは相変わらず細い。元々の体格もあるが、貴哉が迎えに来てくれる直前まで痣と心の痛みに悩まされ、ほとんど食べることができなかったせいだ。結紐《ゆいひも》が解けて肩や首筋にまとわりつく髪も少し傷《いた》んでしまっている。

薄く目を開けて自分の胸を見下ろすと、汗の滲《にじ》みはじめた肌に浮いた肋《あばら》の陰影が落ちている。見上げれば、鍛え上げられた貴哉の厚い胸板が間近に迫る。あまりの違いに少し悔しくなり、しがみついて歯を立ててみた。下肢《かし》のつけ根を這《は》い回っていた男の指の動きがわずかに止《や》んで、頭上で笑いの気配が漂う。唇を離すと少しだけ跡がついている。わずかに赤みを帯びたそこへ舌を這わせると汗の味が広がった。舌に感じる貴哉の肌が内側からふるりと震えた…と思った刹那《せつな》、何かに呑《の》みこまれるように強くきつく抱きしめられた。

「…あまり、刺激してくれるな」

かすれ声で囁かれ、なんのことかと目で問うと、貴哉は意志の強い男らしい眉根を寄せて唇を引き結んだ。今にもあふれそうな激情を必死で押し留めているような、苦しそうな顔。

「痛かった…？」

噛みつかれて怒ったのだろうかと小首を傾《かし》げると、貴哉は何も応《こた》えずにむしゃぶりついてきた。

仕返しのように髪の生え際から足の指先まで舐《な》め上げられ、ときに甘噛みされた。刺激を受けると震えて逃げ出したくなる場所を執拗《しつよう》に吸い上げられて、頭も身体も蕩《とろ》け出す。貴哉が身を起こすとその動きに煽《あお》られて灯りが揺らめき、褥に落ちたふたりの影も淫《みだ》らに揺れる。

痩せた両脚が貴哉によって左右に割り広げられ、熱い腰が入りこむ。

「う…、ぅ…っ」

同時に唇を重ねられ舌を絡《から》められて強く吸い上げられると、芥子《けし》の実を噛んだときのように頭の芯《しん》が痺《しび》れてくる。甘い痺れは背筋を伝わり、腰の奥に火が点る。

別れていた三年間。寂しくて寂しくて、貴哉に無理やり覚えこまされた快感が欲しくて泣きながら自分でなぐさめていた花芯に、夢にまでみた男の指先が絡みついてくる。

離れていた間、弓馬を操《あやつ》ることが多かったのだろうか。貴哉の手は記憶にある三年前よりも固く、指先は力強い。下肢をよじり合わせて身を丸め、とっさに男の手首を摑んだ。いたぶりを止めるつもりが、よけいおしつける結果になってうろたえる紫乃の手を重ねたまま、貴哉はそこを扱《しご》きはじめる。

「あ…ぅう……」

身をよじり、腹這いになって逃げようともがいた肩口を貴哉の顎《あご》で引き戻される。荒い吐息《といき》で首筋が熱い。逞しい貴哉の胸や腹が背中にピタリと重なってくる。腕の力が抜けて夜具に突っ伏した姿は、腰を上げて雄《おす》を誘う獣のようだ。

「ち…がう、いや…」

熱くぼやけた頭で己《おのれ》の姿を否定する。手を伸ばしてなんとか男の下から這い出そうともがいた。

その胸元をまさぐられて再び乳首を抓《つま》まれた。針を刺されたような痛みと痺れに、わけもなく泣きたくなる。貴哉が触れた場所は鉱泉に浸《ひた》るように心地好い。そして熱く甘く疼き出す。

「貴哉、たかち…か――」

逃げきれず振り返り溺《おぼ》れる者が救いを求めるように、貴哉の首にすがりついた。無防備になった脇腹を固い手のひらで鷲《わし》摑まれ、腰まで一気に撫で下ろされて背骨が浮く。そのまま両膝を摑まれて割り広げられた。

「ん…う――うっ」

「少しは育ったな…」

言葉と共に脚のつけ根に吐息《といき》がかかる。次の瞬間、紫乃の花芯は貴哉の熱い唇に含まれた。

「待っ…、い…あ、っあ…!」

そんなところを…、なんてことを――。

あまりの衝撃に言葉にならない。頭のどこかが白く弾《はじ》け飛ぶ。貴哉の熱い口内で嬲られて紫乃の花芯はずきずきと鼓動《こどう》を刻《きざ》みながら固くなる。自然に腰が浮いてうねるような動きをくり返し、根本まで貴哉に咥《くわ》えられた瞬間、愛しい男の喉奥に精を放ってしまった。

「――……あ、あぁ……っ……」

心地好さと申しわけなさに涙がこぼれ落ちた。全身が溶け崩れそうなほど痺れている。

「いや…貴哉、も…う……あぅ……っ」

「まだだ」

かすれた囁きと共に秘蕾《ひらい》に指先が潜りこんできて、紫乃は反射的にきつく窄《すぼ》めた。

「三年前より背も伸びて、ここも少し立派になったな。……こちらはどうだ？」

放ったばかりの、まだ敏感な玉茎《はせ》の先端を指の腹で嬲られる。そこからにじみ出たぬめりを絡めて、既《すで》に指一本差しこまれている後口に、二本目の指が差しこまれる。

「い…あ――ぁっ」

左手で入り口をおさえられ、右手の中指に身体の奥深くまで侵入された。その指先で腔壁《こうへき》を撫で回されながら、抜き差しがくり返される。悲鳴を上げて両手を伸ばすと男の硬い髪に触れた。後蕾を嬲り続ける指を止めたくて髪を摑むと、貴哉の顔がゆっくり近づいてくる。蕾《つぼみ》を嬲っていた左手は外れ、代わりに首筋をおさえられ喰らいつくような唇接けを受けた。

「ん…、…ぅ…ふ……」

上下の唇を甘噛みされながら、秘蕾を嬲り続ける指の蠢きに耐える。

「きついな。私がいない間、自分でなぐさめはしなかったのか？」

とんでもないことを聞かれて紫乃の頬に血がのぼる。なんてことを聞くんだ。

時折閃《ひらめ》く稲妻《いなずま》を避けるよう顔を背《そむ》け閉じようとした脚の間に、男の腰が割りこんでくる。

「う……あ……っ」

指が抜かれて喪失感《そうしつ》がぽかりと生まれる。ひんやりとした風を感じたその場所に、次の瞬間熱く濡れた欲望がおし当てられた。三年ぶりの男根《おね》がぬめりと共に潜りこんでくる。じっくりとほぐされた秘蕾がくちゅりと音を立てながら熱く硬い昂《たかぶ》りを呑みこんでゆく。

貴哉が立派になったのか、紫乃のそこがきつくなったのか。充分ほぐされたはずのそこは男根を半分ほど受け入れると、それ以上はもうどうにも弛《ゆる》まない。ぎゅうと男の形に添って纏《まと》いついて絞りこみ、息を吐くと同時にわずかに弛む。

「少しだけ動く。…力を抜いてくれ」

いやだ、止《や》めての声も出せない。身体の内側からおし広げられ、敏感な場所に限界まで異物を受け入れて、これ以上どうしようもない。紫乃は涙をこぼしながら貴哉の首筋に両手ですがりつき、わずかに顔を左右に振った。無言の哀願《あいがん》が伝わらなかったのか、伝わってもはぐらかされたのか。

紫乃に半分まで埋められて往生《おうじょう》していた男根は、わずかな抜き差しをはじめた。小指の先ほど抜き出されては同じだけ差しこまれる。時々先端までぬるぬると引きずり出てゆき、再び押し戻ってくる。

「…い、あ…や……ぅ」

仰け反ってさらした顎に甘く噛みつかれ、打ちこまれる楔《くさび》の律動《りつどう》に悲鳴を上げるたびなだめられた。こぼれた涙を唇でやさしく吸いとられる。その舌と唇で今度は口中を蹂躙《じゅうりん》されながら、限界まで広げられた膝を抱えこまれて腰が浮く。

片脚だけ高く持ち上げられて、打ちこまれていた男根がぬるりと抜け落ちた。半ば朦朧《もうろう》としながら逃げるように身をひねると、そのまま横寝の姿勢で再び腰を突き上げられる。

「あ…うぅ――…」

切なくなって思わず貴哉を睨《にら》みつけると、これまで見たこともない甘さと激しさの入り混じった瞳で見返された。

「痣があっても可愛く愛しいと思ったが――。こうして疵ひとつない姿を目にすると、神々《こうごう》しさに胸が震える…」

呟きが嘘《うそ》でない証拠に、ゆっくりと腰を進めながら再び胸を重ねてきた貴哉の指先はかすかに震えていた。その指でこぼれかけた涙を拭われ唇接けを受けながら、丹念《たんねん》にほぐされた後蕾にめりこんでくる男の充溢《じゅういつ》を感じて、紫乃はひたすら愛しい男を迎え入れるために力を抜こうと努めたのだった。

‡　暁闇《あかときやみ》　‡

後朝《きぬぎぬ》の別れは空に星の瞬《またた》く未明に訪れた。

「お館《やかた》様に急ぎお取り次ぎをお願い申し上げます」

急に外が騒がしくなったかと思うと、寝屋《ねや》の外で滝兵衛《たきべえ》が急を告《つ》げる。報告が終わるよりも早く貴哉《たかちか》は起き上がり、帷子《かたびら》に袖《そで》を通しはじめていた。きびきびとした所作《しょさ》のどこにも昨夜の情欲の名残《なごり》はうかがえない。

「何事だ」

袴を身に着け帯を結び、太刀《たち》を腰に挿《さ》しながら訊《たず》ねる。

「北東の境《さかい》で荘川《しょうかわ》の家人《けにん》と思われる足軽《あしがる》ども二十余名が苅田狼藉《かりたろうぜき》に及んでおるそうです」

「すぐに行く。飛垣《ひがき》を呼べ」

「すでに待機《たいき》しております」

よしわかった。言葉と共に素早く一歩を踏み出した貴哉の袖に、紫乃《しの》は必死でとりすがった。

「…どこへ、行くの？」

振り向いた貴哉の瞳がわずかに揺らめく。その視線を追って自《みずか》らを見下ろした紫乃は、しどけなく乱れた単衣《ひとえ》の前をあわてててかき合わせた。昨夜、責めのきつさに耐えかねて気を失うように寝入った後、たぶん貴哉に着せてもらった単衣だろう。

「聞いただろう。我が領内を無断で侵《おか》し、稲《いね》や麦穂《むぎほ》を勝手に刈り入れるけしからん輩《やから》が現れたのだ。昨年も一昨年もこの時機になると現れて被害を受けた。何度も抗議を申し入れたが返答ばかりが立派で実《じつ》はない。こうなったら実力行使《こうし》あるのみ」

腰の太刀に手を置き、そのまま出て行こうとする貴哉の後を紫乃は追いかけた。

「心配するな、我が家人は強い。私がいない間そなたの世話は滝兵衛に任せてある。なんでも遠慮《えんりょ》なく申しつけると良い」

自分のことは自分でできるといいかけた紫乃をさえぎり、詳しいことはまた後でといい置いて貴哉は足早に去って行こうとする。あわてて木戸口まで追いすがると、さらにきつくいい含められた。

「夕餉《ゆうげ》までには戻れるだろう。相手は足軽でこちらは騎馬だ。心配する必要はない」

心配するなといわれて、はいそうですかと聞けるわけがない。ついて行って何ができるわけでもないけれど、自分の知らない内に、万が一貴哉が怪我《けが》でもしたらと思うといても立ってもいられない。

「いやだ…！　おれも行く」

「紫乃、聞き分けてくれ。そなたがここで大人《おとな》しく待っていてくれることが、私には一番安心できるのだ。……頼む」

背後に控えた滝兵衛と木戸口に立つ衛士《えいし》の目を避けるように、互いの身体の間でそっと手を握りしめられる。そんなふうに頼まれたらこれ以上何もいい返せない。悔《くや》しくて言葉にならない。

「それから、そんなしどけない姿を他人目にさらしたりせぬように」

寝乱れたままの胸元をそっと直されながら、あやされるような唇接けを受けた。

なおも追いすがろうとした紫乃は、意外と頑丈《がんじょう》な木戸とそれを守る番士によってさえぎられてしまった。

「そんなのって、ない…」

理不尽《りふじん》な仕打ちに憤《いきどお》りながら部屋に戻ってみても、今さら寝直す気にならない。

枕元にはさらりと柔らかい肌触りの小袖《こそで》と、薄紫色に桜色で宝相華紋様《ほうそうげもんよう》をすり出した表着《うわぎ》が置かれていた。昨晩湯を使うとき脱ぎ置いた紫乃の服は見当たらない。御山から持って下りた荷物を解けば着替えはあるけれど…。

紫乃は用意された着物にあらためたものか悩んだ末、とり敢えず今はここの流儀《りゅうぎ》に従おうと決めた。

やわやわとした頼りない着心地の絹《きぬ》の寝衣を脱ぎ捨てて里の衣服にあらためた。

裾に括《くく》り紐《ひも》のついた袴は、紫乃が身に着けていた股脛巾《ももはばき》よりもずいぶんとたっぷりした布使いだ。

布の中で脚が泳ぐ慣れない感触が、少し心細かった。

三年前、御山で紫乃が仕立てた山人《やまびと》の服を身に着けたとき、貴哉もこんなふうに心細く感じたのだろうか——。

少し考えこんでから、紫乃は髪をきりりと結わえ直し、御山から持ってきた山人の服に着替えてしゃんと背筋を伸ばした。

まずは自分にできることをしよう。

紫乃が初めに手をつけたのは、御山から運んできた機《はた》を組み立て直すことだった。御山から持って下りた荷物の中で一番大きなものがこの機である。あとは貴重な鉄製品である鍋《なべ》と細々《こまごま》した道具類。紡《つむ》いだ糸や織り上げた布は少ない。貴哉への憎しみに染まり、痣の痛みが激しくなってからほとんど作業を放棄《ほうき》していたせいだ。どうせ今度の冬は生きて越せないのだとあきらめていたせいで、食糧《しょくりょう》や草薬類もほとんどなかった。


その夜。

膳《ぜん》の上には白い姫飯、小松菜《こまつな》の醤《ひしお》漬け、鮎《あゆ》の焼き物、鴨《かも》と蕪《かぶ》の汁、里芋《さといも》の煮物、揚《あ》げ菓子などがずらりと並び、どの料理も漆《うるし》塗りの艶《つや》やかな器《うつわ》に品良く盛りつけられ、ほかほかと湯気を立てていた。

用意された豪勢《ごうせい》な食事が一人前しかないことに気づいた紫乃は、がっかりしながら訊《たず》ねた。

「貴哉の分は？」

「暮れ六ツまでにお戻りにならないときは、先に召《め》し上がるようにと言付《ことづ》かっております」

滝兵衛爺やはうやうやしく答えると、思わず黙りこんでしまった紫乃にさらにやさしくいい重ねた。

「ここ数日お留守にしていた分、しばらくお忙しい日が続くでしょう」

「……」

今までずっと独りで暮らしてきたことを思えば、数日くらい我慢できる。けれど『一緒に暮らす』という言葉に抱いていた紫乃の期待は、ことごとく破られているのが現実だ。

領主という地位の忙しさや煩《わずら》わしさは、紫乃の予想を遥《はる》かに越えていた。できるなら貴哉の傍で何か手伝いたいのに、まるで聞き入れてもらえない。それならせめて朝餉や夕餉くらいは一緒に食べたいと思っても、それすら叶わない。

「貴哉の一緒に生きて行きたいって、こういうことなのかな…」

思わず呟いた紫乃の前で、料理がゆっくりと冷めてゆく。ひとつ息を吐いて障子《しょうじ》を開けると、斜めに掛けられた屋根の下からユキが飛び出してきた。

「ユキ…。おれ、これからどうしたらいい？」

紫乃は濡れ縁《えん》から庭に下りると、夜目にも白い首筋に顔を埋めて心細さを吐き出した。慣れない場所でこれからはじまる勝手のわからない暮らしへの不安に、もう一度深い溜息《ためいき》がもれたとき、木戸の開閉《かいへい》するかすかなきしみ音が響いた。はっとして振り向くと、木戸を抜けて大きな人影が近づいてくる。

紫乃が一歩踏み出すより早く、大股《おおまた》で近づいてきた男の力強い両腕に抱きしめられた。

「紫乃、遅くなって済まぬ」

「……お帰り、貴哉」

広い背中に手を回して強くしがみつくと、安堵《あんど》のあまり全身から力が抜けそうになる。さっきまで自分がどれだけ不安で心細かったか自覚して、思わず涙が出そうになった。

「心細い思いをさせたな。――飛垣、今夜はもう下がって良いぞ」

その言葉に顔を上げると、木戸口で灯りを手にしていた人影が一礼して去って行くのが見えた。

飛垣には自分たちの関係を知られているとはいえ、こんなふうに甘えている姿を見られたのは気恥ずかしい。それでも「寂しかったか」と問われれば素直に頷いてしまう紫乃だった。

「貴方《あなた》が紫乃様？」

突然声をかけられて紫乃は驚いた。

振り向くと、やさしい色合いで染め上げられた花柄の小袖を品良く着こなした女性が、木戸を通り抜けて近づいて来るところだった。

「……だれ」

突然の訪問者に戸惑い、咄嗟《とっさ》に右頰を庇《かば》いながら一歩後ずさる。

「ご安心なされませ、怪しい者ではございません。お館様よりいいつかって紫乃様に良い物をお持ちしましたの。ご到着の夜に一度、お目にかかりましたわね。あのときは自己紹介ができませんでしたけれど、わたくし、飛垣伝吾朗《でんごろう》の妻で桔梗《ききょう》と申します」

二歩の距離を置いて向かい合い、桔梗は柔らかな声音《こわね》でさらさらと口上《こうじょう》を述べた。

「なにとぞよしなに」

しっとりと頭を下げられて、思わず紫乃も頭を下げる。

「よ…、よしな…に」

子供が大人を真似《まね》るような紫乃のぎこちない応対に、桔梗は慈愛《じあい》に満ちた微笑みを返した。背丈《せたけ》は紫乃より少し低く、歳《とし》は三、四つ上だろうか。最も紫乃は年齢よりもずいぶん幼く見えるので、端《はた》からはもっと離れているように見えるだろう。

「あのお館様が目の色を変えて、秘蔵の宝物のようにお隠ししている方ですもの。どれほどの佳人《かじん》かと家中《かちゅう》の者たちは興味津々《しんしん》ですのよ。今日も噂の佳人をひと目見ようと、離れの周りをうろうろしては番士に追い帰された不届き者がいて…、お館様はご立腹《りっぷく》」

袖で口元を隠した桔梗に、ほほほ…と笑われて、紫乃は首を傾《かし》げた。里《さと》の人間はそんなに山人が珍しいのだろうか。

「お館様の焼き餅《もち》焼きっぷりといったら。本当に、元服《げんぷく》前の子供のようでしたわ」

再び口元を覆って品良く笑う桔梗の後から、さらに新しい人影が現れた。

「桔梗殿、笑いすぎですよ。紫乃様、お初にお目もじ申し上げます。わたくし、貴哉様の乳母《めのと》を務めましたおさよと申します。なにとぞよしなに」

「…よしなに」

桔梗にしたのと同じようにちょこんと頭を下げると、おさよと名乗った女人《にょにん》もにこりと微笑んだ。こちらは紫乃よりもひと回り以上年嵩《としかさ》らしく、笑うと目尻や唇の端にしわが目立つ。それでも上品な化粧と姿勢のよさで、若々しくきりりとした印象が強い。

「貴哉様からの贈り物をお持ちいたしました。ささ、お部屋へお上がりくださいまし」

おさよに促され桔梗と共に部屋へ上がり、濡れ縁に山と積まれた貴哉からの贈り物の説明を受けた。

御伽草子《おとぎぞうし》、唐渡《からわた》りの錦《にしき》、紅花《べにばな》から採《と》れるという緋《ひ》色の染料《せんりょう》、幾《いく》種類もの糸、織りの図案。小麦を練って油で揚げた唐菓子、水蜜桃《すいみつとう》、南蛮《なんばん》渡りの糖飴《とうあめ》など。とにかく紫乃が何を気に入るかわからないので、思いつくものを全て揃えてみた…という感じである。

その日から、昼間は必ず桔梗かおさよが離れを訪れ紫乃の相手を務《つと》めるようになった。双六《すごろく》の説明や絵巻物《えまきもの》の解説を聞いたり御伽草子を読んでもらったり、楽しいひとときをすごす内に、紫乃は少しずつ人と交《まじ》わることに慣れてきた。

貴哉は相変わらず、巡視《じゅんし》だ検地《けんち》だ記帳改めだと忙しそうだ。馬で出かけることも多く、戻ってきても館のどこにいるのか所在が掴めないことが多い。

昼刻《ひるどき》になると、握りめし片手に倉の収蔵物を確認する領主の姿を垣間《かいま》見てうろたえる従者《じゅうしゃ》を尻目に、飛垣は主《あるじ》の行為を諫《いさ》める代わり、水筒と漬け物を差し入れて周囲を唖然《あぜん》とさせたという。

紫乃にはうかがい知れない離れの外での様子を、おもしろおかしく教えてくれる桔梗のおかげで、他人目《ひとめ》を気にして尻ごみしていた外出への欲求が強くなる。

箱庭のような離れの中だけですごし、夜になって貴哉がやって来るのを待つだけの暮らしは嫌だった。何よりももっと傍にいたい。そのためには他人目を恐れて引きこもっていては駄目だ。

痣が消えた今、以前のように醜さを理由に石を投げられる心配はない。

紫乃は庭に出て木戸口へ向かった。木戸といっても竹で編んだ軽やかな作りだ。いざとなったら乗り越えればいい。胸の辺りまでしかない片開きの扉に手をかけたとたん、生け垣の影から頑丈《がんじょう》そうな身体つきの武者《むさ》が現れた。

「外に出られるのですか？　お館様のお許しがなければお通しすることはできません」

紫乃は思わず目を見開いて、まじまじと厳《いか》つい男の顔を見上げてしまった。

「せ、拙者《せっしゃ》戸田《とだ》忠信《ただのぶ》と申します。お館様より紫乃様警護《けいご》の任、仰《おお》せ仕《つかまつ》りましたっ」

「……」

そういえば、この離れに連れて来られた夜、生け垣に溶けこむように厳つい男が立っていたなと思い出す。紫乃がわずかに首を傾げると、戸田と名乗った男の顔がみるみる紅《あか》くなった。身体は巌《いわお》のようにどっしりと動じないが、視線は彼方《かなた》へさまよい、戻って紫乃の顔を見つめ、再び此方《こなた》へさまようといった具合である。御山を下りて高鷲へ着くまでの間、貴哉が見せていた妙な態度と似ている。

「あの…。おれの顔とか格好、やっぱりどこか変なのかな？」

里人の服装はどうしても性に合わない。早々に着替えてしまった筒袖《つつそで》短衣に股脛巾という山人の出《い》で立ちを見下ろして紫乃は考えこんだ。この姿で出歩くのはまずいだろうか。

「い、いえ！　変などではなく、むしろ……むしろっ」

「それなら、貴哉には内緒でこっそり出たらだめかな」

うわずった声で何やら口籠もる男に頼みこんでみた。毎日山の中を二里《り》、三里と平気で駆け回っていたのだ。自分よりもユキのほうが狭い場所に閉じこめられて鬱憤《うっぷん》を溜めている。

「見つかっても戸田が叱られたりしないように、おれがちゃんと理由《わけ》を話すから」

「うぅ…、しかし」

「お願い」と顔を近づけて強く頼みこむと、戸田はわずかに仰《の》け反《ぞ》ってから耳まで紅《あか》くした顔をカクカクと縦《たて》に振ってみせた。

念のため被衣《かつぎ》をかぶって木戸を出る。渡り廊下を途中で下りて、中庭を西のほうへ突っ切ると、まずは厨《くりや》に出た。こっそりと中を覗くと、天井《てんじょう》の高い広々とした建物の中で、女たちが立ち働いている。米を煮る者、魚をさばく者、山と積まれた蕪を切り分けて鍋に放りこむ者。ときどき歌を歌う者もいる。奥のほうから俵《たわら》をかついで入って来た男たちの会話が聞こえてきて、紫乃は耳を澄ました。

「この前、大和《やまと》のやつらが、また苅田狼藉を働こうとしたらしいが、うちのお館様がとっちめてくださったそうだ」

「おうよ。弓の上手を引き連れて、颯爽と騎馬で出立《しゅったつ》なさった姿の凜々《りり》しかったこと」

「昨日も白鳥荘《しらとりのしょう》から二十人も、食いつめた奴らが来たそうだ」

「高鷲のお館さまの慈悲《じひ》深さは、ずいぶん遠くの荘まで鳴り響いているからな」

ほんにのう…と同意の声が次々上がったのを汐《しお》に、紫乃はその場を離れた。貴哉が皆に慕《した》われている会話を聞いて、何やら紫乃の胸にも誇らしさが湧き起こる。

厨《くりや》のさらに西側には大きな厩《うまや》があり、多くの駿馬《しゅんめ》がかいがいしい世話を受けていた。

「一頭売れれば、小作《こさく》の親子なら一生遊んで暮らせるほどの値打ちがあります」

そうした馬をお館様は何十頭も持っているのだと、戸田は続けた。

その日は夕方まで戸田の案内で敷地の中を見て回った。どの建物も四年前に一度、灰燼《かいじん》に帰《き》したとは思えないほど立派な拵《こしら》えである。奥向きの空間に行くほど、よく躾《しつけ》られた家人らが明るい表情で立ち働いていた。

痣のせいで他人から疎《うと》まれ石を投げられた経験のある紫乃にとって、どこへ行くにもつき従う戸田の存在は却《かえ》って有り難かった。巌のような男に敵意や蔑視《べっし》が微塵《みじん》もないことは、自分に向けられる眼差しや声の調子でわかる。初めはぎこちなかった会話も、紫乃が「あれは何」「あの人たちは何をしているの？」と聞くたび、不器用そうに、けれど丁寧《ていねい》に答えてくれた。そのおかげで夕暮れ間近に離れの木戸口へ戻ったときには、すっかり打ち解けていたのである。

「紫乃！　紫乃はいるか」

貴哉が荒々しく戸を引き開けると、戸の端が柱に当たって高い音を立てた。夕餉の膳に箸《はし》をつけかけていた紫乃が、驚いた顔で見上げてくる。

「どうしたの？　今日は珍しく早いんだ。一緒に夕餉を…」

喜んで膳を示して見せた紫乃をさえぎり、貴哉は低い声で問いつめた。

「昼間、勝手に離れを出てあちこち見て回ったというのは本当か？」

花のような顔《かんばせ》に浮かんだ笑顔が、叱責《しっせき》を受けてすうっと消えてゆく。

「——貴哉について行くのは許してもらえなかったけど、ここから出たらいけないとは聞いてない」

潤《うる》んだ瞳でいい返されると、何やら自分がひどく理不尽《りふじん》なものいいをしている気になる。貴哉は頭《かぶり》を振って、少しだけ語調を弱めた。

「無闇《むやみ》に姿を他人目にさらすなといっただろう」

「でもおれ、痣は消えたから、もう他人に見られてもひどい目には遭《あ》わないよ？」

またしても見当違いな答えを返されて、貴哉は内心地団駄《じだんだ》を踏みたくなった。

「そんなことを心配しているのではない」

「じゃあ何を心配してるの？」

「少しは己の外見を自覚してくれ。昼間そなたの姿を見た者が、よからぬ邪心《じゃしん》を抱いたらどうする」

「何をいって…」

紫乃は本当に、貴哉の心配している意味がわからないのだろう。両目を大きく見開いて、それからわずかに首を傾げた。癖《くせ》のない髪がさらりと頬にこぼれると、内側から淡い光を放っているような肌に、壮絶な色香が匂い立つ。この無意識の媚態《びたい》を、昼間いたるところでさらしていたのかと思うと、貴哉の胸にはどうにもやり切れない憤怒《ふんぬ》が湧き上がった。

「——…そなたを好きにして良いのは私だけだ」

わからずやの愛しい恋人を抱きしめようと腕を伸ばしたとたん、紫乃は顔を歪《ゆが》めて抗《あらが》いはじめた。

「……いやだ、貴哉。ちゃんと話を聞いてよ！」

「何を拗《す》ねているんだ」

拗ねてなんかいないと抗う紫乃の身体を無理やり抱き上げて、寝屋へ連れこもうとした貴哉の背後から、落ち着いたそれでいて軽やかな声が響いた。

「お館様。あまりご無体《むたい》な真似をなさると、却って嫌われてしまいますよ」

「飛垣…」

飄々《ひょうひょう》としたものいいに毒気を抜かれ、わずかに肩の力を弛めたとたん、腕の中から紫乃が飛び出した。飛垣の後ろに逃げこんで、こぼれかけた涙を拭いながら睨《にら》みあげてくる。

「ご両人とも落ち着いて。きちんと話し合われませ」

譜代《ふだい》の忠臣《ちゅうしん》に諫められて、さすがの貴哉も無理強《じ》いはまずかったと反省する。

「いいたいことがあるならいえばいい」

気を落ち着かせるために大きく息を吐いてから訊ねると、紫乃は噛みしめていた唇を開いた。

「おれだって何も考えてないわけじゃない。他人の世話を受けるばかりの、今の暮らしが嫌なんだ。貴哉のために、おれにできることは何かないかって…。貴哉のこと知りたくて外に出た。それなのに、頭ごなしに駄目だばかりいわれたら、どうすればいいんだ？」

「気持ちは嬉しいが、政《まつりごと》については紫乃にできることはない。そなたには最も不向きな世界なのだ。そんなことは心配せずに…」

「じゃあ貴哉は、なんのためにおれを連れて来たんだ？　もしかして、ただ抱くためなのか？」

「な、…にをいっている、馬鹿者」

「ばかは貴哉のほうだっ！　——…貴哉のばかっ」

「待て、紫乃！」

捨て科白《ぜりふ》を叩きつけて寝間に逃げこんだ紫乃を追いかけようとして、ぴしゃりと閉められた戸板に阻まれてしまう。中から心張《しんば》り棒《ぼう》でも掛けたのか、頑丈な引き戸はうんともすんとも動かない。蹴破《けやぶ》ることは造作《ぞうさ》もないが、それではいかにも乱暴すぎる。

「——まったく、馬鹿とはなんだ、馬鹿とは」

憤慨《ふんがい》して腰に手を当てると、背後から澄ました声で飛垣が答えた。

「馬鹿とは、秦《しん》の二代皇帝《こうてい》胡亥《こがい》の佞臣《ねいしん》趙高《ちょうこう》が、鹿を引き出してきてこれを馬だといって献上《けんじょう》した故事《こじ》からきている言葉ですな」

「そんなことはわかっておる」

空とぼけた受け答えに脱力して、貴哉は思わず天を仰いだ。

「紫乃様は不安なのでしょう。慣れぬ館暮らしで、自分の立場を見失っておられる。お館様の愛情がうまく伝わっておらぬ証拠《しょうこ》ですな」

「……わかっておる」

誰よりも信頼している股肱《ここう》の臣に、己の不器用さを指摘されてぐうの音《ね》も出ない。

「だが、いくら紫乃が望んでも、どこへでも一緒に連れ歩くわけには行くまい。あれほどの美貌だ、どこに危険があるやもしれぬ。それに分家《ぶんけ》の金森長近《かなもりながちか》、長光《ながみつ》親子の不穏な動きを止めるまで、しばらく私の身辺《しんぺん》も危うい。できるだけ紫乃を遠ざけておきたいのだ」

金森親子は貴哉の叔父《おじ》と従兄弟《いとこ》である。四年前、貴哉が謀反《むほん》の濡《ぬ》れ衣《ぎぬ》で高鷲を逐《お》われたとき、連座《れんざ》を怖れていち早く姿をくらまし、貴哉が高鷲をとり戻してからのこのこと舞い戻ってきた曲者《くせもの》である。家中《かちゅう》にはそうした姿勢を日和見《ひよりみ》だと責める者もいるものの、息子の長光が、貴哉に次《つ》いで橘家の相続権を握っていることもあって、完全に排除することができずにいる。

「一番手っとり早いのは、お館様に御嫡男《ごちゃくなん》が生まれることですが」

「飛垣。そのことを紫乃にはいうなよ。あれは私に裏切られたと思って、一度死にかけたことがあるのだから」

紫乃が絶望のあまり崖から身を投げようとしたあの日から、まだひと月も経っていない。どうしてもっと心安らかに、ただ幸せにすごすことができないのだろう。

いい争いの苦い後悔《こうかい》が尾を引いて、紫乃はまんじりともできず何度も寝返りを打ち続けていた。

——ただ抱かれるだけの人形として連れてこられたのかな…。売り言葉に買い言葉で叫んでしまった自分の言葉が、奇妙な現実味を帯《お》びてくる。

貴哉が忙しいことはわかる。御山を下りる決意をしたのは貴哉と一緒にいられると思ったからだけど、独りでいることは慣れている。だからいくら寂しくても、それを理由に怒るつもりはない。紫乃が辛いのは、何もできない役立たずの自分を自覚してしまうからだ。

荘園領主という立場がどんなものなのか紫乃は知らなかった。五樹《いつき》の邑長《むらおさ》である父のようなものだろうかと漠然と想像していたけれど、実際はずいぶんと違う。父はいつでも家族と一緒だったし、掟《おきて》に触れない限り家人の行動を束縛《そくばく》するようなことはなかった。

「貴哉が約束してくれた、一緒に暮らすって、こういうことだったのかな…」

紫乃の問いに答えてくれるのは、常磐木《ときわぎ》の枝葉でさえずる小鳥たちの賑《にぎ》やかな声だけだった。

陽が昇り、今日も一日貴哉は留守だと知って、紫乃は思わず庭の小石を蹴った。

この先もずっとこんな日々が続くのかと思うと自信がなくなってしまう。そんな自分の幼い仕種を自嘲《じちょう》しながら、懲《こ》りずに木戸口の様子をうかがってみる。昨日紫乃の願いを聞き入れて親切に案内してくれた戸田の姿はなく、代わりに別の木戸番士が立っていた。

「戸田はどうしたの？」

「申しわけございませんが、会話を禁じられておりますのでお答えできません」

とりつく島もない。それでもあきらめず戸田の行方や叱責の有無《うむ》を尋ねると、根負《こんま》けしたのか渋々《しぶしぶ》、

「叱責はありましたが、罰《ばつ》は下されておりません。ここに現れない理由は勤番を変えられただけなの

で、心配は御無用」

「…それならいいんだ」

そっぽを向いたまま素っ気なく答える無愛想《ぶあいそう》な番士に礼をいい、しょんぼりと踵《きびす》を返す。

昨夜、貴哉ときちんと話し合わないまま逃げ出したのが悔やまれる。何をそんなに心配しているのかわからないが、紫乃はもう三年前のような子供ではない。自分の身くらい自分で守れる。痣のせいでずいぶん体力が落ちてしまったけれど、身軽さなら誰にも負けない。何かあったら走って逃げる。

ふいに、生け垣の向こうから楽しそうな笑い声が響いた。

見えなくても生け垣の向こうには常に人の気配を感じるし、ときには野太い男たちの笑い声や、鳥のさえずりのような女人のおしゃべり声も聞こえてくる。夜の御山の静寂に比べれば、この離れは比べようもないほど賑やかだ。それなのに、寂しさを強く感じるのはなぜだろう。


離れに戻って無心に機を織っていた紫乃は、障子にぷすりと鼻先を突っこみ、ぺろんと舌を出したユキに気づいて小さく吹き出した。

「どうしたユキ。また何か企《たくら》んでいるな」

立ち上がり外に出て、白い悪戯者《いたずらもの》が導くまま、北側の垣根にたどり着いた。嬉しそうに尾を振るユキの足下に大きな穴が空いている。どうやら主の気鬱《きうつ》を察して、昨夜の内に掘り上げたらしい。

紫乃を見上げるあどけない黒い瞳が「外に出よう」と誘っている。

「そうだな、ユキ。貴哉のいうことを絶対守らなきゃいけないってことはないんだ」

紫乃は自分にいい聞かせると、するりと穴にもぐりこみ、離れの北の垣根をくぐり抜けた。

他人目を避けながら館の広大な敷地の端を進んで行くと、離れから十間《じゅっけん》（約18メートル）ばかり離れた場所に倉が建ち並んでいる。左手には常に多くの人間が出入りしている厨《くりや》。そのまま左奥へ進めば、牧《まき》へと続く北門があるはずだった。

離れの周囲には人影がないものの、倉の周りも厨の周辺もどちらを向いても多くの人が行き交い、ときに立ち止まっては忙しそうに働いている。秋に収穫された年貢や雑公事《ざつくじ》が次々と運びこまれて記帳され、あるものは倉へ、あるものは駄馬《だば》に乗せられて市《いち》や都へ運ばれてゆく。

そんな中を山人の格好でうろついて見つからないわけがない。息を潜めて足音を消して歩いていた紫乃はすぐに、聞き覚えのある声に引き止められた。

「紫乃様ではありませんか！　どこへ行かれるのですか」

「…戸田」

振り返ると頬を赤らめた戸田が、おっかなびっくり近づいて来る。紫乃は悪戯が見つかった子供のように首をすくめて見せた。

戸田は紫乃の前まで来ると、心底嬉しそうに破顔《はがん》した。

「ひとりで出歩いたりしてよろしいのですか？　おや、この犬がお供かな？」

「貴哉とけんかして抜け出してきたんだ。この子はユキ」

紫乃の返事に戸田はわずかに硬直してみせた。そんなことをして大丈夫なのかと訊ねられて、平気だよと答えると、戸田は「う～ん」と考えこんだ。

「戸田、ごめんね。おれのせいで叱られたんだろ」

「そのことは気になさらないでください。それより今日もお供をさせてください」

「でも…、貴哉に知られたらまた叱られてしまうよ？」

戸田は勢いよく「構いません」と答えると、しっかり紫乃の後を歩きはじめた。

あまり他人目のないところに行きたいと紫乃が頼むと、戸田は館の背後に広がる見晴らしの良い牧へ連れてきてくれた。

館の敷地よりも一段上にある草原は、一面乾いた枯葉《かれば》色。よく晴れた秋空の下、風に吹かれて波のように揺れている。そこかしこで立派な四肢を持つ駿馬たちが草を食《は》み、ときに駆けている。

久しぶりに広い場所へやって来て、紫乃よりもユキが大喜びだ。明るい色の枯れ草の中を駆け回る姿は、空を流れる白い雲のよう。笑いながら追いかけて草原の奥へと歩き出す。その足下に長い影が落ちた。ふと見上げると、ずいぶん派手な直垂《ひたたれ》を身に着けた武者《むさ》が目の前に立ちはだかっている。油で拭いたような奇妙にぎらつく両目で睨《ね》めつけられ、不穏な気配を察して紫乃はわずかに後ずさった。

「これは長光《ながみつ》様、どうなさいました？」

長光と呼ばれた男の背後から戸田が恐縮《きょうしゅく》した面持《おもも》ちで声をかけた。紫乃が危ない…と声を出す前に、派手な直垂がひるがえる。長光は振り向きざま太刀を引き抜いて、袈裟懸《けさが》けに戸田を引き裂いてしまった。

「戸田……――ッ！」

本当なら戸田のことは捨て置いて逃げ出すべきだった。しかし目の前で人が斬られる光景を初めて目にした紫乃は動揺していた。思わず戸田に駈け寄ろうとして、結果的に太刀を手にした男に近づき、そのまま毛深い腕の中に捕《と》らわれてしまった。

「……っ」

ちょうど人ふたりが横たわれる程度の窪《くぼ》みに引きずりこまれ、手早く後ろ手にしばられおし倒される。叫ぼうとした口元を大きな汗臭い手のひらで覆われた。できの悪いなめし皮のようなそれに思い切り嚙みついてユキを呼ぶ。次の瞬間には、首の気道《きどう》を塞がれて目の前がストンと暗くなる。

完全に意識をなくす前に、異変を察して駆けつけたユキが狼藉《ろうぜき》者の背中に飛びついた。おかげで、少しだけ男の手が離れる。震える足で逃げ出そうとした視界の隅で、太刀を閃かせた男の腕がユキに向かって振り下ろされようとしていた。

「――や…めろ――ッ!!」

なりふり構わない紫乃の体当たりを受けて、太刀の切っ先はユキから拳《こぶし》ひとつ分逸《そ》れて地にめりこんだ。男は右手で太刀を引き抜きながら、左手で紫乃の胸元をなぎ払った。腕を縛《いまし》められている紫乃が顔から叢《くさむら》に倒れこむと、再び飛びかかろうとしているユキに刃先を向ける。

「……ユキッ！　逃げろッ、おれはいいから逃げるんだ！」

白い犬は飼い主の叫びの真意を察してじりじりと後ずさり、太刀の間合いから抜け出すと、本能的に助けを求めて館のほうへ一目散《いちもくさん》に駈け出した。

「ちっ、あの犬畜生め」

ユキに咬みつかれた腕から滴《したた》り落ちる血を忌々《いまいま》しそうに振り払い、男が振り返った。叢に倒れ伏した紫乃は、近づいてくる赤黒い手のひらを呆然と見上げた。首筋に血まみれの手が絡みつく。ぬめりを帯びた生温かい感触が、そのときの紫乃が覚えている最後の記憶になった。


矢のように牧から駆け下りて、立ち働く人々の足下を駆け抜け、ユキは正確に貴哉と飛垣の居場所を突き止めた。政所《まんどころ》で名主《なぬし》と引見していた貴哉と飛垣は、常に紫乃と共にいるはずの白い犬が飛びこんできたという事実だけで、すぐさま飼い主に異変が起きたことを悟った。

ふたりは裸足で庭に駆け下りてユキの導くまま北門をくぐり抜け、一面の枯れ野原へと駆けつけた。人の目には異変など見つけられない叢の中に、ユキは微塵《みじん》の迷いもなく駆けこんだ。

後を追った貴哉と飛垣が見つけたのは、枯れ野に穿《うが》たれた小舟ほどの小さな窪みの底で凶行《きょうこう》に及ぼうとしている男と、その下で半裸に剝かれて気を失っている紫乃の姿であった。

「…の、痴《し》れ者めが――ッ！」

「なりません、お館様！　こらえてくだされ！」

背後から飛びついて来た飛垣に阻《はば》まれて、貴哉が振り上げた太刀の切っ先は長光の首を刎《は》ねそこね

た。代わりに紫乃の下肢をまさぐっていた右腕を切り落としたのだった。

紫乃が目覚めて最初に発したのは、戸田の安否《あんぴ》を気遣う言葉だった。

「命はとり留めた。そなたのことを心配していたぞ」

貴哉の答えに、よかったと安堵の吐息《といき》をついた紫乃が、ふと見上げて眉をひそめた。

「血が…ついてる。貴哉も、どこか怪我したの？」

違う。これは痴れ者の返り血だといいかけて口をつぐむ。たとえ自分を手籠《てご》めにしようとした男のことでも、貴哉が手をかけたと聞けば紫乃は悲しむだろう。

「心配ない。それよりも、なぜいいつけを破って出歩いた」

責める口調にならぬよう気をつけながら問い質《ただ》す。

「ごめん…なさい……」

「こうなることを心配して、離れを出るなと頼んでいたのだ。――冬になれば領境の小競《こぜ》り合いも落ち着いて、もっと一緒にすごすことができる。それまでは寂しいだろうが辛抱《しんぼう》してくれ」

やさしくいい聞かせる貴哉の腕の中で、紫乃は涙をこぼしながら頷いた。

「紫乃様のご様子はいかがでしたか」

「眠った。幸いかすり傷で済んだからな」

もしもあと半刻《はんとき》、発見が遅れたら。紫乃は今頃長光の餌食《えじき》となり、どこぞに拐《かどわ》かされていたかもしれない。それを思うと腕の一本で済ませたことが手ぬるく感じて仕方ない。しかしあそこで飛垣が止めに入らず、感情の赴《おもむ》くままに長光を手打ちにしていたら、今度は長光の父親と分家筋一派が黙っていないだろう。彼らは自分たちが擁《よう》している兵力を盾《たて》に橘家の総領の座を狙っている。橘家の家督《かとく》相続権を持つ長光を殺されれば、それを理由に戦《いくさ》を仕掛けてくるかもしれない。

そして何よりも、人を殺《あや》め血塗れた手をした貴哉に抱かれることを、紫乃は喜ばないだろう。

本当はこんなときくらい一晩中紫乃についてやりたかったが、運悪くこの日は幕府《ばくふ》からの使者が来ていた。饗応《きょうおう》の宴《うたげ》を張り存分にもてなして、領境で頻発《ひんぱつ》している争いの訴訟《そしょう》を有利に運んでもらう必要がある。幕府の中央から派遣《はけん》されてくる彼らは、そうやって私腹《しふく》を肥《こ》やしていると知っていても、心証《しんしょう》を悪くすれば、逆に道理《どうり》の通らぬ無理難題を吹きかけられることもあるため、気が抜けない。

飛垣に促され主殿への渡り廊下を慌《あわ》ただしく進みながら、貴哉は東の空をふと見上げた。

夜空に輝く十六夜《いざよい》の月を眺めると、かつて紫乃とふたりきり山で過ごした日々が思い出され、深い溜息が出る。

三年前、一度はあきらめた橘家と高鷲領再興のために紫乃を残して山を下りたのは、父祖《ふそ》から受け継いだ土地をとり戻すという義務感だけではない。里に戻れば、どこかに紫乃の痣を癒《いや》す手だてがあるかもしれないと考えたからだ。小競り合いや埒《らち》の明かない交渉《こうしょう》、訴訟に明け暮れている間、いつも胸にあったのは紫乃のことばかりだ。家を再興するという義務を果たしたら迎えに行く。そう思えば砂を噛むような辛苦《しんく》にも耐えられた。

『山を下り、私の領地《くに》で一緒に暮らそう』

最初からそのつもりだったが、あらためてその願いを口にしたとき、貴哉の胸は自分でも思いがけないほど高鳴っていた。紫乃を高鷲領に連れ返り何不自由ない暮らしを与えることが、己にできる最上の好意の証《あかし》だと確信していた。それなのに――。

「私は紫乃を泣かせてばかりいる」

「お館様…」

「あんな目に遭わせるために連れて来たのではない。けれど私が高鷲の領主でいる限り、ああした卑《ひ》劣《れつ》な行為はこの先も起こり得る」

自分だけならまだいい。耐えられないのは愛する者を傷つけられることだ。

今回は未遂《みすい》で済んだものの、あれほどの美貌である。いつまた誰かがよからぬ振る舞いにでるかわからない。高鷲領主の想われ人という身分は、却って紫乃の身に危険を呼び寄せることになる。

「もう一度同じことが起きれば、私はそやつを斬らずにはいられない」

――いっそ何もかも捨てて、もう一度あのような暮らしに戻れたら……。

「お館様」

思わず洩れたつぶやきを聞き止められて、貴哉は我《われ》に返った。声をかけてきた近従《きんじゅう》に、なんでもないとはぐらかしつつ、胸の内では離れに残して来た紫乃のことが気になって仕方なかった。

目の前では幕府の使者を労《ねぎら》うための宴が続いている。


貴哉のいいつけを破って出歩き、見知らぬ男に陵辱《りょうじょく》されそうになった事件以来、紫乃の心には常に塞がれることのない風穴ができていた。

戸田の命は助かったけれど、自分のせいで人ひとり死にかけた事実が紫乃には重かった。

さらに事件以来、離れの周囲には常に複数の番士が見回るようになり、紫乃は本当に一歩も外へ出ることができなくなってしまった。そのことも気鬱に拍車《はくしゃ》をかけている。

せめてものなぐさめは、貴哉が以前より頻繁《ひんぱん》に様子を見に来てくれることだったが、その幸せに長く浸《ひた》ることはできなかった。なぜなら、貴哉の元乳母であるおさよが見舞いにやって来たときいい残した言葉が、紫乃の心に大きな亀裂《きれつ》を生んだからである。

「きついことを申す嫌な女とお思いでしょうが」

おさよはそう前置きをして、今回の事件がなぜ起きたのかを紫乃に告げた。

「そもそも、お館様に御嫡男がいらっしゃらないことが原因なのです」

跡継《あとつ》ぎさえしっかり決まっていれば、貴哉を追い落として橘家の総領《そうりょう》の座を狙うような不届き者はいなくなる。現領主である貴哉を軽んじて、その想い人を襲うようなこともなくなるはずだと、おさよは続けた。

「義姉上《あねうえ》…っ」

おさよは飛垣の姉なので桔梗の義姉になる。その気安さもあるのだろう、桔梗はおさよの腕を肘《ひじ》でつついて紫乃様は怪我人ですよと目で語る。

「もちろんわかっておりますとも。けれどこの先、避けては通れぬ話です。紫乃様、この際はっきりと申し上げますので、覚悟なさっておいていただきとうございます」

「なに…?」

「衆道《しゅうどう》は昔日《せきじつ》より武家の嗜《たしな》み。あなた様の存在自体は否定しますまい。けれど貴哉様はこの高鷲領を治める橘家の総領。子を生し家名《かめい》を永らえる義務がございます」

「……」

「おつらいでしょうが、北の方お輿《こし》入れの暁《あかつき》には賢《かしこ》く立ち回り、分別《ふんべつ》をもって身を処したまへ」

さすがは貴哉の乳母を務めただけある。おさよはいいにくいこともはっきりと口にした。主人が今最も寵愛《ちょうあい》している人物に向かって、いずれ身を引くべき立場であると釘《くぎ》を刺したのだ。

紫乃が人並みに意地悪な心根《こころね》を持ち合わせていれば、貴哉に悪口を吹きこまれ、暇《ひま》をとらせるよう仕向けられる恐れも有り得るのに。

おさよの凜《りん》とした態度には、我が身の保身よりも主家を想う気持ちがあふれている。

「高鷲の領内には、貴哉様の御嫡男誕生を心待ちにしている民がたくさんおります。皆、橘家が再興してからの政に満足しているからです」

「……」

「義姉上、もうその辺でよろしいでしょう。それ以上は、紫乃様のお怪我に響きます」

言葉もなく項垂《うなだ》れる紫乃を見かねて、桔梗が助け船を出してくれた。それでも長い間、紫乃は顔を上げることができなかった。

願いが叶《かな》って貴哉の傍で暮らしているのに、ときどき御山で独りぼっちだった頃よりも寂しさを感じる。いったいなんのために自分は御山を下りたのだろう。

貴哉と共に暮らしたかったからだ。

季節の菜を採り、木の実を集め布を織り、夜には火壺《ほど》を囲んで古いいい伝えに耳を傾ける。陽射しを受け入れ、風の声を聴き、雨に融和《ゆうわ》して暮らす。

それは紫乃だけが勝手に思い描いた、都合《つごう》の良い夢だったのだろうか――。

ここにいても貴哉のために紫乃ができることはわずかしかない。疲れた身体を温めて、彼の欲望を受け入れる。――それだけ。

やがて貴哉が妻女を迎えれば、その役目さえとり上げられてしまうだろう。

何よりも、自分以外の誰かを抱いて子を生し、父となった貴哉の傍にいられる自信がない。

「貴哉の傍にいたい…、でも」

牧で男に陵辱されかけたときの恐怖を思い出し、じわりと背筋を這いのぼった悪寒《おかん》に耐える。

「御山に…帰りたい」

夜具の中でぽつりと呟いた自分の言葉に、紫乃は引き裂かれた。

このまま高鷲にいても貴哉との未来が望めないのなら、いっそ御山に帰りたい。

けれどどんなに辛くてもぎりぎりまで貴哉の傍にいたい…とも思う。

心が引き裂かれたまま貴哉の訪《おとな》いを受け、そっと壊れ物を扱うように抱かれながら「元気がないな」と気遣われる。やさしくされればされるほど、失うときが恐ろしくて泣きたくなった。


橘家の家督争いの余波《よは》を受けた形で襲われて以来、貴哉はなるべく紫乃と共にすごすよう努めた。朝な夕なに顔を出し、痛めつけられた身体をやさしく抱きしめる。それでも紫乃の憂《うれ》いが晴れることはない。最初は長光に陵辱されかけたせいだと思っていたが、それだけではないようだ。

理由を聞いても話そうとしない。そして日に日に口数が少なくなり、まるで萎《しお》れた花のような風情《ふぜい》になってゆく。実際、紫乃が植えたらしい珍しい花の苗《なえ》が、離れの庭に根づくことなく立ち枯れた姿を見て、貴哉は嫌な予感に襲われた。

「元々あの離れは痣に覆われた紫乃が安心して暮らせるようにと、高い生け垣で囲んでおいたのだ」

政務の合間に、貴哉は胸に渦巻《うずま》く焦燥《しょうそう》感を飛垣に打ち明けた。

「御仏《みほとけ》の加護で痣が消えた今となっては、不埒者の視線をさえぎるのに都合の良い場所になった。大空を自由に羽ばたいていた鳥を籠《かご》に閉じこめるようなものだと自覚してはいたが、それでも……」

誰にも見せたくない、あの瞳が私以外を映すことも許せない――。

私以外の者と口をきくのも耐え難い。

「だから、このままずっと閉じこめておくつもりですか？」

九歳年長の元傅役《もりやく》の言葉に、貴哉は口をつぐんで考えこんだ。


夜になって離れに戻ると、木戸口の番士が昼間の紫乃の様子を心配そうに報告してきた。

何度も庭に出てふらふらとさまよい、外に出たがる素振りを見せた。午後にはユキを抱いて、長い間じっと地面にうずくまっていたという。

急いで居間に行くと、灯りに照らされた部屋の中に紫乃の姿はなかった。寝間にもいない。

機室《はたむろ》の戸を勢いよく引き開けると、うずくまった紫乃の背中が、障子から射しこむ月明かりの中で小さく震えた。

「紫乃、そんなところで何をやっているんだ」

そっと近づいて静かに声をかけると、

「……帰るんだ。御山《おやま》に」

紫乃は解体しかけた機を積んだり崩したりしながら、ぼんやりと答えた。声がどこか上の空だ。

「紫乃…？」

「おれがここにいると、貴哉に迷惑がかかるって…」

「誰がそんなことをいったのだ！」

ぎょっとして、つい強い口調で問いつめてしまう。

「結婚して跡継ぎが生まれないと、せっかくとり戻した領地が奪われてしまうんだって…」

「誰にいわれたか知らないが、紫乃はそんなことを心配しなくていいんだ」

いい聞かせながら手を置いた肩が冷たい。そろそろ霜《しも》の季節だ。板張りの部屋はかなり寒い。

居間には滝兵衛の用意した火鉢《ひばち》がある。いいながら腰に回した貴哉の手を、紫乃はやんわり振りほどいて呟いた。

「だってここにいても、おれは貴哉のために何もしてやれない」

「何もしなくていいといっているだろう。私は、紫乃が私の傍で気楽に楽しくすごしてくれていれば、それが一番嬉しいのだ」

「傍になんていられないじゃないか。…おれ、御山を下りて一緒に暮らせば、もっと幸せになれるんだって思ってた。それなのに、実際はすれ違いばかりで…」

ようやく顔を上げて貴哉を見つめた瞳が涙で潤んでいる。ああ、また泣かせてしまったと、こみ上げる苦い思いに両手を握りしめた。

「おれは貴哉のために何かしたい。抱かれるだけじゃなくて、もっと…心を」

心を重ねて生きたいんだ…。そう囁いて目蓋《まぶた》を閉じた紫乃の青白い頬に、涙がこぼれ落ちる。

「おれは貴哉と一緒にいられるなら、珍しい巻物も絹の服も高価な糸も、膳《ぜん》の上げ下げまでしてくれる世話人もいらない、何もいらない。貴哉だけがいてくれたらそれでいいのに…」

「寂しい思いをさせているのは済まない。もう少し待ってくれ、政が落ち着けばもっと一緒に――」

「もう少しって…。子供を産むために妻を迎えたら、今よりもっと一緒にいられる時間がなくなるじゃないか。せめてそれまで少しくらいおれの傍にいてよ。それが、できないなら……」

しゃくり上げながらしがみついてくる痩せた身体を貴哉は抱きしめた。そして、ただ傍にいたいという願いすら叶えてやれない自分に歯噛みする。

「――…御山に、帰りたい」

「紫乃…」

「おれ、ここにいたら駄目になる気がする」

そんなふうにいわれたら、貴哉には何もいい返せない。

「どうせ待つなら、御山で待ちたい」

先ほどまでのどこか頼りない声ではなく、凛《りん》とした決意を秘めた口調で紫乃はいい募《つの》った。

「おれが傍にいても迷惑にならないくらい領内のことが落ち着いたら…、そうしたら今度こそ本当に迎えに来て…。何時と約束しなくていい。おれ、待ってるから。いつまでも。一生でも…――」

紫乃は儚《はかな》く微笑んで、貴哉の腕の中から離れて行った。

‡ 光環《こうかん》 ‡

コツコツと戸板を叩く音がする。

糸を縒《よ》る手を止めて、紫乃《しの》はふ…と苦笑した。風に揺れる松の枝が待ち人を装《よそお》って訪《おとな》いを告《つ》げるのはこれで何度目だろう。気がつけばもう日暮れ刻《どき》。薄暗い庵《いおり》の中で、紡《つむ》いだばかりの糸だけがほの白く浮かび上がっている。

紫乃が御山《おやま》に戻って半年が過ぎた。昨年初雪の直前に御山に入り、最初の計画通り冬の間は五樹《いつき》の父のもとに身を寄せた。痣《あざ》が消えた息子の帰還《きかん》を父は手放しで喜び、家族として温かく迎えられた。

それでも春が来ると、紫乃はお爺《じい》の庵に戻って来た。「ずっとここで暮らせばいい」という心強い父の誘いを断ってまでこの庵に戻って来たのは、何かを期待しているからだ。

来るはずのない人の訪れを——。

コツコツと戸板を叩く音が響く。初夏を告げる嵐の到来だろうか。松の葉を渡る風の音がまた少し強くなり、戸を叩く音も強くなる。

「いいかげん、あの枝はどこかに括《くく》りつけなきゃ」

ユキは耳をぴんと立て、音のほうへじっと視線を向けている。その頭をひとつ撫《な》でてから紫乃は壁にかけてある蔓縄《つるなわ》を摑んだ。そうしてゆっくり戸口へ向かう。足下にぴたりと寄り添ったユキの尾が、興奮で震えている。

「どうしたユキ」

歳《とし》を重ねるにつれ賢《かしこ》くそして辛抱《しんぼう》強くなってきたユキは、かつてのシロのように、紫乃に何かあれば全身で盾《たて》になろうとする。

「ただの風だよ」

過敏《かびん》になっている白い伴侶《はんりょ》に笑いかける。——そう。ただの風の悪戯《いたずら》だ。

何年か前「迎えに来る」という貴哉《たかちか》との約束をまだ信じていた頃も、こんなふうに風は何度も紫乃をからかった。

再び御山に戻って来てからも、あり得ないとわかっていながら、紫乃は風の訪《おとな》いを真《ま》に受けていた。戸を開けて無人の景色を目にするたび、胸に抱《かか》えたわずかな望み——きっと一生消えることのない、夢みたいな希望——を思い知る。お互いすれ違ってばかりいたけれど、貴哉は貴哉なりに精一杯紫乃のことを想ってくれていた。それを振り切って、別れを選んだのは紫乃のほうだ。

いつか迎えに来てと、約束はした。けれど期待はしていない。

ただ、紫乃はそれを信じて待つと決めた。

たとえ紫乃が生きている間に、約束が果たされることがなくても——。

何十年が過ぎて、貴哉がふと、昔一年共に暮らしたシノという少年を思い出したとき。『紫乃』という文字を贈ったひとりの人間を思い出してくれたとき。もう一度この御山を訪れて、庵を訪ねてくれたなら。

例えそのとき、紫乃はもう骨になってしまっていても、それで約束は果たされる。朽《く》ちた遺骸《いがい》に花一輪、手向《たむ》けてくれればそれでいい。

きしむ戸板を苦労して開け放った瞬間、強い風と花びらが吹きこんできた。

思わず両目を閉じ、腕を上げて顔面をかばうと、手の甲や頬を柔らかな花びらが撫《な》でてゆく。それからかすかに、花とは違う香がふわりと流れこんできた。御山には不似合いな雅《みやび》やかな香。……懐《なつ》かしい人の薫《かお》り。

——紫乃。

頭上で響いた張りのある声に、紫乃はうつむいたまま両目をそっと見開いた。視線の先にあるのは自分の足。戸口の向こうには藍《あい》色の夕闇が迫っている。その藍に溶けこむように搗《かち》色の股脛巾《ももはばき》に包まれた二本の脚が…。

——嘘《うそ》だ。

「うそ…」

きっと幻《まぼろし》だ。

あまりに紫乃が逢《あ》いたいと願うので、山の神様が姿を変えてからかいに来たのかもしれない。紫乃が駆け寄った瞬間、溶けて消える幻かも。だから怖くて顔が上げられない。

「紫乃。戻って来たぞ」

「た、か…ちか……？」

うつむいたまま立ちすくんだ紫乃の身体は、そのまま嵐のような激しさで抱きしめられた。風がまた一段と強く吹きつけて庵を揺らしてゆく。嵐より、紫乃の胸は荒れ狂う。

「どうして…。だって」

貴哉には守るべき土地と民《たみ》がある。紫乃ひとりのために、その全てを捨てて来られるわけがない。

「全て飛垣《ひがき》に譲って来た。私は仏門《ぶつもん》に入ったことになっている」

所持していた全ての権利は飛垣とその子に譲り渡された。元々、橘《たちばな》家と高鷲《たかすり》領《ょう》再興《さいこう》に一番多くの功績《こうせき》があったのは飛垣だ。家中《かちゅう》での人望も厚《あつ》く、人を治《おさ》める術《すべ》も心得《こころえ》ている。一時がたつことがあっても、貴哉が俗世《ぞくせ》での権利を全て放棄して出家《しゅっけ》したといえば、結局丸く収まるだろう。

「――ぁ…っ」

項《うなじ》を撫でられ、かき混ぜられた髪を軽く引かれて顔を上げると、風を背にした男の顔がやさしく微《ほほ》笑《え》んでいる。

「紫乃。私はそなたとずっと一緒に御山で生きてゆく」

三年半前、反古《ほご》にされた約束を貴哉はもう一度誓《ちか》ってくれた。

「…うん」

紫乃はその誓いが今度こそ本当に果たされることを、温かく力強い腕の中で確信したのだった。

やがて五樹《いつき》の邑長《むらおさ》のもとには、狩りの上手な大男と機織りの得意な佳人《かじん》が、季節ごとに訪れるようになる。風雨にさらされ傷《いた》んだ庵は見違えるように立派に建て直され、年に何度かやって来る高鷲領からの使者を鷹揚《おうよう》に出迎えた。

高鷲領は他では見られない美しく丈夫《じょうぶ》な織物を産するようになる。その評判は全国に鳴り響き、将軍家御用達《ごようたし》に選ばれるほど隆盛《りゅうせい》を極めたという。

——了——

あとがき

初めまして。「あとがきを1ページ減らせば本文を1ページ増やせます」という選択肢を提示され、迷いなく後者を選んだ六青みつみです（ろくせいみつみと読みます）。

ということで自己紹介やデビュー作品執筆秘話等はサクッと割愛いたしまして（笑）、謝辞を述べたいと思います。

挿絵の白砂順先生、貴哉と紫乃を格好良くそして可愛く描いてくださって本当にありがとうございます。特に貴哉はラフを見せていただいた瞬間『これなら紫乃が一目惚れしても当然だわ！』と拳を握りしめてしまいました。

今回このような形で、より多くの方に作品を読んでいただく機会を与えてくださった担当編集様、深く感謝しております。今後ともどうかよろしくお願いいたします。

そして何よりも最後まで読んでくださった読者の皆さま、本当にありがとうございます。忙しない日常を一時離れて、物語世界で楽しんでいただけたなら物書きとしてこれ以上の幸せはありません。また、一言でも感想などお寄せいただけたなら大変嬉しく思います。

次の作品でお目にかかれる日を楽しみにしています。

二〇〇三年・初夏　六青みつみ

この本を読んでの
ご意見・ご感想を
お寄せ下さい。

〒102-0073
東京都千代田区九段北1-6-7　岡部ビル2F
小説リンクス編集部
「六青《ろくせい》みつみ先生」係／「白砂《しらさ》順《じゅん》先生」係

リンクスロマンス

遥山の恋

2003年6月30日　第1刷発行

著者……………六青《ろくせい》みつみ
発行人…………伊藤嘉彦
発行元…………株式会社　幻冬舎コミックス
〒151-0051　東京都渋谷区千駄ヶ谷4-9-7
TEL 03-5411-6431
発売元…………株式会社　幻冬舎
〒151-0051　東京都渋谷区千駄ヶ谷4-9-7
TEL 03-5411-6222（営業）
振替00120-8-767643
編集……………株式会社　インフィニティ　コーポレーション
〒102-0073
東京都千代田区九段北1-6-7　岡部ビル2F
TEL 03-5226-5331(編集)
印刷・製本所…図書印刷株式会社
検印廃止

ISBN4-344-80259-4　C0293
Printed in Japan

幻冬舎コミックスホームページ　http://www.gentosha-comics.net